文学名著的影视改编研究

赵先锋 ◎ 著

辽宁人民出版社

图书在版编目(CIP)数据

文学名著的影视改编研究 / 赵先锋著. -- 沈阳 : 辽宁人民出版社, 2025. 3. -- ISBN 978-7-205-11461-9

Ⅰ. I207.35

中国国家版本馆CIP数据核字第2025V1J311号

出版发行：辽宁人民出版社

地址：沈阳市和平区十一纬路25号 邮编：110003

电话：024-23284325(邮 购) 024-23284300(发行部)

http://www.lnpph.com.cn

印 刷：辽宁一诺广告印务有限公司

幅面尺寸：170mm×240mm

印 张：14.5

字 数：210千字

出版时间：2025年3月第1版

印刷时间：2025年3月第1次印刷

责任编辑：张天恒 王晓筱

装帧设计：中知图印务

责任校对：吴艳杰

书 号：ISBN 978-7-205-11461-9

定 价：68.00元

前　言
PREFACE

在当今时代，随着科技的发展和社会的进步，文学名著的影视改编已成为一种普遍的文化现象。这种改编不仅为观众带来了全新的视觉体验，也促进了文学作品的传播和普及。

科技的飞速发展，尤其是影视技术的不断创新，为文学名著的影视改编提供了有力的技术支持。同时，社会的快速发展和人们生活节奏的加快，使得观众对于文化消费的需求日益旺盛。文学名著的影视改编正好满足了这一需求，使得观众能够在短时间内领略到文学作品的魅力。

通过对文学名著影视改编的研究，可深入理解文学作品与影视艺术的内在联系，涉及故事情节、人物形象、思想内涵和艺术风格等方面。这种对比能揭示共性与差异，丰富对两者的认识。此外，研究文学名著影视改编有助于推动文化产业的发展。作为跨文化传播方式，它促进不同国家、民族间的文化交流与融合，对提升国家文化软实力和产业发展具有重要意义。同时，也有助于挖掘和传承传统文化。许多文学名著是传统文化的瑰宝，蕴含丰富的历史、哲学、美学价值。通过影视改编，可以重新呈现这些经典作品，让更多人了解和欣赏传统文化的魅力，为传承和发展提供新途径。

本书从文学名著与影视改编的概念、关系、可行性、艺术性、网络文学IP的改编、名著与影视改编之间的关系、改编方法、影响改编的因素、经验与不足等方面进行了全面深入的探讨。书中指出，文学名著与影视作品之间存在互惠互利的关系，名著改编观念不断演进，影视对文学的解读方式也在不断变化。同时，名著改编为影视作品需要遵循一定的创作规律，注重艺术性，并充分利用科技提升表现效果。网络文学IP的改编潜力巨大，但在改编过程中也存在一定的风险。文学名著进行影视改编的成功经验值得借鉴，同时也需要关注其中的不足之处，以促进文学名著与影视改编的良性发展。

综上所述，文学名著的影视改编具有深远影响。一方面，它推动了文学作品的传播和普及。许多优秀的文学作品可能因为年代久远、语言晦涩等原因而难以被广大读者所接受，而影视改编则可以将这些作品以更加生动、直观的方式呈现在观众面前，使得更多的人能够领略到文学作品的魅力。另一方面，它也促进了影视艺术的发展和创新。文学名著的影视改编需要导演、演员、摄影师等创作者们充分发挥自己的想象力和创造力，将文学作品中的故事情节、人物形象等元素进行再创作和再现。这种创作过程不仅锻炼了创作者们的艺术素养和技能水平，也推动了影视艺术的不断创新和发展。

目　录
CONTENTS

第一章 文学名著的影视改编概述

文学名著，作为人类文化宝库中的璀璨明珠，以其深邃的思想内涵、优美的文笔风格和丰富的人物形象，千百年来一直深受读者的喜爱和推崇。随着科技的进步和影视艺术的发展，越来越多的文学名著被搬上了银幕或荧屏，以影视的形式向观众展示其独特的魅力。

影视改编，作为文学名著传播的重要途径之一，不仅拓宽了名著的传播渠道，还使得更多的观众能够领略到其独特的艺术魅力。在影视改编的过程中，原著的精髓和核心思想得以保留，同时，通过影视语言的运用，使得原著的情节、人物和情感被更加直观、生动地呈现在观众面前。

第一节 文学名著与影视改编的概念

一、文学名著概述

（一）文学

文学，作为人类文化的重要组成部分，承载着丰富的历史、思想和艺术价值。它不仅是理解人类精神世界的重要途径，更是感受生活、体验情感、启迪思想的宝贵资源。下面，将从文学的定义、特征和作用三个方面，对其进行深入解析。

1. 文学的定义

文学，简而言之，是以语言文字为媒介，通过艺术化的手法表达作者的思想感情、反映社会现实、塑造艺术形象的一种艺术形式。它涵盖了诗歌、小说、散文、戏剧等多种体裁，每一种体裁都有其独特的表达方式和艺术魅力。文学的本质在于其艺术性和思想性，它通过对生活的提炼和升华，为读者呈现出一个更加丰富多彩的精神世界。

2. 文学的特征

文学作为一种独特的艺术形式，具有多个显著的特征，这些特征共同构成了文学的魅力和价值。

（1）形象性

形象性是文学的基本特征之一，它通过生动的艺术形象来反映社会生活，让读者能够直观感受到作者所要表达的思想感情。在文学作品中，作者通过描绘具体的场景、人物和事件，塑造出栩栩如生的艺术形象，使读者仿佛置身其中，与作品中的角色和情境产生共鸣。例如，在小说中，作者通过细腻的描写和刻画，塑造出各种复杂的人物性格和命运轨迹，使读者能够深入理解和感受人物的内心世界和情感体验。

（2）情感性

情感性是文学作品的灵魂所在，它蕴含着丰富的情感色彩，能够引起读者的共鸣和情感体验。文学作品中的情感表达往往非常细腻和深刻，能够触动读者的内心，引发读者的情感共鸣。无论是欢乐、悲伤、愤怒还是恐惧，文学作品都能通过情感的表达，让读者感受到作者所要传达的情感力量。这种情感共鸣不仅能够增强读者对作品的认同感，还能够促进读者对自身的情感反思和成长。

（3）审美性

审美性是文学作品的重要特征之一，它体现在作品的艺术形式和表现手法上。文学作品通过独特的语言、结构和风格，展现出一种独特的审美价值，能够激发读者的审美愉悦和审美体验。在文学作品中，作者运用各种修辞手法和写作技巧，创造出富有节奏感和韵律感的语言表达，使作品呈现出一种独特的美感。这种美感不仅能够让读者感受到作品的艺术魅力，还能够提升读者的审美能力和审美品位。

（4）思想性

思想性是文学作品的深刻内涵和灵魂所在，它往往蕴含着深刻的思想内涵和哲理思考。文学作品通过对社会、人性、生活等方面的深入探索，引发读者对这些领域的深刻反思和思考。在文学作品中，作者通过塑造人物、描绘情境和讲述故事，表达出对人性、道德、价值等方面的见解和观点，引发读者的思考和共鸣。这种思想性不仅能够启迪读者的思考，还能够促进读者对生活和社会的理解和认识。

综上所述，文学具有形象性、情感性、审美性和思想性等多个显著特征。这些特征共同构成了文学作品的独特魅力和价值，使文学成为人类文化的重要组成部分。通过欣赏和阅读文学作品，能够更深入地了解社会、人性和生活，提升审美能力和思考能力，丰富精神世界。

3. 文学的作用

文学，作为人类智慧的结晶，其影响深远而广泛。它不仅是个人精神世界的滋养，更是推动社会进步的力量，对人类发展起到了不可或缺的作用。

（1）文学对个人的作用

文学，这一人类智慧的结晶，在个人层面上发挥着举足轻重的作用。它如同一座宝库，蕴藏着无尽的智慧与情感，为我们的生活带来了丰富多彩的体验。

首先，文学作品为人们提供了丰富的情感体验。通过阅读，读者仿佛穿越时空，置身于作者精心构建的世界之中。可以与书中的人物共同经历他们的喜怒哀乐，感受他们的悲欢离合。这种深入人心的情感体验，让读者更加理解人性的复杂与多样，也让人们更加珍视自己的生活。同时，文学作品中的情感表达也提供了学习的范例，使人们提升情感表达能力，更好地与他人沟通与交流。

其次，文学对于提升个人的审美能力和文化素养具有不可替代的作用。经典文学作品往往蕴含着丰富的文化内涵和深刻的思想哲理。通过阅读这些作品，读者可以领略到不同时代、不同地域的文化特色，拓展自己的视野，提升自己的审美品位。同时，文学作品中蕴含的深刻哲理和智慧思想，也能启迪人们的心灵，引领人们走向更加成熟和理智的人生道路。

最后，文学还具有心理疗愈的功能。在现代社会中，人们面临着种种压力和挑战，而文学作品可以成为读者的心灵寄托和慰藉。通过阅读，可以暂时忘却现实的烦恼，沉浸在作品的美好世界中，感受那份宁静与平和。文学作品中的故事和人物，往往能够触动读者的内心，让读者找到共鸣和力量，从而缓解心理压力，恢复精神平衡。

除了上述几个方面的作用外，文学还在许多其他方面对个人产生了深远影响。例如，通过阅读文学作品，可以学习到不同的人生经验和智慧，丰富人生阅历；同时，文学作品中的艺术表现手法和语言魅力，也能激发创造力和想象力，让读者在艺术的海洋中畅游。

总之，文学在个人层面上具有多种重要的作用。它不仅能够为读者提供丰富的情感体验，提升读者的审美能力和文化素养，还能够帮助读者缓解心理压力，恢复精神平衡。因此，应该珍视文学这一宝贵的财富，通过阅读和学习，不断发掘其深层次的内涵和价值。

（2）文学对社会的作用

文学在社会层面上所发挥的作用不容忽视，它如同一座桥梁，连接着人们的情感、思想和价值观念，为社会的发展提供了源源不断的动力。

首先，文学作为社会文化的重要载体和传播者，具有深厚的历史底蕴和丰富的文化内涵。通过文学作品，可以深入了解一个社会的历史演变、传统习俗、价值观念以及道德观念。例如，古代的诗词歌赋，不仅展示了古人的才情与智慧，还反映了当时社会的风貌和人们的生活状态。而现代的小说、散文等文学形式，则更加直接地反映了当代社会的各种现象和问题。这些文学作品的广泛传播，有助于形成共同的文化认同和价值观念，进而维护社会的稳定与和谐。

其次，文学具有批判和反思的功能，这也是其独特的社会价值所在。作家们通过深入观察社会现象，运用独特的艺术手法和深刻的思想洞察力，创作出具有批判和反思精神的文学作品。这些作品不仅揭示了社会的弊端和问题，还引导读者进行思考和讨论，从而推动社会的进步和发展。例如，一些反映社会现实问题的文学作品，通过揭示社会不公、贫富差距等现象，引发读者的关注和反思，进而推动相关政策的制定和实施，促进社会的公平和正义。

最后，文学还是社会教育的重要工具。通过阅读文学作品，人们可以学习到丰富的知识和智慧，提升自己的综合素质。文学作品中的故事情节、人物形象以及哲理思想，都可以成为教育的素材，帮助人们树立正确的人生观和价值观。例如，通过阅读名著中的经典人物形象，可以学习到他们的优秀品质和精神风貌，进而激励自己在生活中不断追求进步和成长。

总之，文学在社会层面上发挥着多重作用，它是社会文化的传承者和传播者，是批判和反思的锐利武器，也是社会教育的重要工具。应该更加重视文学的发展和传承，让它在现代社会中发挥更加重要的作用。同时，也应该积极阅读文学作品，从中汲取智慧和力量，不断提升自己的综合素质和人生境界。

（3）文学对人类发展的作用

在人类发展的波澜壮阔的历程中，文学以其独特的魅力和深远的影响力，始终扮演着举足轻重的角色。它不仅是人类精神文明的重要组成部分，更是推动人类文化进步和发展的重要力量。

首先，文学是人类精神文明的重要载体和传承工具。通过文学作品，人类得以传承和弘扬优秀的文化传统，让后代能够了解和学习先人的智慧与经验。从古代的诗词歌赋到现代的散文小说，文学作品以其独特的艺术形式和深刻的思想内涵，传承着人类的精神文明，成为人类文明进步的见证和推动力量。

其次，文学对于拓展人类的想象力和创造力具有不可替代的作用。在文学作品中，读者可以看到各种奇幻的世界、独特的形象和深刻的思想，这些都激发了人们的想象力和创造力。正是这种想象力和创造力，推动着人类在科学、艺术等领域取得更多的创新和突破。同时，文学作品也提供了一个独特的思考问题的角度，让人们能够从不同的角度审视和理解世界，进一步拓宽人们的思维视野。

再次，文学在人类情感的发展和表达方面也发挥着重要作用。通过文学作品，人们可以更加深入地探索和理解自己的情感世界，学会更好地表达和交流情感。文学作品中的情感表达往往深入人心，让读者产生共鸣和感悟。这种情感的发展和表达能力的提升，有助于促进人类之间的理解和和谐共处，增强社会的凝聚力和向心力。

最后，文学还承载着批判现实、揭示社会问题的使命。通过文学作品，作家们能够揭示社会的不公和矛盾，引发人们对社会问题的关注和思考。这种批判和反思的精神，有助于推动社会的进步和发展，让人类能够在不断反思和改进中走向更加美好的未来。

综上所述，文学作为一种独特的艺术形式，具有丰富多样的特征和作用。它不仅能够丰富我们的精神生活，还能够教育和启迪读者，传承和弘扬文化。因此，应该重视文学的价值，积极阅读和研究文学作品，从中汲取智慧和力量，为人们的成长和发展提供助力。同时，也应该关注文学的发展和创新，推动文学事业不断繁荣和发展，为人类文化的传承和发展作出更大的贡献。

（二）文学名著

1. 文学名著的定义

文学名著，是指在文学领域具有卓越艺术价值和深远影响力的作品。它们通常具有深刻的思想内涵、精湛的文学艺术表达，以及对人类生活、社会问题、人性等方面的探索和描绘。文学名著不仅能够引起读者共鸣，也能够跨越时空、文化界限，对后世产生持久的影响。常见的文学名著包括《红楼梦》《傲慢与偏见》《战争与和平》等。

2. 文学名著的作用

（1）文学名著对个人的作用

作为人类文化的瑰宝，文学名著对个人的成长与发展具有深远的影响。这些作品以其独特的魅力，为读者提供了宝贵的精神滋养和人格塑造的机会。

首先，文学名著为读者打开了一扇通向历史文化的窗口。通过阅读这些作品，读者可以穿越时空，深入了解人类社会的演变和发展。无论是古代的神话传说，还是近现代的小说散文，都蕴含着丰富的历史和文化内涵。这种深入了解历史文化的过程，不仅能够拓宽读者的视野，增长我们的见识，还能够激发读者对人类文明的热爱和敬畏之情。

其次，文学名著中的智慧和哲理能够启迪读者的思维。这些作品往往蕴含着深刻的道理和人生智慧，通过细腻的描写和深入的剖析，让读者在阅读的过程中得到心灵的触动和启发。无论是关于人性的探索，还是关于社会的思考，文学名著都能够为读者提供独特的视角和深刻的见解。这种智慧的启迪，有助于读者建立正确的人生观和价值观，为读者的人生道路提供指引。

最后，文学名著中的故事情节和人物形象往往能够引发读者的共鸣和感动。这些作品通过生动的描写和细腻的刻画，让读者仿佛置身于故事之中，与主人公一同经历人生的起伏和波折。这种情感的共鸣和感动，不仅能够让读者在情感上得到滋养和抚慰，还能够激发读者对生活的热爱和对人性的思考。

总之，文学名著对个人的作用不仅体现在精神滋养方面，还体现在人格塑造方面。通过深入阅读和体验这些作品，读者能够提升综合素质和人生境界，成为更加有思想、有情感、有品质的人。因此，应该珍惜这些文学名著的宝贵资源，用心去品味和领悟其中的智慧和哲理，让它们成为人生道路上的良师益友。

（2）文学名著对社会的作用

文学名著作为人类文明的瑰宝，其在社会中的作用不可小觑。这些著作不仅承载着丰富的历史和文化信息，更在文化传承和社会教育方面发挥着至关重要的作用。

首先，文学名著在文化传承方面扮演着重要的角色。这些作品往往汇聚了前人的智慧和经验，是历史文化的缩影。通过阅读名著，人们可以深入了解不同时期、不同地域的文化特色，感受历史的沧桑和变迁。同时，名著中的经典故事、人物形象和文学手法，也提供了宝贵的文化遗产。这些文化遗产不仅是读者了解过去的窗口，更是读者传承和弘扬优秀文化传统的重要途径。

其次，文学名著在社会教育方面也具有重要意义。这些作品通过生动的故事情节和深刻的思想内涵，引导读者思考人生、探索真理。在阅读名著的过程中，人们可以培养自己的审美能力和批判思维，提高文化素养和道德水平。此外，名著中的经典人物形象和情节，还可以为青少年树立榜样，引导他们树立正确的价值观和人生观。

最后，文学名著还能够揭示社会问题和矛盾，引发人们的关注和思考。这些作品往往通过对社会现象的描绘和剖析，反映出时代的特征和社会的矛盾。读者在阅读过程中，可以深入思考这些问题，寻找解决之道，从而推动社会的进步和发展。

值得一提的是，随着科技的进步和全球化的推进，文学名著的传播和影响力也在不断扩大。通过数字化技术和网络平台，越来越多的人可以接触到这些经典作品，感受其独特的魅力。同时，名著的改编和演绎也为更多人提供了了解和欣赏这些作品的途径。

总之，文学名著在文化传承和社会教育方面发挥着不可替代的作用。应该珍视这些人类文明的瑰宝，广泛传播和深入研究，让更多的人从中受益。同时，也应该注重名著在现代社会中的价值和意义，探索其新的传播方式和应用领域，以更好地发挥其作用。

（3）文学名著对人类发展的作用

文学名著在人类历史长河中扮演着举足轻重的角色，对人类发展的作用可谓是深远而持久的。它们不仅丰富了人类的精神世界，让人们在纷繁复杂的社会中找到了心灵的寄托，更为人类文明的进步提供了源源不断的动力。

首先，文学名著是人类智慧的结晶，它们通过深刻的思考、独特的见解和优美的文字，展现了人类思想的深度和广度。这些名著往往涵盖了人类生活的方方面面，从哲学、历史、文化到人性、情感、道德，无所不包。通过阅读这些名著，人们可以深入了解人类社会的演变历程，理解人类文明的发展脉络，进而更好地认识自己、理解世界。

其次，文学名著在传承和创新中发挥了重要作用。它们通过一代又一代的传承，将人类的智慧和经验不断积累、升华。同时，名著中的创新元素也激发了后世作家的创作灵感，推动了文学艺术的不断发展和进步。这种传承与创新的关系，使得文学名著成为推动人类文明进步的重要力量。

最后，文学名著还是人类情感表达和交流的重要途径。它们通过文字的形式，将人类的情感、思想和价值观传递给后世。无论是喜怒哀乐，还是爱恨情仇，名著都能通过细腻的描写和生动的情节，让人们感同身受。这种情感表达和交流的过程，不仅有助于增强人类的凝聚力和向心力，更能让人们在阅读中感受到心灵的震撼和启迪。

在当今社会，随着科技的发展和全球化的推进，文学名著的作用愈发凸显。它们不仅为人们提供了宝贵的精神食粮，更在跨文化交流中发挥着桥梁和纽带的作用。通过阅读和欣赏不同国家的文学名著，人们可以增进相互了解、促进文化交流，从而推动人类社会的和谐发展。

总之，文学名著对人类发展的作用是深远的。它们不仅丰富了人类的精神世界，推动了人类文明的进步，更是人类情感表达和交流的重要途径。因此，应该珍视这些宝贵的文化遗产，让它们继续在人类历史长河中熠熠生辉。

综上所述，文学名著是文学领域中的瑰宝，它们以其卓越的艺术价值和深远的影响力，为人们的生活和文化发展提供了宝贵的财富。因此，应该积极阅读和学习文学名著，从中汲取智慧和力量，不断提升自己的综合素质和文化素养①。

二、影视改编概述

(一)影视改编的定义

影视改编，是指将其他形式的文艺作品，如小说、戏剧、叙事诗等，经过再创造，转化为适合影视拍摄和表现的艺术形式。这一过程涉及对原作内容的理解、吸收和重新诠释，并且符合影视艺术的特性和观众的需求。

在影视改编中，编剧或导演会根据自己的艺术风格和创作理念，对原作进行必要的增删和改动。这些改动可能涉及人物设定、故事情节、思想内涵等方面，目的是使改编后的作品更加符合影视艺术的规律，同时保留原作的精髓和魅力。

值得注意的是，改编并不是简单的照搬或复制。由于影视和文学是两种不同的艺术形式，它们在表现形式、叙事手法、节奏掌控等方面都存在差异。因此，改编过程中需要充分考虑这些差异，对原作进行适当的调整和再创造，以适应影视艺术的特性和要求。

此外，影视改编也是对原作的一种延续和拓展。通过改编，原作的故事和思想得以以新的形式呈现给更广泛的观众群体，从而进一步推广和传播原作的价值和影响。

综上所述，影视改编是一种将其他文艺作品转化为适合影视拍摄的

①张晓红，徐曼，孟冬梅．名著赏析与影视改编[M]．长春：吉林人民出版社，2017：2-23.

艺术形式的过程。它需要对原作进行深入理解和再创造，同时充分考虑影视艺术的特性和观众需求。通过改编，原作得以以新的面貌呈现给观众，实现其价值的延续和拓展。

(二)文学名著影视改编的内涵

文学名著影视改编的内涵，既体现在对原著精神的传承与发扬，又展现在对影视艺术特性的深入探索与创新实践。其过程不仅仅是形式的转换，更是文化内涵与艺术价值的再塑与提升。

首先，文学名著影视改编是对原著精神的传承与发扬。名著之所以经典，往往在于其深刻的思想内涵、独特的人文精神和广泛的社会影响力。在改编过程中，编剧和导演需要深入理解和把握原著的精神实质，将其精髓融入到影视作品中。通过影像的呈现，观众可以更加直观地感受到名著所蕴含的思想、情感和价值观念，从而加深对原著的理解和认同。

其次，文学名著影视改编也是对影视艺术特性的深入探索与创新实践。影视作为一种独特的艺术形式，具有其自身的特点和规律。在改编过程中，需要充分考虑影视艺术的特性，如视觉冲击力、节奏把控、情节设置等，使改编后的作品既符合原著精神，又具备影视艺术的魅力。同时，也需要注重创新，通过新的叙事手法、视觉效果等手段，为观众带来全新的审美体验。

最后，文学名著影视改编还涉及对原著内容的取舍与再创造。由于影视作品在时长、篇幅等方面有所限制，因此在改编过程中需要对原著内容进行适当的删减和增补。这种取舍和再创造既是对原著的尊重，也是对影视艺术特性的顺应。通过巧妙的改编，可以使影视作品既保留原著的精髓，又符合影视艺术的特性。

总之，文学名著影视改编是一种既传承又创新的艺术实践。它通过对原著精神的传承与发扬，以及对影视艺术特性的深入探索与创新实践，为观众带来了全新的审美体验和文化享受。同时，也推动了文学名著在现代社会中的传播与影响，使其价值得以更加广泛地认可和传承①。

---

①刘文.中国现当代文学名著影视改编现象探析[D].兰州:兰州大学,2015.

（三）文学名著影视改编中电影与电视剧媒介

1. 电影与电视剧

在探讨电影与电视剧这两种视听艺术形式时，不得不提到它们各自独特的魅力和影响力。电影与电视剧作为当今社会中最为流行的娱乐方式之一，不仅为人们提供了丰富的视觉盛宴，更通过讲述各种故事，传达了深刻的思想和价值观。

（1）电影

电影是一种集视觉、听觉和情感于一体的艺术形式，通过独特的叙事手法和画面呈现，将观众带入一个充满想象和创意的世界。电影中的故事情节往往跌宕起伏、扣人心弦，让观众在紧张刺激的剧情中感受到无尽的乐趣。此外，电影还常常通过精湛的演技、优美的音乐和出色的摄影技术，为观众带来一场视听盛宴。

电影作为一种大众文化产品，在传播思想、价值观和文化内涵方面发挥着重要作用。它不仅能够反映社会现实和时代变迁，更能够引领社会风尚和文化潮流。通过电影，可以了解到不同国家和地区的文化特色、历史传统和社会风貌，从而增进相互了解和友谊。

此外，电影还具有很高的商业价值。随着电影产业的不断发展壮大，越来越多的优秀作品涌现出来，为观众提供了更多的选择。同时，电影也带动了相关产业的发展，如电影制作、发行、放映等，为社会经济发展注入了新的活力。

（2）电视剧

与电影相比，电视剧在叙事方式、题材选择和观众群体等方面有着独特的优势。电视剧通常以较长的篇幅和复杂的情节来展现故事，使得观众能够更深入地了解角色和情节发展。此外，电视剧的题材选择也更为广泛，既有反映现实生活的家庭伦理剧，也有展现历史风云的历史剧，还有充满奇幻色彩的古装剧等。

电视剧的受众群体也非常广泛，不同年龄、性别和阶层的观众都能在电视剧中找到自己感兴趣的内容，这使得电视剧在传播文化、价值观和社会理念方面具有更强的渗透力和影响力。通过电视剧，观众可以更加深入地了解社会现象、人性本质以及人与人之间的关系，从而引发对社会、对人生的深刻思考。

同时，电视剧的制作水平也在不断提高。随着技术的不断进步和资金的投入增加，电视剧在画面质量、音效制作和剪辑手法等方面都取得了显著的提升，这使得观众在欣赏剧情的同时，也能享受到高质量的视听体验。

总之，电影与电视剧作为两种重要的视听艺术形式，各自具有独特的魅力和价值。它们通过讲述丰富多彩的故事，传递深刻的思想和价值观，为人们提供了宝贵的文化享受。在未来，随着技术的不断进步和产业的不断发展，电影与电视剧将继续发挥更大的作用，为人们的生活增添更多的色彩和乐趣。

2. 文学名著影视改编中电影与电视剧媒介的各自定位与表现形式

在文学名著的影视改编过程中，电影与电视剧作为两种截然不同的媒介形式，各自承担着独特的定位和表现形式。它们以各自的优势和特点，对原著进行深入的诠释和再创造，为观众带来丰富多彩的视听盛宴。

（1）电影在文学名著影视改编中的定位与表现形式

电影作为一种高度浓缩的艺术形式，在文学名著的影视改编中扮演着举足轻重的角色。它需要在有限的时间内，通过镜头语言、画面构图、音效等多种手段，提炼和突出原著的精髓，将原著的丰富内涵和独特魅力呈现给广大观众。

在文学名著的影视改编过程中，电影改编者通常会深入研究原著，选取其中最具代表性、最具戏剧性的情节和人物进行重点呈现。这些情节和人物往往能够代表原著的核心价值和主题，通过电影的呈现，能够营造出深刻的观影体验，使观众更加深入地理解原著的内涵。

除了情节和人物的选取外，电影还会运用各种视觉特效和表演技巧来增强影片的表现力。通过精心设计的画面构图和色彩搭配，电影能够营造出原著中特有的氛围和情感；通过音效的巧妙运用，电影能够突出原著中的关键情节和人物形象，使观众更加投入地感受故事的发展。

当然，由于电影篇幅有限，改编者不可避免地会对原著进行一定程度的删减和改编。但这种改编并非简单的删减，而是在深入理解和把握原著精髓的基础上，进行有针对性的提炼和加工。通过这种方式，电影能够更加集中地展现原著的核心价值和魅力，使观众在短暂的观影过程中获得更加深刻的体验。

此外，电影作为一种视听艺术，还具有独特的传播优势。通过电影的呈现，原著中的情感、哲理和主题能够以更加直观、生动的方式传递给观众。这种传播方式不仅拓宽了文学名著的受众范围，也提高了文学名著的社会影响力。

综上所述，电影在文学名著影视改编中发挥着至关重要的作用。它通过独特的艺术形式和表现手段，将原著的精髓和价值传递给观众，使文学名著得以在新的艺术形式中焕发出新的光彩。

（2）电视剧在文学名著影视改编中的定位与表现形式

在文学名著的影视改编中，电视剧作为一种独特的艺术形式，其定位与表现形式具有独特的魅力和价值。相较于电影等其他影视形式，电视剧更注重完整呈现原著的全貌和细节，给予观众更为深入、全面的解读与体验。

电视剧拥有更长的时间跨度和更为丰富的叙事空间，这使得它在改编文学名著时能够更为深入地挖掘原著中的文化内涵和人文精神。改编者通常会充分利用电视剧的叙事优势，将原著中的情节、人物、环境等元素进行全方位的呈现，以展现原著的丰富内涵和独特魅力。

在情节呈现方面，电视剧会尽可能地保留原著中的经典情节和桥段，并通过合理的剪辑和编排，使这些情节在电视剧中得以完美再现。同时，电视剧也会根据原著的叙事节奏和风格，进行适当的调整和创新，以更好地适应观众的观看习惯和需求。

在人物塑造方面，电视剧通过细腻的表演和丰富的剧情设置，使原著中的人物形象得以鲜活地呈现在观众面前。演员们通过精湛的演技，将原著中的人物性格、情感状态以及心理变化等细节表现得淋漓尽致，使观众能够更加深入地了解和感受这些角色的内心世界。

此外，电视剧在改编文学名著时，还会注重展现原著中的历史背景、社会风貌以及文化内涵等要素。通过精心搭建的场景、服饰、道具等视觉元素，电视剧为观众营造了一个真实而富有代入感的观剧环境，使观众能够更加全面地了解原著所反映的时代背景和文化内涵。

总的来说，电视剧在文学名著影视改编中以其独特的表现形式和艺术魅力，为观众呈现了一个更为完整、深入的原著世界。通过深入挖掘原著中的文化内涵和人文精神，电视剧不仅让观众能够更加全面地了解原著的背景和内涵，还能够让观众在情感上产生共鸣和启迪。这种全面而深入的改编方式，使得电视剧成为文学名著影视改编中不可或缺的重要艺术形式。

因此，在文学名著影视改编中，电影和电视剧各自具有独特的定位和优势。电影以其高度浓缩的艺术形式和深刻的情感表达，为观众带来震撼的观影体验；而电视剧则以其完整呈现原著全貌和深入挖掘文化内涵的特点，让观众能够更加全面地了解原著。两种媒介形式的改编作品可以相互补充和丰富，共同推动文学名著在现代社会中的传播与影响。

值得注意的是，无论是电影还是电视剧，在改编文学名著时都需要尊重原著的精神内核和文化价值。改编者需要在保持原著基本情节和人物关系的基础上，进行适当的创新和再创造，以符合现代观众的审美需求和文化背景。同时，改编者也需要注重细节描写和人物塑造，以呈现更加真实、生动的画面和角色形象。

总之，在文学名著影视改编中，电影和电视剧各自具有独特的定位和优势。它们通过不同的表现方式和手段，将原著中的情感和主题以更加直观、生动的方式传递给观众，使文学名著得以在现代社会中焕发出新的光彩。

第二节　文学与影视作品关系的发展

一、文学影视化的发展历程与互动关系

（一）我国文学影视化的发展历程

文学作品的影视改编被推到了话题榜的前端，这也是我国文学史发展到一定阶段所必须面对的一个问题。那么在这里就有必要来追溯一下文学作品影视化改编的起源。我国影视艺术发展的时间并不长，但随着市场经济的深入发展而迅速地发展起来。特别是在新媒体普及的时代，人们通过电视、电脑甚至手机等移动终端就可以观看影视作品，影视作品更是成为人们生活中不可缺少的精神娱乐消费。1905年我国出现了电影史第一部国产电影《定军山》。这部电影改编自《三国演义》，此后中国电影走上了与西方国家一样的文学和影视联姻的道路。我国文学作品电影改编的时代特征十分明显。20世纪20至30年代流行改编新鸳鸯蝴蝶派小说；新中国成立初期到改革开放以前，革命题材文学作品的改编最为主流；改革开放以后电影改编进入了新时期，反思电影、寻根电影、改革电影、伤痕电影纷纷出现在广大观众的视野中，文学作品的电影改编呈现出多元化的发展趋势。但无论发展呈现出怎样的态势，文学与影视之间的关系还是无法割裂的，影视无法脱离文学而独立发展。随着影像时代的到来，人们不得不去习惯充满影像的世界，而作家也要重新思考自己的写作方式。可以说影视时代到来初期，文学创作的命运就此改变了。

1. 文学改编初期

新中国成立后的十七年，是新中国电影艺术的奠基时期，在这十七年间，共创造出了600多部故事片，文学作品的影视改编掀起了一个高潮。这一时期改编的影视作品主要有三类：一是对中国当代文学名著的改编，如鲁迅的《祝福》、茅盾的《林家铺子》、巴金的《家》、老舍的《我这一辈子》、柔石的《早春二月》等。这一时期中国文坛上颇具

影响力的文学作品都以影像的形式出现在屏幕上。这些脍炙人口的著作对于人们来说非常熟悉，以电影的形式再次出现让人们对文学作品有了全新的理解和认识。除了上述著作外，革命题材的电影改编是这个时代的主旋律。这一时代，只要是反映革命题材的长篇小说，基本都被改编成了电影，如《红日》《红旗谱》等。革命题材的电影将我国各个时期的革命斗争历史浓缩成精华，将各个历史时期的革命精神历程还原再现，将中华民族在抵抗外来侵略时英勇和不屈不挠的精神重现，这一时期的革命电影都是以中国人民的胜利而结尾。革命电影帮助人们回顾了中国在成长的道路上经历过的不堪和屈辱，激发了中国人的觉醒意识。三是反映现实生活题材的改编，如《李双双》《我们村里的年轻人》《老兵新传》《农奴》《龙须沟》《槐树庄》《箭杆河边》等都是比较成功的代表作。

2. 文学改编上升期

改革开放使中国的经济发展进入了新时期，也让艺术和文化方面进入了一个全新的发展时期。经济发展的同时，社会精神文明建设也要同步进行，中国当代文学进入了全面发展时期。这一时期产生了很多优秀的文学作品和根据文学作品改编的影视作品。20世纪80年代中国电影发展迎来了第一个小高峰，1980—1989年这十年间我国出品了400多部影片，其中300多部被搬上了荧屏。也就是在这一阶段，很多的作家和导演都看重了文学影视化改编的发展空间和前景，这种关注为后来中国电影的发展奠定了基础。这一时期对文学的改编主要分为两大类：一是对中国当代文学作品的改编。1981年为纪念鲁迅一百周年诞辰，改编了鲁迅的《伤逝》和《阿Q正传》；同年改编了茅盾的小说《子夜》；1982年改编了老舍作品的《骆驼祥子》和《茶馆》；1984年、1986年改编了沈从文的《边城》与《萧萧》。二是对同时期的文学作品改编。一部文学作品问世一两年之后，甚至有的是同年，就出现了改编的电影。如影片《云山传奇》《人到中年》《芙蓉镇》等。与70年代的文学作品改编相比，80年代的文学改编中已经明显地代入了创作者的个人主观意识，文学和影视的创作环境也变得宽松，政治色彩逐渐淡化，而且题材和内容也日趋多样化。题材选择方面，现实主义题材作品的比重不断增加，更贴近老百姓的生活。在改编的过程中，创作者开始有意识地强调影视的传播作用，利用影视这个媒介向受众传递多样化的信息。

3. 文学改编高峰期

20世纪90年代，中国文学进入了一个新的发展阶段，优秀作品百花齐放，犹如影视的后花园般争奇斗艳。此时国内以张艺谋、陈凯歌为代表的第五代导演已经成长起来，在文学作品的影视剧改编上有自己独到的见解，而且此时国内影视产业发展已经取得了长足性的进步，拍摄技术和改编技巧相比以往更加精湛，作品、技术、导演为影视剧改编提供了所有需要的有利条件，因此产生了很多经典的影视作品。

90年代对于影视作品改编来说是一个转折时期。这一阶段，文学作品影视化改编在数量、质量上较前两个阶段都有了较为明显的提高，文学作品改编题材和内容都更加丰富。20世纪90年代中国社会发生了翻天覆地的变化，大众文学语境要求文学创作贴近基层百姓的生活，并且广大观众也产生了丰富的情感表达和情感诉求。90年代的文学作品影视改编极大地丰富了人们的精神生活。但在市场经济的大环境下，文学创作和文学改编都不同程度地受到了市场经济价值观的引导，不自觉地以市场为导向。此时中国人民对娱乐消费的需求空前膨胀，观众需要影视作品的娱乐性，所以以观众需求为导向，文学作品改编越来越多地体现出商业性和娱乐性。这也成为判断一个文学作品是否适合改编成为电视剧的标准。要让观众与影视作品产生共鸣，就要尽可能地贴近生活，能够反映当下人的生活状态和情感体验，这类题材的作品被搬上银幕之后获得了广泛的好评。

20世纪90年代文学作品改编的主要题材包括农村题材、军旅题材和城市题材。从题材的选择上可以看出此阶段在题材选择上比较注重对人文主义的追求。与80年代相比，90年代文学改编对农村题材的关注程度有所降低。但是90年代以后农村题材的电影发展已经进入了成熟期，无论是拍摄的视角、艺术风格还是文化价值都有明显的不同于其他年代的特征。90年代以后的文学作品改编受当时的社会环境影响较大，当时的电影已经不再以弘扬民族精神为主，而是逐渐地追求商业价值。要观众买账就要求电影有娱乐性，所以这一时期就产生了大量的以娱乐大众为目的的商业片。90年代以后人们在改革开放的带动之下思想开始解放，对新鲜事物的接受能力越来越强，所以这一时期开启了商业电影大行其道的新篇章。90年代的文学作品改编，商业类可占70%。可见随着社会和经济的发展进步，电影文化呈现出多元化的发展态势。

4. 文学改编成熟期

新世界也被称为千禧年，社会环境和大众文化语境也发生了很大的变化。互联网时代的到来改变了社会、改变了人们的生活，文学也毫不意外地发生了变化。文学不再是城市、农村和军旅题材三足鼎立，而是进入了传统文学、青春文学、网络文学和类型文学四足鼎立的时代。题材的新颖化带动文学改编进入了一个色彩斑斓的世界。

2000年以后，网络小说作为一种快餐文化快速地成长起来。网络小说的风靡源于快餐文化对大众精神消费需求的满足。网络小说的鼻祖《第一次亲密接触》被改编成电影之后并没有获得预想的成效。但是这是网络小说触电的起点，并从此拉开了网络小说改编的序幕。由于网络文学泛滥，这种文学遭到了质疑和批判，网络文学界也进行了一次革命，此后也出现了很多有深度的作品。比如艾米的小说《山楂树之恋》在张艺谋的执导下，创造了网络小说改编电影的第一个票房高峰。电影的主人公都是新演员，青涩的形象和演技结合没有过多修饰的造型和场景，却演绎出了最干净、最纯洁的感情。该电影一度被称为“史上最干净的爱情故事”。从此，网络小说改编的电影都不同程度地激起了中国电影界的涟漪。2011年由白百何、文章主演的《失恋33天》，再如2012年的《搜索》都是根据网络小说改编的。这些网络小说在改编成电影之前就有了一定的关注度和曝光度，所以要改编成电影的消息一经推出就引发了读者强烈的反响，很多读者都表示很期待。这些迹象表明，网络文学已经摘掉了粗俗的标签，并且与其他文学形式共存于人们的视野中。而且网络传播的广泛性决定了网络文学在关注度上的优势，因此网络小说的改编必然有广泛的受众基础。

总的来说，进入21世纪以来，将文学作品改编成影视作品的现象越来越普遍。如果进行独立的影视作品创作，不仅费时而且前期很难制造关注度和建立受众基础。改编文学作品对于影视创作来说，不仅创作资源是现成的，而且还可以坐收大量的读者和关注者。并且在改编的道路上，追求商业价值的目的性也越来越明显，大部分电影追求票房，票房越高，投资方的回报率就越高。

2010年以后，文学作品改编对农村题材和军旅题材作品的关注越来越少，《白鹿原》是这个时代少有的农村题材影视作品，原著作家陈忠实曾凭借这部小说获取了第四届茅盾文学奖。该小说在国内文学界具有较高的地位，是当代文学一部不朽的经典。《白鹿原》是一部长篇小说，将其浓缩成一部电影对编剧和导演改编的水平要求很高。另一方面，《白鹿原》又是一部经典之作，如果影视改编在艺术造诣方面不能超越，最起码也要做到还原。导演王安全凭借自己对文学作品改编独到的见解，为《白鹿原》找到了最相符的改编和表现方式。剧本的改编围绕两条主线：一是历史的变迁和时代的变化；二是人们的矛盾冲突。通过画面感展示出乡土的广阔，通过人与人的冲突来审视乡土之上所反映出的社会问题。这一阶段的文学作品改编不再是单一题材的改编，一部电影不止局限于一个题材，可以同时包含两个或更多题材，如都市爱情题材、悬疑惊悚等，甚至一部电影会出现3—4个题材，可谓百花齐放。但是无论题材和形式怎样丰富，主旋律电影、艺术电影和商业电影这三种类型三足鼎立的局面是基本不会变化，只是三者的比例与20世纪90年代相比有了变化，变化的趋势就是商业电影的占比越来越大。

艺术类型的电影在新世纪依旧非常受欢迎，一些导演将一些文学艺术价值突出的作品改编成电影，如2002年孙周导演的电影《周渔的火车》，改编自北村的小说《周渔的喊叫》；2003年霍建起导演的电影《暖》，改编自莫言小说《白狗秋千架》等。影片《暖》讲述了一个真实而平凡的故事。女主人公暖因为不慎从秋千上摔下而失去了左眼的视觉能力，长大后她嫁给了一个哑巴，过着贫穷而艰难的生活。离家多年的“我”重归故里，去看望这一家人，发现男女主人公在婚姻和命运中已经疲惫不堪，但是为了仅存的一点点希望都不愿轻言放弃。

文章通过“我”的所见叙述了一个揭示人性美丑的故事，让人感叹命运的捉弄和生活的无奈。电影基本还原了小说的故事情节，同时也增加了许多带有地方民俗特色的场景，让电影的文化美感更加丰富。可以看出，这一阶段的文学作品改编，导演更注重向观众表达对社会底层人群和边缘人群的生命体验的关注。呼吁人们关注那些活在困境和逆境中的小人物，观众从电影中也能够看到现实生活中景象。总之这一阶段的文学改编呈现出了许多独特的视角，这是其他三个阶段都不具备的特征。

通过回顾我国当代文学影视剧改编的历程，可以发现在不同的年代，文学的影视剧改编呈现出不同的特点，但是也受历史时期影响，存在固有的缺陷。如20世纪70年代的文学作品改编受政治环境影响很大，所以改编的题材都以农村题材和革命题材为主，对文学作品的改编比较忠实于原著，同时强调民主风格的体现。但是这一时期文学作品改编的思想比较严肃，文学改编娱乐元素很少，所以文学和电影就会被生硬地捏合在一起，很难充分地表达文学作品的内涵；80年代，创作主体的意识开始逐渐增强，创作主题也表现出多元化的特征。但是此时我国已经经历了改革开放，文学作品改编的商业性质日渐浓厚，改编盲目追求娱乐性，却忽视了影视作品的艺术性以至于原著内涵被弱化，这一时期文学作品改编表现出了低俗化的特点。90年代以后无论是文学作品创作还是影视传媒技术的发展都发生了很大的变化，作家们开始迎合文学作品的影视化和商业化发展，在文学创作上已经有了影视化的倾向。这一时期，文学作品改编的内容更加通俗，但是也存在过度商业化和娱乐化的现象，文学创作要为影视改编服务。

（二）文学与影视的互动关系

在网络化时代，快餐文化大行其道，小资轻奢思想逐渐融入主流价值观，如此社会文化背景和大众语境之下，纯文学的发展道路是艰难的。多媒体技术发展已经达到了一定的水平，影视的影响力强大到可以带动文学发展的地步，此时文学如果不依赖影视就会变成小众文学。

此处用“语图”理论来解释文学与影视之间的互动关系。站在“语图”理论的视角上，文学和影视都是“图像”的载体，二者之间存在相互影响和互相依赖的关系。文学影视化改编实际上就是语言与图像的互仿现象。语言被视为“实指”符号，而图像被视为“虚指”符号，从符号的表现程度上看，语言比图像强势很多。中国文艺理论学会副会长赵宪章在其语图互仿理论中谈到，图像模仿语言是弱势符号模仿强势符号，这是顺势的表现。而语言模仿图像，就是强势符号模仿弱势符号，是逆向的表现。所以说顺势模仿手到擒来，逆势模仿则是关山难越。“语图”理论的研究以古代的诗和画、希腊的神话和壁画为依据。从古代开始，图像与文字之间的弱势符号地位就已经非常明显了，古人有为诗歌赋画的，也有为画题诗的。这就涉及了一个先有诗还是先有画的问题。但是纵观我国文学历史，“诗意画”大多成为精品，但是“题画诗”却有很多都是名不见经传的。所以说顺势模仿和逆势模仿的效果还是有很大差别的。图像发展到今天，已经不再仅限于平面的图画，而是延伸到了“影像”这个大的范畴。一反常态，影视传媒作为图像的集成体，成为这个时代最强势的“语图”符号，所以对“语图”关系的考究也要本着与时俱进的思想，结合当代的社会环境和历史背景进行新的演绎。影像大行其道的年代，图像找到了影视传媒这棵大树作依靠，有了长足发展的基础。时代已经不同，图像和文学的符号概念发生了很大的变化，文字力量的日渐衰弱成就了图像的强势归来。这与传统的图像关系大相径庭，在以往的诗画关系中，画家可以根据对诗歌意境的理解去尽情地发挥自己的想象空间，描绘出更深远的意境，将诗歌的内涵展现得淋漓尽致。但是反之，诗人根据一幅画去赋诗，诗的内容大抵只是画中的内容，中规中矩，因为诗人的想象力被约束了，所以难以成就深远的意境。但是现如今，文学和影视成为“语图”关系的代表，纵然以文学作为主导的影视剧改编能够赋予影视作品更高的艺术价值，但是也难以改变图像成为强势符号的趋势。图像成为强势符号意味着文本需要顺应图像的发展，所以很多作家为了附和这种趋势而在文学创作中加入大量的影视化色彩，强势符号的强行插入让文学偏离了本身的语境。甚至于有些作者创作就是为了服务于影视改编，这种目的性过强的创作直接导致创作偏离轨道。尽管在当代大众语境，图像已经成为具有很强传播能力的符号，但是并不能因为图像的介入，语言就要变成图像的附属品。虽然文化环境形势有所改变，语言也要坚持自己的发展原则，作家必须坚守文学的阵地，而不是选择随波逐流。在大众语境下，传媒发展势如破竹，不能否认的是影视传媒的发展带动了文学作品的传播，但是公众关注的是影视传媒是否能够给文学作品增添新的活力。

总而言之，在近一个世纪的发展历程之中，文学和影视始终保持着一种相生相伴、相互渗透的关系，但是二者始终是两种独立的艺术形式，其艺术价值都具有不可替代性。具体来说，二者的互动关系表现为以下几个方面：

首先，文字与图像本身处于两个不同的表意符号系统。这种特性表明了文学和电影是两种性质完全不同的艺术门类，不仅艺术话语方式不同，审美的感知体系、特质和存在的方式都是不尽相同的。

其次，文学和电影表现的出发点和叙述策略是不同的。文学主要依赖文字来传达故事、情感和思想，它通过作者的语言和读者的想象力来构建故事世界。文学作品通常具有较强的内省性质，允许读者在阅读过程中自由地解读和想象，从而形成个人化的体验。文学的叙述可以是非线性的，通过倒叙、插叙等手法来扩展时间和空间的维度，创造出多层次的叙事结构。相比之下，电影是一种视觉和听觉的综合艺术，它通过图像、声音、动作和对话直接呈现故事。电影的叙述往往是线性的，通过镜头的切换和编辑技巧来控制叙事节奏和视角。电影能够利用视觉特效和音效来增强叙事的冲击力和沉浸感，使得观众直观地感受到故事的氛围和情感。

最后，文字和图像这两种表意符号带给观众的观感和身心体验也是不同的。文字是一种抽象的表意符号，对文字的理解需要调动读者的知识和经验储备。但是影像不需要，电影有声音、有画面，直截了当地告诉观众他们看到的是什么，用最直接的方式去刺激观众的感官系统。正如日本电影理论家岩崎昶所言："作为文学的手段的语言和文字，对我们的心理起一种抽象的作用，而电影则直接地作用于我们的感官。这两种艺术都有各自不同的特性，同时，也都有长处和短处。它们的不同在于一种是通过心灵到达形象的艺术，一种是通过形象打动心灵的艺术。”[①]

二、文学作品与影视作品的辩证关系

辩证关系就是指事物之间、事物内部各要素之间既对立又统一的关系。而文学作品与影视作品两者之间就是一种辩证的有机体，它们相互联系、相互区别，又相互影响。辩证法要求用对立统一的观点来看问题，要全面、客观地揭示矛盾双方的关系。

(一)文学作品与影视作品的关系

1. 文学作品是影视作品的来源之一

影视作品是从文学作品中汲取营养的，文学作品则是影视作品的营养之源。为大众所熟知的荣获诺贝尔文学奖的许多文学作品也被改编成影视作品，搬上了荧屏。如莫言的《红高粱》不仅被张艺谋拍成电影，而后随着莫言获得诺贝尔文学奖，《红高粱》再次被捧红，更是被拍摄成了电视剧，为更多人所熟知和喜爱。不管是电影版的《红高粱》，还是电视剧版的《红高粱》，其原型都来源于文学作品。这仅仅是文学作品被改编为影视作品中众多成功案例中的一个。而近年来，小说也成为被改编成影视作品的文学作品中一枝独秀的存在，如《甄嬛传》《步步惊心》等小说作品改编的电视剧，收视率颇高，得到了大众的广泛喜爱和认可。究其原因，笔者认为是由于文学作品自身具备深厚的文化底蕴、思想深度和独特的审美品位，才使得从文学作品改编的影视作品取得如此巨大的成功。所以，优秀的文学作品往往能推动影视作品朝着符合大众的收视兴趣与审美情趣的方向发展，从而得以更加完善，取得更大的成功。

2. 影视手法使文学作品立体化

文学作品以文字描绘出一幅蓝图，使读者可以通过文字描述想象出画面，具有抽象性。而影视作品通过其独有的表现手法，使观众通过声效、画面等，从听觉与视觉来感受整个故事的情节发展，直观地把故事内容展示给观众，具有直观性。

声效从听觉上使文学作品立体化。文学作品表述的情感只是呈现在

①石海琳. 影视化发展对我国当代文学作品的影响[D]. 延吉:延边大学,2016.

文字上，并不能从听觉上带给人一种身临其境的感受，而声效的出现则弥补了这一空缺。声效与画面的有机结合，使得影视作品更加的耐人寻味。声效包括人声、音响、音乐。人声能使人物形象更加丰富、饱满；音响能把客观世界真实地呈现在观众面前；音乐则渲染气氛，烘托情绪。例如：在电视剧《甄嬛传》中，沈眉庄难产死后，甄嬛痛哭的那一场戏。一开始甄嬛还在酝酿情绪，随着音乐《菩萨蛮》的缓缓道来，甄嬛与眉庄的往事重现，历历在目。甄嬛陷入悲痛之中，等到音乐《菩萨蛮》放到高潮部分时，甄嬛不禁放声痛哭，连走路都显得步履蹒跚。一段回忆，一段痛苦，再加上音乐的烘托，实在是感人至深，令人潸然泪下，音乐的使用使剧情更具有感染力，伴随着音乐，孙俪高超的演技与故事情节结合得天衣无缝，直戳观众的泪点，更让人产生一种哀伤的情绪。相比于文字作品，这里的音乐就更能渲染出这种哀伤的气氛。

画面可从视觉上使文学作品立体化。画面运用色彩基调、画面构图，使人物形象、故事情节被更加直观地向观众展现出来。比如电视剧《步步惊心》中，若曦站在皇宫内抬头望天，画面以仰拍的角度拍摄，周围的宫墙把一望无际的天空围得四四方方。四四方方的天空体现了皇宫生活的循规蹈矩，处处受到限制。而若曦置身于其中，整个画面充分展现出若曦深处皇宫，对皇权争斗的无奈，天空则是若曦对宫外自由生活的向往。而这些画面若通过文字描述出来，就要写出若曦的想法才能使读者感受到。

（二）文学作品与影视作品的区别

从接受人群上看，文学作品的受众通常是喜欢阅读、喜欢文字语言的人。相比于文学作品，影视作品的接受人群就广泛了许多。任何人只要想看、有条件看，都能通过电视、网络等多种途径观看到影视作品。

从接受方式上看，读者在阅读文学作品时，可以反复地品味，可以在不懂的地方或在有深刻体会的地方，勾画文字，做做笔记，便于以后查找或引用。对于观众，尤其是老年观众来说，影视作品相对而言就没这么方便了，如果有一处没看懂或者是因为被打扰没而没看到一些片段，不可能要求停顿一下，甚至都来不及思索，因此易造成感受上的空缺。

从两者比较上看，文学是模糊的，它要求阅读者有一定的知识储备。影视是明确的，它更为直观。影视作品不同于文学作品，什么都可以用文字表达出确切的意思，可以表达出抽象的概念。影视作品只能通过不断变换的画面、直观鲜活的声画形象才能引起人们的观看兴趣，才能让观众饶有兴味地观赏影视作品。但影视作品也有优越于文学作品的地方。影视作品可以通过具体逼真的人、事、物组成不断变换的画面，使文学作品中描述的人和事鲜活起来。而文学作品想要读者看到作品中鲜活的人物形象、音容笑貌，则是不可能的。读者只能通过想象，在脑海里织出一幅幅画面，而这种画面是模糊的、不确定的①。

三、中国文学作品的影视化生存与中国影视的文学化发展

科学技术进步产生的巨大力量，推动了移动互联时代的到来，社会经济文化等各个领域得到快速发展。同时，科学技术的进步也推动了人们生活节奏的加快，快餐式生活成为主流。信息量爆炸式的增长，使得人们的阅读由慢的精细化阅读转向快的“碎片化”阅读。根据第二十次全国国民阅读调查报告显示，2022年我国数字化阅读方式（网络在线阅读、手机阅读、电子阅读器阅读等）的接触率为80.1%，较2021年的79.6%增长了0.5个百分点。文学，特别是经典文学作品阅读看上去越来越与时代显得格格不入。2022年图书零售市场较2021年同比下降了11.77%。从不同渠道零售图书市场看，实体店渠道零售图书市场的销售额同比下降了37.22%，降幅超过2020年下降水平。和2019年相比，同比下降了56.7%，实体店零售形势依然比较严峻。一方面文学作品的阅读量普遍下滑已成不可争辩的事实，另一方面由文学作品改编的影视剧却大获成功，特别是近年来《白鹿原》《大江大河》《山海情》《人世间》的热播，说明文学并没有失去吸引力，言称文学被彻底边缘化还为时尚早。只是由传统文字为主的“读”的方式转向了影

①袁峰．文学作品与影视作品的辩证关系研究[J]．当代电视，2015(7)：108-109.

视“看”的模式，是文学成就了影视，还是影视成就了文学，是学界和社会关注的热门话题[①]。

从改编自鲁迅、茅盾等现代作家的小说的电影，如《祝福》《林家铺子》《伤逝》，到改编自路遥、陈彦、李碧华、余华、梁晓声等当代作家小说的电影和电视剧，如《平凡的世界》（电影+电视剧）、《霸王别姬》（电影）、《活着》（电影）、《装台》（电视剧）、《人世间》（电视剧），再到改编自古典文学作品的影视作品更是不计其数，在中国文学和影视发展的历史中，文学与影视相互促进、相互影响的例子俯拾皆是。而随着社会的进步与各自的发展，文学和影视的关系已经由原创的共生关系，逐步升华到一个新的高度。整体来看，两者的共生关系大致经历了三个阶段：初期的共生阶段、中期的交融并分离阶段、后期的分离又融合阶段。这三个阶段没有明显的时间先后顺序，更多的是逻辑上的前后与递进。文学与影视从生存到发展，相互吸引、相互成就，成为文学史和影视史上可以永久延续的友谊佳话。

（一）生存之道：文学与影视的共生性

1. 影视为文学提供了新的生存空间

文学在历史上占有极其重要的地位，中国历史上下五千年，历朝历代都有其独特的文学体裁，王国维在《宋元戏曲史序》中说：“凡一代有一代之文学。”文学某种程度上成了朝代历史的代名词。随着社会的发展，文学这种以文字作为传播媒介的艺术形式，其处境、功能、创作方式等都发生了很大变化。特别是近年来随着社会节奏加快、生活压力增大，不少人往往绕开经典的“大部头”的文学作品，转向以流行、时尚、省时、省力的快餐式阅读，阅读多呈“碎片状”。随着“视觉文化与媒介文化不断扩张，文学经典在精神生活与文化建构中的重要性明显衰落”[②]。文字被逐渐边缘化的同时，影视也成为人们日常生活的重要选择。影视（主要是电影和电视剧）是科学技术进步的产物，它将人们的阅读习惯从“读文时代”成功转向“读图和视频时代”。影视与文学的主动联姻，为文学拓展了新的生存空间。

---

①刘正阳．浅谈影视艺术与文学的关系[J]．科技视界，2015(21)：121.

②季中扬．文学经典危机与文学教育[J]．江西社会科学，2007(8)：213-217.

影视通过主动拥抱文学，将经典文学作品中的文字进行视听语言上的转译与改编，使得文学作品以一种新的视听化的方式登上银幕。随着越来越多的国产电影、电视剧的改编开始从文学中寻找蓝本，改变了文学逐渐边缘化的处境。以《人世间》在沈阳的销量为例，“随着电视剧的热播，梁晓声的原著小说《人世间》在沈城各大书店畅销不断，最多一天的销量达近二十套，一周能销售百余套，开年至今的销量远超以往几年”[①]。由此，如《大江东去》等原本寂寂无闻、在文学界的影响也不大的文学作品，改编成电视剧后却一炮走红，人们也重新开始审视文学作品的魅力与价值。

近年来，影视改编的风向正在重回到严肃文学。严肃的文学作品不但没有被埋没，而且因为影视的影响而重回人们的视野。影视“把比较高雅的文学艺术与处在低层的大众传媒结合在一起，通过影视传播的力量走向更广阔的空间，文学作品也在影视媒介的带动下得到普及。影视力量为文学作品带来了更多的受众，扩大和增强了受众的力量，文学作品的社会影响力也随之而增强，文学中对美与经典的塑造也同时得到宣传。”[②]

文学在影视上的成功，是借助影视这一媒介物，增强文学的影响力，使文学的创作和传播得以延续。严肃的经典文学作品，经过影视的改编与传播，也使得人们的深度阅读增添了新的可能性。

2. 文学为影视提供了艺术的生成基础

在影视为文学开辟新的生存空间的同时，文学也在无时无刻地影响着影视的进一步发展。事实上，社会的高速发展并不代表曾经在历史上长期占据主流地位的文学就失去了其原有魅力，也不代表人们失去了对文学的需求。相反，当今时代的市场陷入急功近利的现象亟须文学给予纠偏，文学的严肃与艺术滋养也能缓解当今社会的浮躁问题。“文学地位不再”的论调并不准确。文学的功能性作用和艺术功效在当今社会仍然发挥着重要的影响。

---

①张宁．电视剧《人世间》热播带动原著图书销售热[EB/OL].(2022-03-01)[2024-06-13].https://m.gmw.cn/baijia/2022-03/01/1302825172.html.

②李建华．影视改编对文学经典的传播作用——以电影《基督山伯爵》为例[J].电影评介，2016(4):60-62.

影视初期“不过是游乐场里由活动影像所提供的一种杂耍”[①]，并不是一种完整的艺术，正因如此，自诞生起，电影和电视剧的创作者就深深体悟到文学的艺术力量和魅力。影视主动与文学联姻，也让影视完成了从杂耍到艺术的逆袭。因此，影视成为一门艺术，得益于文学作品的力量。那么，文学作品作为电影的根基是否基本上主导了影视作品的创作？正如张艺谋所说：“我们研究当代中国电影，首先要研究中国当代文学。因为中国电影永远没有离开文学这根拐杖。”[②]文学不但给影视创作提供了“绝佳的灵感池和素材库，并在视听语言、影像风格、演员表演等多方面提出要求，创造空间，为影视行业各个环节、工种的协同高质量发展，提供了重要的场域和契机”[③]。而且直接塑造了电影的价值观，影视的存在价值和艺术价值都来源于文学。文学也直接决定了电影魅力的呈现与升级。影视的视听语言虽然与文学的文字语言有着本质不同，但影视的视听语言本身起源于文学，是文学书写的另一种表达方式。电影反映生活、表达生活的方法也来源于文学。

文学给予了电影呈现更多的方法论。小说的叙事手法、结构样式、修辞手法、表现技巧等都给电影创作提供了丰富的养料，甚至影视中演员的表演技法、色彩的搭配、影视设计效果的呈现、场面调度的把握等都离不开文学的帮助。可以说，文学对影视的介入，对影视产生了深远影响，影视产生的视听力量很大一部分都归功于文学。影视不但将文学功能和能量践行到影视创作中，也通过自身的传播影响了人们对影视甚至对社会的看法，对社会主流价值观的形成具有很大的助力。

文学给电影注入了艺术血液，电影通过自身的传播给了文学新的生存空间。文学与电影联姻构成一种交融和共生关系，他们在对方影响下各自找到了生存之道和发展契机。而随着时代的进步与技术的发展，这种交融和共生关系显得更加稳固。

---

①许南明，富澜，崔君衍，电影艺术词典．修订版[M]．北京：中国电影出版社，2005:101.

②李尔葳．张艺谋说[M]．沈阳：春风文艺出版社，1998:10.

③夕君．文学让影视剧更具魅力[N]．中国文化报，2022-03-03(07).

（二）发展之机：文学与影视的相互成长

1. 文学对影视的发展及影视的超越

电影对文学的改编丰富了电影的艺术性，电影与文学的交互也对电影艺术的发展和繁荣产生了极为深远的影响。但电影毕竟不是文学的附属品，随着科技的进步，电影逐渐开始形成与文学不一样的电影艺术。尽管对电影而言，文学仍旧是电影的“营养池”。但这个时候，电影开始在艺术上努力挣脱文学的束缚，也在努力挣脱其他艺术形式，比如表演、绘画、舞蹈、武术等的束缚，试图从它们的牢笼中挣脱出来，开始了独立化的尝试。电影一边仍旧避免不了地从文学等艺术形式中吸取自己的养料，一方面又借助他们的力量和科技的力量，让自己成为对传统艺术而言比较异质化的艺术样式。电影的综合性又体现一种独立性，正是这种独立性，才使得电影艺术与文学、绘画、音乐等传统艺术并驾齐驱，成为“第七艺术”。以文学为例，电影并没有摆脱与文学的共生关系，双方的共性因素促使电影离不开文学的滋养，因此电影的努力并非为了抛弃文学，而是在发展中边交融边分离，使其自身以独有魅力呈现出来，从而产生专属于电影的多样化艺术风格和文化属性。

一部影视作品创作是从剧本开始的，剧本的来源分为两种：一种是由文学改编而成的，一种是脱离文学作品独立创作的。改编按照忠实度分为完全忠实、基本忠实、部分忠实、基本不忠实于原著等四种方式。完全忠实的影视作品比较少见，基本忠实与部分忠实是文学改编的主流形态，文学对电影的主导作用明显。但随着电影的发展，对文学改动较大，基本不忠实的情况越来越多，甚至越来越多的影视作品并没有参考任何文学作品，而是根据文学作品的某一极少的部分进行颠覆式的创作。以周星驰的《大话西游》和《功夫》为例。前者虽然整体沿用了《西游记》的故事，但是对著作中的故事情节进行了颠覆式的改动。它舍弃了原著中对忠诚、义气、恩情的严肃书写，而是转化为一种娱乐式、戏谑式的后现代表达模式。尽管如此，观众还是能看出它与《西游记》的传承关系。而在《功夫》里面，尽管有金庸武侠作品的元素，但很显然已是另外一个截然不同的故事了。越来越多的影视作品的素材已不再依据文学作品，而是直接从社会中取材，虽然呈现出的脚本，无论叙事手法和表达方式都没有办法脱离文学作品，但已经形成了对文学作品的超越。影视作品的大众性与商业化特征加上电影本身带来的视觉冲击力，也使得其比文学具有更大的影响力和更广泛的群众基础，这同文学艺术的群众性有了本质区别。

电影艺术与文学艺术越来越呈现出一种分离式的超越。虽然电影也有小说电影、诗电影等电影形式，但与文学中的诗和小说相比有着质的不同。电影文学也是不同于文学的另一种艺术样式。这种差异不光体现在媒介上，电影形象与电影接受上都与文学有着很大的不同。这是电影艺术发展的必然选择。这种分离既是电影发展的需要，也是时代的选择。人们需要电影作出更多的视觉与文化贡献，而不是对文学甚至其他艺术形式简单的照搬与转译。

2. 影视对文学创作的影响及文学的发展

随着影视发展的逐渐成熟，电影对文学产生很大的冲击力，文学的诸多功能逐渐被电影取代。尽管电影发展为文学传播作出了不少贡献，但也使文学遭遇了很大的危机，也逼迫文学寻求变化。这个时候文学的发展出现了分化，一方面部分文学家在创作上依旧遵循着传统文学的老路，比如恪守传统价值观的提炼与萃取，接续传统文学的严肃写法。这类文学作品往往普及度不够，很多作品还是借助影视的力量才广为人知。另一方面，越来越多的作家参与到影视剧本的创作中，并在其中汲取影视文学的有益成分，反哺到自己的文学创作中。比如王朔、周梅森、高满堂、陈彦等都是编剧出身的作家，他们的文学创作比传统文化创作更加注重画面感，注重文字的舞台呈现，更加注重人物情绪的外化变化等。他们的写作风格相对更加轻松、幽默，写作方式更为直接，读他们的小说，更像是在欣赏一部电影和电视剧。而部分编剧作家的创作还得到传统文学界的肯定，并获得严肃的文学奖项，比如陈彦获得了第十届茅盾文学奖、《装台》入选“新中国70年70部长篇小说典藏”等。

影视作品在潜移默化中培养了作家的市场意识、画面思想等，文学“读”的特点被影视“看”的优势取代，更多的作家开始有意无意地塑造自己的文学影视感。尽管严肃作家主观是反对的，著名作家莫言“在反思小说创作与影视表现的关系时谈道：‘我认为写小说就要坚持原则，绝不向电影和电视剧靠拢’‘越是迎合电影、电视写的小说，越不会是好的小说，也未必能迎来导演的目光’‘写小说不特意追求通俗性、故事性’。”[①]但这并不妨碍文学创作的影视化倾向。

从某种角度而言，文学的影视化追求对文学创作而言并不是一件坏事。一方面，它是对传统现当代文学的高大冷形象的扬弃。实际上古典小说无论是《三国演义》《西游记》，还是《聊斋志异》《红楼梦》都非常注重文本的直接可读性。相比较而言，现当代文学作品的亲民性明显不如影视文学。另一方面，文学的主动求变也扩展了自身的生存空间，不必被动等待影视的力量来进行传播，而是通过文字的吸引力来扩大自己的影响力。这个时候文学某种程度上实现了对影视的分离，它通过对影视艺术的采借，摆脱了依靠影视传播带动自身传播的被动性，也促进了大众文学的转变与发展。

(三)创新之见:文学与影视的融合

文学与影视共生发展的第二阶段体现的是交融并分离阶段。这一阶段，文学可以不依靠影视力量来宣传自己，可以摆脱自身劣势，运用其他艺术的优势来自我变革，使文字发挥它本身的亲近性并通过一些技术处理使其趋于通俗化以便于阅读。影视也开始从剧本和艺术手法等方面摆脱文学束缚，形成了独立甚至比肩文学的艺术样式。到第三阶段，融合又成了各自发展的主旋律。这个时期，文学已经分化成多个艺术样式。比如影视文学已经作为文学的一种样式被文学承认，网络文学也随着互联网的崛起而呈现蓬勃发展之势。影视文化和网络文学的繁荣是新时代文学的亮丽景观，也是中国文学史上的盛事。影视文化和网络文学让文学呈现前所未有的广度，随着影视文学与网络文学逐步向纵深处发展，其有望在将来成为或者已经成为传统文学中的一员。

文学变革和分化到一定阶段又会对影视构成新的影响。比如影视文学（包括专门为影视而创作的文学作品和改编的文学剧本）和网络文

①石海琳．影视化发展对我国当代文学作品的影响[D]．延吉：延边大学，2016.

学又开始成了影视作品采借的素材“富矿”，它们通过影视力量又一次拓宽了文学价值、激发创造活力。相比传统文学而言，影视文学本身为电影和电视剧量身定制，网络文学“人物塑造相对立体、个性鲜明，情节推进快、高潮迭起。这些叙事特点也为影视改编提供了坚实基础，为影视作品的吸引力和代入感加分”[①]。网络文学作家在经年累月的连载和与读者的深度互动中，深谙读者的喜好，更能吸引并留住读者。影视文学与网络文学都非常适合影像呈现，并且因为投资回报率相对较高，更容易赢得资本的青睐和支持。影视通过改编，再次赋予了文学经典以全新的传播和传承方式。影视文学与网络文学通过自传播和影视的传播叠加，不但形成了传播合力，文学传播力的增强对影视的发展与传播也起到了很好的促进作用。

作为一种综合艺术，一方面影视无时无刻不在吸收新的营养，另一方面也在根据自身发展的需求分离出个性化特征，形成新的影视观念。而随着数字技术、元宇宙技术等科学技术对各行各业的深层渗透，科学技术呈现整体化、综合化发展趋势，助推文学和影视成为更加独立也更加综合的艺术。一方面，文学和影视无止境地采借和承袭各种传统和新出的艺术门类的优势，一方面又在这些优势的基础上加以创新。这种创新体现在对文学和电影品质上的反复锤炼，力求精益求精，在文字和画面上给读者和观众新的视觉盛宴。影视与文学的融合与分离，构成了二者不断创新的基础。一些新的思想观念和艺术观念因为彼此的联系不断生发并且发展，从而形成一种创新的传统，并固定下来。

影视和文学的共生关系离不开双方对彼此的交融与借鉴，也离不开各自的独立与发展。综合和分离共同使得影视和文学的共生关系更趋良好。影视是视觉化的文学，文学是文字化的影视，经过一次次的分离与融合，给双方的发展不断注入新的活力和生机[②]。

---

①薛静．网络文学影视改编：拓宽文学价值，激发创造活力[N]．人民日报，2022-10-04(08)．

②王娟．中国文学作品的影视化生存与中国影视的文学化发展[J]．电影评介，2023(8):82-85．

四、中国文学与影视关系的当代嬗变

从文学动态存在的方式来看，随着媒体形态的不断升级发展，以及影视与新媒体的融合度提高，文学与影视的强弱关系在新的媒介场中呈现出与过去根本性的差异。从文学到影视的传统影响路径日益发生改变，出现一条从影视到文学的当代影响新路径。中国文学仿佛置身于一条回环的当代媒介河流，在互联网多媒体兴起以前，文学在与影视的关系中大致占据支配地位，从文学（主要是小说）到影视的单向传播占有压倒性地位；在互联网多媒体兴起以后，文学对影视的影响力和话语权不断被消减，电影、电视与文学之间的关系重构速度加快。消费化的市场需求、“互联网+”的媒介环境，使得影视的声色优势不断扩大，反过来影响当代文学的内容、形式与格局，成为裹挟着文学向前走的多重因素中的一种①。

（一）文学与影视改编关系的改变

21世纪以来，影视对传统纸媒文学的依赖有所降低，传统纸媒文学的影视改编数量下降，网络文学IP改编数量上升，影视与传统纸媒文学之间的关系更加疏离。中国文学的当代影视改编大致经历四个阶段，即20世纪80年代中期前“忠实于原著”的改编、20世纪80年代中期后“原作加我”的改编、20世纪90年代之后至21世纪10年代左右“为我所用”的改编、21世纪10年代开始网络文学IP改编。说是大致，是因为虽然改编方式不断发展变化，但还是会在整个过程中有交叉重叠，这样划分是为了更好地突出不同之处。

前三阶段更多与传统纸媒文学有关，主要是对传统纸媒文学进行影视改编。第一个阶段，也就是20世纪80年代中期前，大致属于学习摸索阶段，比较中规中矩。影视界一方面学习国外关于文学影视改编的理论与业务，另一方面对中国经典纸媒文学作品进行影视改编，忠实于原著的主题、内容和风格，尊重作家意图，改编活动非常谨慎。这个阶段电视尚未普及，前期主要是电影改编，像《腐蚀》（1950）、《红楼二尤》（1951）、《祝福》（1956）、《林冲》（1958）、《林家铺子》（1959）、《早春二月》（1963）、《天云山传奇》（1981）、《阿Q正传》

①盘剑．影视的文学化与文学的影视化[J]．新世纪智能，2024(19)：11-13.

（1981）、《牧马人》（1982）等，后来电视剧改编慢慢多起来，如《新岸》（1982）、《蹉跎岁月》（1982）、《武松》（1983）、《今夜有暴风雪》（1984）等。第二个阶段，从20世纪80年代中期后至90年代末，这一阶段，随着改革开放的加快发展，出现了一个改编高潮，文学影视改编积累了一些经验，独立性更强，开展了更加自觉的改编，在不损害纸媒文学经典基本精神的基础上，开始有限度地尝试对纸媒文学经典作适当的取舍加工或者再创造，如电影《红高粱》（1988）、《顽主》（1989）、《大红灯笼高高挂》（1991）、《秋菊打官司》（1992）、《霸王别姬》（1993）、《背靠背，脸对脸》（1994）、《阳光灿烂的日子》（1995）、《东宫西宫》（1996）、《埋伏》（1997）、《有话好好说》（1997）等，电视剧《红楼梦》（1987）、《围城》（1990）、《三国演义》（1994）、《子夜》（1995）、《霜叶红似二月花》（1995）、《水浒传》（1998）、《骆驼祥子》（1998）等。其实，上述两个阶段，从宏观角度来看，都可以算是忠于原著的阶段，虽然在改编时作出了一些改变，但总体而言差别不是特别大。第三阶段，20世纪90年代之后至2010年左右，随着市场化的深入，“为我所用”的改编日益增加，影视改编按照改编者的意图取舍，或截取原作片段情节，或借用原作名字、人物、素材等，不再亦步亦趋地与原作的主题、人物、环境一致。如电视剧《春光灿烂猪八戒》（2000）、《红楼丫头》（2002）、《浪子燕青》（2004）、《新聊斋志异》（2005），电影《满城尽带黄金甲》（2006，取材于《雷雨》）等。这个阶段，甚至出现颠覆与恶搞，如较有争议一类的电影《孔子》《战国》《杨门女将》《关云长》《摇滚三国》《小明的历史课之假宝玉嘻游记》，有戏说、恶搞、无厘头成分。

最后一阶段更多与网络文学有关，网络文学IP改编成为当下影视发展的新趋势。“IP”是Intellectual Property的缩写，意思就是“知识产权”。网络文学IP，是指具有知识产权的网络文学故事和角色。网络文学IP改编，就是将具有知识产权的网络文学故事和角色进行改编，包括较为广泛的内容，“除占比最大的影视改编外，游戏、动漫、有声、舞台剧等”[1]属于改编范畴，就是说可以根据不同意图改编成电影、电

①赵云. 全版权形态下IP改编的发展前路[N]. 文艺报,2020-10-26(008).

视、戏剧、漫画、音乐、游戏、玩具等不同形式。此处重点关注的是以网络文学IP为核心的影视改编及互动。2014年被称为网络文学IP改编元年，但是网络文学IP改编实际上更早就存在了。早在2000年，网络文学IP就开始了初次尝试，由网络小说《第一次亲密接触》改编的同名IP剧登上荧幕。之后，IP改编剧一步步走入人们的视线，2014年后网络文学IP改编日益成为影视界的热门话题，“在当下的产业语境中，IP已成为影视改编的重要素材，出现很多现象级作品，《琅琊榜》《花千骨》《最好的我们》等众多IP改编剧均表现不俗”[①]，“从2016年到2019年由网络文学改编的影视剧的数量直线上升，在2019年，由网络小说改编的影视剧热度达70%以上的就有27部，高达85%”[②]。网络文学IP改编，让人看到新时代影视对文学的新需要，看到文学与影视关系在当代的重建。

回顾中国文学的当代影视改编，从一路走来出现的新现象、新特点与新问题，可以看到文学与影视的关系在媒介环境与文化观念的双重改变过程中不断调整，可以看到当代影视疏离传统纸媒文学的野心日益加大，甚至想摆脱传统纸媒文学的束缚单干。不过，不管观念如何超前，形式如何变幻，历史启迪影视，市场告诉影视，即使在日新月异的新的全媒体语境之下，虽然可以短时间疏离某一种形式、某一部分内容的文学，但是不能彻底离开作为整体的文学世界，特别是不能离开文学精神，否则只能失败。对此，网络文学IP改编的兴起就是一个证明。

（二）文学创作与影视关系的改变

在融媒体一统天下、视觉文化盛行的时代，影视第一，文学第二，几乎成为当代新的文艺格局，作为时间艺术的文学，不断向作为空间艺术的影像靠拢。对此，周大新就曾在中国作协第八次全国代表大会上提到，在如今的文学创作中“有很多小说暴露出向剧本靠拢的倾向”；有学者指出：“现在有些作家在创作小说时，有意识地为影视改

①徐晴．IP改编剧怎么就“让人掉价”了？理性看待“被降温”的IP改编剧[EB/OL]．(2020-05-22)[2024-06-13]．https://www.360kuai.com/pc/9817ecf18cc36457e?cota=4&kuai_so=1&tj_url=so_rec&sign=360_57c3bbd1&refer_scene=so_1.

②朱凯歌，吕璐．论网络文学IP改编的现状与发展[J]．视听，2020(10):167-168.

编而做准备，将作品往影视化的方向写。”[①]显然，这些看法都带有批评的意味，客观来看，所批评的问题的确存在，但是从发展的视角来看，反映的恰恰是一种文学或者作家在新的时代媒介条件之下的改变。具体来看，当代这种文学向影视靠拢的情况，大致又可分为两种：

一种是文学创作本身的影像化。影视向文学跨媒介强势输出观念与技巧几乎成为一种新常态，影像叙事与文学写作不断融合，日渐占据主场的影视将自己的审美趣味、叙事手法、表达方式等与文学写作融合。文学不断改变昔日的创作模式、表达方式，借鉴吸收影像的叙事方式，如文学叙事的空间化、蒙太奇式的结构处理、语言的动作性加强、叙事节奏的加快、流水线式配方写作等。其中注意对空间的文字表述、用场景调度推动情节、节奏发展较快这些表现，正是借鉴了影视剧本写作的基本特点。这都使当代文学创作的影视剪辑感增强，当代文学写作越来越倾向于影视的叙事套路，文学场域几乎成为影视产品的跑马地。当然，这未必全是坏事，这些改变带来了文学的当代新气象。如毕淑敏小说《女心理师》基本以一种类似电视剧的分集方式设置章节，采用短篇故事和贯穿始终的中心人物的连续剧式结构进行叙事；每一章基本上是一个不同的故事，发生在不同的时空，场景的转化与人物关系变化配合核心矛盾发展；整个小说的情节发展和结构布局成为各式心理疾病的展示，通过空间的切分，既实现心理隐私间隔，又实现社会问题反映，场面感强，通过空间与人事的转换，完成了一系列互相关联但互不干扰的故事，最终揭示身为心理师的女主人公深层心理疾病或者说最大困境；小说既有足够的文学性，又有新的影像化特点，虽然小说有一点儿厚度，但不拖沓、冗长，好看、耐读。

另一种是从影视到文学的同期衍生文学写作的出现，就是“利用热播或刚播不久的影视剧目的热度和关注度，推出的与该影视剧目相关的文本性产品”[②]，表现形式是根据影视拍摄大纲输出影视同期小说或者其他文本作品。这种写作，其素材、构思、人物设置、故事框架、创作风格基本上都是从影视元素中拷贝。在这个过程中，作家个体几

①李晓筝．论影视改编对文学传播的影响[J]．电影文学，2013(3)：76-77.

②赵宁．影视同期书在融媒体环境下的传播与发展[J]．出版参考，2020(4)：25-26.

乎已经失去文学创作的部分独立性。因为这个写作已不是作家个人生产，而多是由文化资本集团操作，作家个人写作换成公司集体文学生产，文学创作变成更多现代元素参与的一种集约化行动，成为一种带有技术性、媒介化的生产。从影视产业链衍生出的影视同期书，从策划、编写到出版、宣传、销售都与电影、电视剧的整体制作、营销企划保持高度一致，通过全媒体渠道发布，时刻注意受众的反应，以更好地满足目标层次的市场需求，竭力实现产业目标。这些影视衍生文学包括同期影视策划、剧本改编、拍摄花絮、拍摄散记、制作幕后、番外等多种形式内容。这里提及的主要是与文学更紧密相关的影视同期书，主要是指先有影视作品，在拍摄的同时或后期由剧本、影视作品直接写成的小说等，也可以进一步扩大到因此形成的文学现象。如1999年伴随同名影视剧的热播，小说《牵手》的销售就高居当时榜首，并促使素以出版纯文学图书出名的人民文学出版社迅速发现这类影视同期图书的出版新空间，之后推出的《大宅门》《橘子红了》《猎豹出击》《无极》等影视同期衍生文学图书相继取得了不俗的行业成绩。从20世纪90年代到21世纪前20年里，其他出版传媒集团与影视公司都曾先后投身这类文学出版活动，如中国广播影视出版社先后出版了《狼图腾》《蜀山战纪之剑侠传奇》《芈月传奇》等一批具有很大社会影响力的影视同期书[①]；湖北长江出版集团也组织创作出版了《双面胶》《王贵与安娜》等一系列热门影视剧的同期文学图书[②]。影视同期衍生文学的应运而生，虽然有蹭热度的商业操作之嫌，也存在良莠不齐的问题，但是可以让人看到文学观念与文学实践在新时代的显著变化，看到在全媒体时代“文学从‘文字形象’向‘图像虚拟’的转化”“艺术向日常生活转移”[③]，显现出文学贴着新时代的地面行走的新景观。无论是谁，也不能再用旧有的文学与文化观念看待这些影视衍生文学，因为它们借助影视之势，以文学形式在全媒体语境之下响应当下最有

①林曦．全媒体时代“影视同期书”出版的可持续性发展[J]．出版参考，2017(1)：46-48.

②陈世华，熊孟元．影视同期书的出版模式与发展策略[J]．中国编辑，2019(3)：54-59.

③胡友峰．媒介生态与当代文学[M]．武汉：武汉大学出版社，2016：405-406.

影响力的时代内容，各个要素相辅相成、互为推动，既扩大了影视传播，又拓宽了文学领域，促使文学重新定位与发展。

(三)对文学与影视关系变化的思考

文学与影视关系的变革，其实意味着文学与时代、与所处世界的关系发生变化，是世界发生变化的同时，文学产生的必然反应。不同媒介艺术之间的彼此融合与学习，本身就十分合乎逻辑，影视可以从文学中汲取思想与题材，文学也可以向影视学习叙事技巧与新的观念。其实，早在融媒体平台出现之前，当代作家就曾积极向纸媒平台学习或者借鉴艺术的有关要素，如路遥在准备写作《平凡的世界》的时候，就用了大约三年的时间来收集整理材料，“先后阅读了十年间的《人民日报》《参考消息》等多种报纸和杂志，记录了几十万字的笔记”[①]。由于时代迅速变革，媒介与文学的关系不仅今非昔比，而且变得更加复杂新颖。路遥时代的作家也许还没有像今天一样体验到置身文学全面次生化处境的被动，当年路遥从纸媒主动汲取的不过是所处世界的内容信息，到今天置身声像、电子与网络打造的世界，让作家不得不更多关注与借鉴新媒体平台艺术带来的崭新东西，新的内容、新的媒介与新的表达方式，文学与作家必须与时俱进地面对。其实这也不是今天才发生的，例如，蒙太奇的剪辑手法早就被文学借鉴，时空跳跃与视角转换很早就被运用到现代文学写作当中。不同媒介艺术之间的这种借鉴和学习，的确为文学表达的疆域突破提供了更多的可能性与更有效的方式。历史证明，影视与文学间的相互融合、相互学习，不同媒介的相互融合、相互学习，毫无疑问都是有利于相互促进与发展的。

不过，影视的大众艺术属性与工业属性，特别是资本运作模式，使其天然具有趋利本性，本身带有消费文化的特点，注定不会把作品的美学价值和精神价值作为首要目标，而是把商品价值及实现作为首要目标，甚至为此不惜背离文学最根本的精神、文化追求。为了生产更高效，影视需要采用流水线式的工业生产模式；为了市场最大化，影视需要与互联网联合以强化传播效果，并且只能说好，不能说坏。这

①路遥. 早晨从中午开始[M]. 西安:西北大学出版社,1992:23.

使得受这种影响的文学生产多少呈现相似的特点，比如标准化生产、流水线式拼接、商业化趣味，导致写作模式接近、内容浅露粗糙、独立评价失去。因此，作为独立艺术的文学，如果一味迎合影视，那么程式化的动作设计、套路化的情节安排、类型化的人物塑造等，必然导致语言审美功能的弱化，必然影响思想上可能达到的深度和艺术上可能达到的高度，心理世界的丰富性和社会问题的复杂性难以得到充分展现，这些最终在一定程度上削弱文学的自主性、丰富性与艺术创造性。这样，融媒体时代文学之轻的问题，就成为一个值得思考的症候式问题。文学向影视靠拢，文学的精英性更大程度消亡，文学的大众性更大程度上升，精英文学与大众文学二者之间的界限日益模糊，文学的启蒙性日益消失，娱乐性则大行其道，文学阅读的严肃与担当日益稀薄，甚至稍微严肃一点儿的批评就会引发争议，宏大一点儿的问题思考很难像过去一样被普遍接受，文学阅读已经变成一种轻阅读，有人看、有人点击、实现经济效益似乎已经成为具有一定社会意义的最大检测标准。显然，文学对当代文化发展的意义问题，需要在当代重新思考。

正如前文所述，文学在新语境下不能不变，关键的问题是如何变化。讨论当今文学与影视的关系嬗变，实际上进行的是一种对当今文学动态存在方式的审视，也就是对“文学处于流动状态时的呈现形态、文学交流的对象、文学交流的内容等进行研究”[①]。影视与文学之间的地位与关系的改变，根本原因是时代的发展所致，文学面对新的内容，受到新的影响，发生新的改变，从影视到文学的崭新路径，以及影视借助新媒体的强势带来的表达方式和审美趣味的输出，都是一种历史的改变，几乎不可逆，只是需要在文学发展的道路上，同时看到交互影响的利弊。尽管今天的媒介环境发生巨变，深刻影响文学的影视改编和文学创作本身，但并不预示着文学陷入只能依附于新媒体影视的困境，甚至认为文学走向终结[②]。

①单小曦．现代传媒语境中文学的存在方式[M]．北京：中国社会科学出版社，2008:80.

②J．希利斯•米勒，国荣译．全球化时代文学研究还会继续存在吗？[J]．文学评论，2001(1):131-139.

在新媒体日益发展的形势之下，文学要借势而为，将其他媒介产品的力借到文学领域，促进文学的发展，文学不能也不会成为长期甘于被动接受其他媒介影响的次生品。一方面，文学创作看起来似乎受到影视的强势影响，但是影视其实还是从根本上受到文学的影响，只是这个文学指向的是更久远一点儿的文学，是向更久远的文学学习，尤其是文学经典，因为其所具有的影响，仍将对影视发展提供绵延不绝的启迪，如“电影语言蒙太奇的发明者爱森斯坦，就曾感叹托尔斯泰等的小说的蒙太奇的存在，并为此深受启发”①。另一方面，文学受到影视的强势影响，不过就是文学面对新的历史情况的一种暂时调整。长远来看，影视与文学的互相影响必将是多元化与多向化的。无论文学置身于任何新媒体语境之下，仍然能“言新媒体所不能言，为新媒体所不能为”②，文学创作必将会在新的历史条件、新媒体语境之下吸收新的要素之后，走出一条新路③。

第三节　名著改编观念的演进

文学名著的影视改编观念的演进集中体现在文学改编电影的历史中，这一历史如同一幅丰富多彩的画卷，在时间的流转中不断展开新的篇章。从早期的忠实原著，力求还原文字描述的细节，到后来的以影视语言重新诠释文学精神，文学名著的影视改编观念经历了深刻的变革。

在早期的影视改编实践中，制作者们往往倾向于忠实原著，尽力保持原著的故事情节、人物设定和主题思想。这种改编方式在一定程度上满足了观众对原著的期待，但也往往因为受限于文字描述和影视语言的差异，而难以完全还原原著的韵味和深度。

①蒋述卓，李凤亮．传媒时代的文学存在方式[M]．桂林：广西师范大学出版社，2010:40.

②陆扬．米勒的网络时代文学观[N]．文艺报，2007-01-06(04).

③肖智成．中国文学与影视关系的当代嬗变[J]．文教资料，2020(32):20-22.

然而，随着影视艺术的发展和观众审美需求的提升，文学名著的影视改编观念开始发生转变。制作者们开始尝试以影视语言重新诠释文学精神，通过画面、音效、表演等多种手段，营造出一种全新的视听体验。这种改编方式不仅保留了原著的核心价值，还赋予了作品新的生命力和艺术感染力。

这种观念的演进并非一蹴而就，而是在不断的实践和探索中逐步形成的。每一部成功的文学名著改编作品，都是对原有观念的挑战和突破，也是对未来改编实践的启示和引领。正是这种不断求新求变的精神，推动着文学名著的影视改编不断向前发展，为观众带来更多精彩纷呈的视听盛宴。

一、文学改编电影的三种核心观念

在电影诞生前的数千年中，文学作为文艺门类中的一门显学，无疑充当了呈现人类历史的理想范本。但在电影诞生后的百余年中，尤其是伴随着现代科技对媒介技术的深刻改变，文学的在场性和跨界性都呈现出较为复杂的叙事空间。从文艺整体观视域来考察，尽管文学的主体地位不断丧失，但它并未消亡。相反，文学正在经历一种转型，许多作家和出版商开始利用数字平台和社交媒体来推广作品，以适应新的媒介环境。无论是电影创作还是电影研究，无论是改编文学还是文学性的呈现，电影都与文学直接或间接地产生关联。与此同时，电影与文学在美学追寻、创作观念与表达技巧等层面逐渐形成了一个相互渗透的开放体系，让二者的关系在牵丝攀藤的纠缠中既保持了独立品格，又影响乃至改变着彼此的逻辑理路。业界与学界很早就对这一现象予以关注，无论是中国早期鸳鸯蝴蝶派的影戏、电影、小说创作、“软性电影”与“硬性电影”（左翼电影）之争、电影性与文学性的交锋，还是安德烈·巴赞、谢尔盖·爱森斯坦、巴拉兹·贝拉、乔治·布鲁斯东、齐格弗里德·克拉考尔等，对电影与文学关系或迥异或交集的阐释，都从不同侧面引发了持久的争论。尽管这些争论从未在电影史中得出定论，但它们的生发与延展始终伴随着电影的赋能与转向，其中有三种较为核心的观念延续至今，为电影与文学的关系探求提供了诸多启示。

(一)模仿论:文学性的复调再现

自电影从影像技术的切口进入“讲故事”这一泛化的领域，人类历史长河中大量经典的文学作品便开始为其源源不断地提供创作灵感与创作素材。在由改编带来的绵密繁复的缠绕中，文学性与电影性形成了一组跨域的协同关系。文学性是由文学衍生而来的概念，这意味着对文学的研究，更多地针对文学性的诞生、推演及其价值等。文学性在文学与电影中具有不同的叙事话语范式，电影改编基于故事本身以及故事对话语或忠诚或颠覆式的呈现，对于二者的关系，德斯蒙德和霍克斯称之为“惯例”——一种游走于电影与文学之间的相互连接又彼此呼应的态势。电影性由运动性、空间性、集中性和造型性共同构成。在改编领域，成功的经验通常被认为是以电影语言阐释文学语言，将电影性附着于文学性之中，展现为更为宽广的影像视野。在电影改编之初，改编的来源通常是世界经典文学名著，后者广泛的传播度引发了读者对改编忠诚度的关注，因此，改编忠诚度成为一种重要的电影观念。改编中的忠诚度主要是指改编作品是否忠实于原作的叙事结构、人物塑造、主题思想以及文化内涵等基本故事元素和核心意义，即从故事情节到意识形态的忠诚。安德烈·巴赞、夏衍等均是这一观念的拥趸，但他们的思想又有颇为显著的区别。基于对实现改编忠诚方式的把握，模仿论观念下的电影改编大致分为三类：

一类是木乃伊式的复活，即将电影视作表达文学作品的一种工具，有两种不同的呈现方式：一是对原著的原样呈现。例如《老人与海》《伤逝》等是对原著故事、风骨的高度复制，这种改编方式在相当程度上依赖于原著的成熟度。二是巴赞提出的布莱松式的改编，是与原著基本相同甚至超越原著的“文学性”。这种改编的前提是小说和电影都是叙事艺术，也都是时间的艺术。这种忠实原著或文学性的改编风格，正是布莱松在《乡村牧师日记》中呈现出的影像化的文学性。巴赞认为这部作品的改编是忠于文学的重要典范。它既忠实，又具有创新性。布莱松在改编中使用了删除法，这种删除并非去除“文学性”的部分，而是去除了视觉表达的部分，同时删减次要人物。他只做减法，不做加法，绝对“忠实”于原著的主干，同时采用了大量的画外音，这更有利于他创作的初衷——以影像的方式彰显文学性。巴赞所论述的忠于原著并非停留在表层，而是一种更为本源与整体的改编行动，是以影像的方式复现文学性，是对文学性本身的忠诚，而不是简单地复现原著。与此类似的是，凌子风在对沈从文《边城》的改编中，以“诗情”和“美感”为灵魂，让《边城》这部小说所具有的悠长浓郁的诗化审美风格以影像的风格得以再现。当然，忠于原著并非意味着改编的成功，“忠实”不是改编的必然工具，原著的品质、改编所持有的电影立场与对文学的想象能力等，都有着重要的现实意义。

另一类是片段式的复现。巴拉兹·贝拉所主张的“素材论”认为，小说改编成电影的过程是把原著内容当成原始素材而忽略该素材已有的形式，是从某种程度上对故事进行新的组装，但禁锢依然存在。复制是对原有素材、风格、韵味的基本遵循，而创造力则体现在对文学已有素材的选取和重组。《城南旧事》正是采用了这种改编范式。原小说分为五个片段，分别书写了五个人物和他们的故事。电影摘取了其中的三个故事，在“童年”和“离别”这两个关键词的统摄下，与原著小说形成的优美、纯真、伤感的文学风格相应和。正如英国电影导演卡雷尔·赖兹在一次采访中说，“如果一个人在改编小说，他有义务忠实于小说的精神——这是最基本的——但是却没有义务忠实于小说的细节。”这种“忠实观”的传达，不同于原封不动地全面照搬，而是基于改编者所持有的影像立场和伦理情怀，进行摘选式的复现。这种复现，甚至可以经由同一个作家来完成。巴拉兹·贝拉认为改编就是把别的文艺作品变为电影剧本的一种艺术创作过程，从本质上讲，也就意味着在他的认知中，电影剧本即被视作改编行为的终结，这就把改编局限在了纸质媒介，而没有意识到改编所针对的是影像艺术，更多地从电影剧本去评判改编成效，而不是电影本体，这一认知成为汪流忠于原著的理论根基。

第三类是聚焦式的复生。原著对改编后新的阐释具有天然的制约，陈犀禾将其分为两个维度：一是与原著题材、故事的内在亲缘性，这一维度强调改编作品需要与原著在题材和故事层面保持“血缘”上的紧密联系。改编者在处理文学作品时，应当尊重原作的故事框架、人物设定以及核心主题。二是遵循原著所置身的历史真实，这一维度则着重于改编作品对原著时代背景和历史环境的忠实再现。文学作品往往深深植根于其创作的时代与社会背景中，改编者在将文字转化为影像的过程中，需要充分考虑到这一点。这包括对原著中描绘的历史事件、文化氛围、社会结构等的准确把握和再现。改编不应为了追求视觉效果或戏剧冲突而随意改动历史事实，而是应当努力营造出与原著相吻合的历史真实感，这不仅是对原著的尊重，也是对观众负责的表现。因此，在文学作品改编的过程中，应该提倡创造性而非机械化的“忠实”，这意味着改编理念对忠诚的认知在悄然发生变化，从对电影语言本身的重视重新回到理论审视的视域。这类观点，是对普多夫金、夏衍等改编观念的强化与佐证。例如在对高尔基《母亲》的改编中，普多夫金所理解的现实主义精神占据了主导，但也因此出现了“戏剧化的情节处理容易脱离事物本身的发展逻辑和自然规律，在一定程度上减弱了原著所具有的真实感人的艺术魅力”。这是因为改编者具备独立的主体情感和思想认知，并试图重构自我所见证的现实。这种自我诠释与同构容易偏离原著的情感动机。事实上，电影《母亲》更多地沿袭了小说中的革命理路，指向战斗的人生，而淡化了人性的基本需求。夏衍在《杂谈改编》中提及经典文学名著的改编思路，即他所倡导的完全以人物或者情节为中心，化整为零，他认为改编既可以是独立且互相联系贯穿的“本戏”，也可以是自成段落的电影。这种“化整为零”的改编方式其实凸显和宣扬的是以“政治性”为纲领的意识。在夏衍改编的作品中，中国革命作为一条鲜明的红线，贯穿着故事片段的摘选和演绎，是以思想性统摄情节以及人物塑造的一种改编样式。在《祝福》的改编中，夏衍找到了某种平衡，不仅塑造了劳动人民正面高大的形象，也以一种善意、悲悯的视角再现他们盲目愚昧的一面，在作品的结构上更是做出彻底改变，从散文式的零散、平淡变成了紧凑、起伏的戏剧结构，删除了小说中以“我”为第一人称的知识分子的寻路者、旁观者与讲述者的线索，强化了祥林嫂的悲剧人生，凸显了以一个女人不幸的一生展现并省思的反封建主题。事实上，夏衍在新中国成立之后的电影改编中，最大的特色便是来自对意识形态领域的全局式把握与呈现，他的理论无疑将原著故事整体提升或挪移到意识形态的范畴之下进行改编。

忠于原著的改编具有文学史和影视史的双重价值，后者对影像主体面貌产生了深远的影响。例如，在华语电影的改编历程中，很多电影体现出中华传统文化的精髓，其间又有中国古典美学的道统与意向体系的传承。文学创作中的意境、意蕴、意向深深地植入电影技艺中，以“电影语言”的方式探寻不同的审美特征，呈现出梦幻般的诗意，自成体系的文学理论甚至成为早期电影研究的理论根基，被援引到一些现象级导演的作品研究之中。但陈犀禾认为，所谓改编的忠实都是相对的。而从存在主义视域来看，改编者的本体认识是根本无法消除的，主观因素是一种必然存在。这是由改编者置身的社会历史大背景所投射的意识形态观念客观决定的，因此“忠实”与否并非评价电影改编的唯一标准，重要的是作品本身的艺术价值。正如《这里的黎明静悄悄》的改编者瓦西里耶夫认为的，改编本身正是一种阐释，是通过原著作者和改编者的精神交融，诞生出一种新的艺术产品。

（二）重建论：电影的孤岛效应

与改编“忠实论”相对立的是电影的“重建论”，它既建立在小说本质不可改编的基础上，同时也建立在电影本体论的基础之上。电影的本体论伴随着电影的理论建构和整个实践历程，贯穿在电影与文学的关系论证之中。电影萌生时所具有的本质特性是否始终如一，其内在张力和价值元素是否岿然不动，在改编中成为一个争论不休的话题。爱森斯坦的电影理论将之作为具有高度表现力和表现深度的媒介，脱离了对文学的附庸，进一步强化了电影的独立性。乔治·布鲁斯东、西摩·查特曼、钟惦棐等分别从电影的本体出发，对文学与电影之间的定位进行了颇具意义的言说，并试图扬弃文学与文化的逻辑，重建全新的改编观念。值得一提的是，19世纪二三十年代出现的欧洲先锋派直接将反叙事、非理性、抽象性作为电影创作的核心范式。其中，印象主义代表人物、法国导演路易·德吕克提出艺术表达的是经验而不是真实的存在，是情绪而不是故事；抽象派则表现出形式的极端主义，无情节、无人物、无主题，法国导演路易斯·布努埃尔导演的电影《一条安达鲁狗》作为超现实主义的巅峰之作，更是充斥着一组组毫无逻辑的镜头。在这些流派中，对于“电影是什么”的探讨似乎被放置于电影与文学的关系之上，而这直接关涉对于电影本体的若干理念和争端，既有电影美学、诗学的论争，也有“蒙太奇学派”和“长镜头学派”的对比等。这一观点的基础在于研究者认为人类对世界及文化的认知“经历了一个图码认知—语码认知—全息认知的演进过程”。图码认知无疑是认知产生的最初形态，也是电影独立于文字乃至文学的理论支持。脱离故事的枷锁，运用图像话语的叙事模式，影像话语由此取得了实质性的突破。在所有与之相关的理论探讨中，倡导电影与戏剧、文学分离的观点尤显突出。巴赞提出的电影具备“戏剧性”的观点，在不断演进的叙事探索中被演绎为对“非戏剧性”的探索，随着巴赞长镜头理论、写意化色彩、不规则构图等电影语言的出现，电影的本体论受到了前所未有的关注。诸如《野草莓》《广岛之恋》等作品，正是对传统戏剧内在逻辑关联的颠覆。于果·明斯特伯格认为基于技术的差异性，电影和戏剧开始分道扬镳，让·爱泼斯坦则断定电影关心的重点并非故事性。白景晟、张暖忻、李陀、钟惦棐等学者的观点更是极端化地将“叙事”从电影创作中抽离，以此作为电影与戏剧的绝对剥离。此外，电影与文学的关系也被置于研究的前端，两者从制作到接受的显著区分，更成为电影与文学划清疆域的重要依据。伴随着有关电影本体论争的纷纷扰扰，电影与文学的关系出现了三种不同维度的理念。

一是自由改编的理念。最具代表性的学者是乔治·布鲁斯东，他认为电影拥有自己的艺术特性和艺术手段。在《从小说到电影》这部著作中，乔治·布鲁斯东对这两种门类的界限进行了区分，明确提出小说是语言的艺术而电影是视觉的艺术，它们具有不同的起源、受众、生产方式和审查机制，即具有不同的渊源和发展路径，这种本源上的区别，使得二者朝着截然相反的方向跋涉。他认为“文学化”的元素在电影中不复存在，这使得改编后的电影与原著已经很少有相似之处。在他的观念中，小说显然只是电影的触发点，而不应对电影产生更深入的影响，其实质是由此生产出一部独立、全新的文艺作品。自由改编的理念，旨在维持电影本体的纯正，甚至忽略新媒介对电影的侵袭，务求做到“不管新的媒介技术如何发展，但总存在一个临界点，以保证电影之所以为电影”。西摩·查特曼从修辞学的角度，将文本改编分为出于美学目的的修辞和出于意识形态的修辞，他在1990年出版的《术语评论：小说与电影的叙事修辞学》一书中，将改编实践中的“故事”与“话语”区分开来，其理论实质正是强调改编是发生在两种不同介质之间的实践，改编必须遵从电影的本体规律而非小说原著。一些改编失败的案例，例如《天堂之门》《伊斯达》《红字》等，其症结正是在于文本缺乏“电影性”，导致电影在视觉和情感上无法与观众产生共鸣，从而影响了改编作品的整体质量和接受度。钟惦棐在《谢晋电影十思》中肯定了谢晋对新电影理念的吸纳，其实也是对谢晋在改编张贤亮小说《灵与肉》等一系列改编作品中所作出的全新的尝试与探索的认可。黄宝富则认为小说与电影的艺术本质具有根本的差异。例如根据长篇小说《桐柏英雄》改编的《小花》，是把原小说波澜壮阔的战争放置到了幕后，着重凸显了三兄妹的情感，将视点聚焦于战争中人与人的情感和变迁，从全新的角度阐释了战争。

二是脱离戏剧的理念。对《西厢记》《雷雨》及莎士比亚戏剧等经典作品的电影改编将戏剧与电影的兼容变成了可能，尤其是“三一律”的结构模式被电影创作所吸纳，这种融合更为显著。在巴赞、卡维尔、德勒兹等人的理论以及电影改编的过程中，“戏剧性”始终是在场的。但另一种观点是将电影与戏剧彻底分开，卡努杜在《电影不是戏剧》一书中谈道，电影与戏剧“没有任何本质上的相同点：在电影的固定的非现实和舞台剧的变化的现实之间，不论在精神上、形式上、启示方式上和表演手段上都没有共同点”。[①]无论是白景晟所倡导的《丢掉戏剧的拐杖》，还是钟惦棐提出的电影与戏剧“离婚”，都试图消解二者之间的亲缘关系，从接受美学、空间等将之划清界限。汪流则直接指出了对戏剧式电影的偏爱对于打开电影改编的新局面是不利的，会给电影改编带来种种负面影响。

三是扬弃文学的理念。D·G.温斯顿在研究意大利导演鲁奇诺·维

①杨远婴．电影理论读本[M]．北京：世界图书出版公司，2012.

斯康蒂的改编作品时，指出《威尼斯之死》中托马斯·曼的小说内容还不到百分之十，但并不妨碍后者成为一部成功的电影。是否与原著小说相关联，是忠实还是歪曲，都无关紧要，因为那是文学纯粹派的问题，而不是电影评论家的问题。这是将两种文本彻底放置在不同的评论视域下去审视。扬弃文学的理念强调，文学作品和文化传统不应该被简单地全盘接受或完全拒绝，而是应该经过批判性的分析，取其精华，去其糟粕。这种方法认为，文学和文化的发展是一个动态的、不断前进的过程，需要不断地对旧有的形式和内容进行重新评估和创新性转化。扬弃文学的理念对于文学改编和创新具有重要的指导意义，它鼓励改编者在保持原作精神和核心价值的同时，根据新的媒介特性和受众需求，对文学作品进行创造性的转化和发展。这样的理念有助于文学作品在不同文化和时代背景下焕发新生，同时保持其艺术和思想的连贯性。

界分并远离戏剧与文学，将电影作为一种具备独立精神和鲜明内核的艺术门类，对于电影深入本体、大胆创新有着不可忽视的重要性与现实意义。与此同时，电影行动与影像自觉是否必须建立在摒弃其他艺术体裁的基础之上，其必要性也在创作中不断地被质疑和被反思。最为显著的例证便是实验电影的探索，实验电影的多向度、多维度尝试，既有意识流小说的痕迹，也带有音乐、美术乃至雕塑等多种艺术门类的痕迹。

（三）融合论：双重主体的价值维度

伴随着媒介转型，相较于文学，电影的优势地位已经不言而喻，但这种优越感很快就被波诡云谲的新生介质打破。这一历程与文学的式微或转向同向而行，这两者之间虽无法实现逻辑一致，但在文化（既有大众文化也有精英文化）的引领与教化之下，出现了前所未有的紧密联系，故事有限的疆域与话语无限的表达也因此得到了深度的融合。这中间亦有三类不同的现象。

一是图像叙事的自觉重构。科波拉根据英国作家康拉德的作品《黑暗之心》改编的《现代启示录》践行了这种“创造力”。影片以原小说为蓝本，原著中难以影像化的意识流部分被摒弃，甚至故事背景都从非洲变成了越战前线，但这部作品无疑是成功的。其成功之处正是在于严格遵循了小说与电影转化的融合贯通，在遵守各自特质的前提下，以电影的艺术审美优势和叙事模式，阐释战争的残酷。克拉考尔的观点则介于巴赞与巴拉兹之间，他认为改编应保全原著的基本内容和重点。以卡洛尔·赖兹导演的电影《法国中尉的女人》为例，这部作品便是在原著的基础上对结构进行了新的组合与编排。奥逊·威尔斯在改编卡夫卡的《审判》时，以图像的方式建构了一个全新的电影寓言，这一改编不仅仅是对原著故事的再现，而且是一种再创造，它与原著成为两种不同程度的主观诠释，展现了威尔斯对卡夫卡原作的深刻理解和创新解读。

二是对文学的深度浸润。尽管电影的生命时长远远短于文学，但其带给文学的影响却是深刻的。岩崎昶甚至认为不同风格的电影盛行会在同时期的文学创作中留下深深的烙印，例如深掘人性的电影引导了作家关注心理描写，而艺术电影的发明和发展，不能不说与普鲁斯特和乔伊斯的极端心理派的“意识流”文学的产生毫无关系。换言之，电影对于文学的影响，已经延展到了文学创作的精神及内核。事实是，在电影传播日益兴盛的大背景下，不少的小说家自觉或不自觉地受到了电影叙事手法的影响。诸如玛格丽特·杜拉斯的小说《情人》的叙事便是借鉴了电影的技法，如同电影画面通过沉默表现人物心理和现场气氛，杜拉斯的小说也大量出现电影般的沉默和空白地带。毫无疑问，电影给文学的叙事手法提供了一种全新的可能性。在改编电影诞生初期，改编题材的选择通常聚焦于经典文学名著，借由文学改编提升电影的知名度。但在20世纪80年代中后期至今，文学的淡出与电影的崛起颠覆了二者原有的关系。电影的爆红，带动了原著小说影响力的攀升，由此带来了电影对文学创作的深度影响，例如大量小说的强情节叙事方式，潜伏着被改编的功利动机。此外，近二十年来涌现的大量网络文学电影改编已经进入研究者的视野，网络文学萌生于影视艺术高度发展的时代，影视创作对其影响是深刻的。徐兆寿明确提出：“网络媒介的特殊性给予了网络文学种种优势，但也让网络文学深受商业化的影响，它往往被资本控制。”[①]随着资本朝向电影制作奔涌而至，网络文学在原创阶段便凸显出影视化倾向，而在改编过程中，基于将作品原受众群体作为基本的票房保障，IP改编大多是情节“直译”，并没有深入地进行影像化的重建。这就导致传统文学的样式在网络文学创作中被颠覆乃至消解，网络文学创作甚至为电影改编提供了极为翔实的前期准备，按照影像剧本的方式进行创作。

三是对消解边界的尝试。在“媒介特殊性”与“媒介综合性”的论争中，数字化浪潮的袭来，加速了媒介综合性的发展。不同媒介之间的界限逐渐模糊，多种媒介功能的集成使得信息传播和接收的方式发生了根本变化。无论是基于媒介之间的共通关系，还是两种媒介的转化与混合，延展或消弭边界都已经成为某种现实可能。层出不穷的新媒介冲击着原本稳固的电影风格、形态和叙事，如动画电影《哪吒之魔童降世》，可谓跨界电影、文学、游戏，在三者之间建立起了新的复杂关联。这种关联也意味着电影与其他媒介之间的融构，通过改编对文学本体产生的影响，拓展了文学的边界。基于“故事与话语”这一涵盖多重媒介的叙事建构，跨媒介叙事本身成为一种闭合的系统。“故事动力”作为打通各媒介壁垒的手段，从新的角度阐释了文学、故事和话语等的关系。事实上，凯斯·科恩较早已经在《电影与小说：交流的动力学》中尝试从符号学的范畴对电影和文学的相互转换进行探索，并试图从时间顺序的角度建构起互文性的坚定根基，从而消解二者之间的边际，这些尝试延续至今。其一是对跨界改编的尝试。这种跨界，既包括跨文化，也包括跨媒介。影游融合便是例证之一，尽管电影与游戏之间的相互贯通和相互转化受制于媒介、技术、资本等多重因素的影响，但文化符码作为两者的中间介质，最终促成了这种跨文化、跨媒介的转化。其二是对电影改编小说的尝试。这种尝试其实早在20世纪二三十年代就已经开始，鸳鸯蝴蝶派文人对电影的深度介入，助推了影戏或电影小说的发生。他们的介入主要体现在他们创作的影戏剧本和电影小说上。影戏剧本是专为电影创作的剧本，它借鉴了中国

①徐兆寿，巩周明．网络文学二十年影视改编概论[J]．中国现代文学研究丛刊，2019(5)：198-211.

传统戏曲的结构和表现手法，同时融合了电影的视听语言，为早期中国电影的叙事模式奠定了基础。现代的诸如《2001太空漫游》等作品，则是由编剧改编为同名小说而实现畅销。而由剧本衍生的出版物，也成为文学的一个亚类型——电影文学。这一过程中，电影与文学的生产顺序发生了本质性的颠覆，一些影视作品在爆红以后，还会把剧本改写成小说文本，进行不同介质的传播。其三是对文学与电影所具备的两种不同“文学性”的融汇。在钟惦棐看来，电影的文学性与文学的文学性是两种截然不同的事物，成功的改编正是对二者边界的消融。例如，体现在《药》中的大段冗长的独白，表象上是忠于原著，其实是对电影艺术的误读，这是因为改编者对于电影文学性的认识还没有正确掌握传达电影文学性的“术”，仅仅停留在“道”的层面。相对于布莱松以电影性来重构和忠于文学性，《药》则试图以文学性来建构电影性，后者自然是失败的。

尽管影片的成败并不完全取决于其文学价值，但电影与文学的融合无疑极大地提升了电影的内在包容度，对电影创作的视野拓展有着显著的现实价值。这种拓展体现在电影的无限外延，除了文学，电影与游戏之间的跨界改编，网络电影、桌面电影、微电影等各种新载体、新介质，都从形式到内容为电影在未来的发展注入无限的可能性。尤其是进入所谓元宇宙时代之后，新的电影形态正在萌生，对于电影的兼容性研究成为重要的机制，当然，无限兼容理应成为电影的基本品格之一，例如，在改编文学中的取舍、唤醒、重构，都应该时刻持有对影像语言和电影化的高度自觉，唯其如此，才能让电影在与文学的相互创构中获取新的力量。

文学与电影的书写是从一种悠久的传统朝向另一种框架的全新转换，二者之间的关系既有逻辑梳理，又有智性探求。随着对改编的深入探究会发现，各类观点经历了电影朝向文学索求、反思、浸淫乃至改变、融通的过程，这些观念最终落脚于电影的高度本质化和象征化的表达，实现了电影本体的融合或飞跃。尽管相较于文学理论漫长的生发史，电影的理论建构仍显粗浅，但不容置疑的是，影像理论的研究已经拥有了与文学研究同等重要的学术位置，两者在实践融合与理论断杀中，其主体性在消弭与清晰中不断被重新形塑，从而建构起新媒介语境下的认知谱系与多种艺术门类的审美叠合体[①]。

二、文化观念更新与文学电影改编的深层机制

如果说电影是时代文化精神的浓缩或对当前文化精神的反思，那么电影改编则是电影与文学作品的对话，以时代文化精神为坐标，用电影的方式重写文学故事。文化观念的更新直接影响到电影改编价值坐标的定位，对文学原著的改编自然随着文化观念的更新而呈现出不同的面貌。因此，电影改编背后体现的是不同的文化精神，文化观念的更新影响着电影改编的深层机制：它制约着电影观众的文化消费心理，影响着改编对象的确立，决定着改编叙事的具体操作。

(一)文化观念更新是受众文化消费心理变化的决定性元素

电影的制作成本决定了制片人对电影市场的特别关注，也即是对电影观众的特别关注。因此，在电影制作的过程中，电影观众实际上是缺席的在场者，他们以一种无形的力量深刻地影响着电影的最终形式与面貌。影响观众选择观看影片的因素是什么呢？如观影经验、情感经历、审美观念、伦理传统、意识形态的规训、梦幻体验等，不一而足，可是无论观影经验、梦幻体验，还是各种外在的有形和无形的影响因素，都与个体生活空间中的文化传统、文化经验、文化形式有着深层的关联，文化观念如血液一般渗入电影的制作过程，文学的电影改编在这方面也毫无例外。纵览电影史可以发现，每一次人类文化观念的更新总会透过电影作品折射出来，电影改编也无时无刻不受这种文化观念的渗透。

每一种文化观念的背后都有一个庞大的人群，文化观念的更新不仅引导着人们的思想，而且改变着人们的生活方式、思考方式和深层的思维结构。根据西方的接受反应理论，受众对文本的理解与选择总是与他们的“前理解”（即与阅读对象有关的知识和阅历的积淀）分不开，受众的选择既不是太陌生化的内容，也不是完全熟悉的对象，太陌生化就会难以理解，完全熟悉则失去了审美的愉悦，他们常常选择

①骆平．文学改编电影的三种核心观念[J]．电影艺术，2023(6)：43-50.

能够引起心灵共鸣或在他们的文化视阈之内能够容忍的娱乐刺激与感官享受，受众对阅读或观赏的文本的选择难以绕开所处的文化氛围与文化传统，即与当时的文化观念密切相关。

观众的文化消费心理随着文化观念的更新会发生相应的变化，这一点在百余年的中国电影史上足以验证：20世纪二三十年代电影中的底层市民趣味与左翼文化的兴起，40年代电影中的家国离乱情怀与抗战背景下的战争文化，新中国成立后的红色经典的繁盛与新中国对政治文化的突出，80年代电影观念、叙事的探索与新时期西方文化的涌入及启蒙文化的复兴，90年代至新世纪以来娱乐电影的长足发展与消费文化的兴起。正是由于文化观念更新带来的观众心理的变化，一些电影史上既叫好又叫座的电影在新的文化语境里很难引起广泛的兴趣。因此，在电影改编的过程中，文化观念成为一种潜在的力量，影响着电影改编的策略与走向。

(二)文化观念更新对电影改编过程的制约

对文学作品的电影改编最终落实到观众的观看过程，而观众的文化消费心理又与文化观念的更新存在着互动关系，因此文化观念的更新在相当程度上影响着电影改编的制作过程。

文化观念的更新影响着电影改编的策略与立场。文化观念的更新常常与时代的变革与发展相关，一种文化观念的流行具有历史的阶段性，同时与当时人们的价值观念、审美观念甚至各种权力关系密不可分。人是社会关系的总和，文化观念是人思想中的观念，同时也是人的各种生活方式、生活习惯的深层体现，无论是文学文本还是电影文本都不可能割断与现实生活的关系，在对文学原著进行电影改编时，改编者常常站在当代文化的立场上进行改编，这不仅是因为改编者就是当代文化观念的载体，而且从当代文化观念的体现者就是广大受众的思想行为与生活方式的意义上来说，为了增加观众的亲和力也需要用当代文化的立场去做改编。当代是一个内涵不断滑动的能指，不同当代文化观念的嬗变成了文化观念的流变，而电影改编史也就成为具有丰富文化内涵与复杂性的艺术。当然也有另一种情况，就是改编者把电影当作启蒙方式或宣传工具，或者只用电影来表现导演的个性与才思，在这样的情况下，电影就成了某种文化传播的媒介，改编的价值取向与改编者本身的文化观念发生关系，而受众则成为某种文化观念的接受者，于是观看电影的过程就成了用一种文化观念试图改变另一种文化观念的过程。其实电影的生产者与受众的关系是相互的，电影生产既可以培养自己的艺术受众，而受众的文化审美也在改变着电影生产者的文化审美，艺术家与受众都在不断地寻求着陌生化的艺术以及对历史陈规的突破，因此文化观念总是在更新中存在，这也决定了文学作品的电影改编随着文化观念的更新而呈现出新的价值意义。

文化观念的更新也影响着对文学作品篇目，也就是素材的选取。文学改编是一种有目的、带有价值倾向的选择，改编者需要对当前的电影现状以及电影历史有一定程度的把握，根据受众的需要，结合当前的电影管理制度与社会文化决定改编的对象。中国现代文学史上第一部被改编的作品《春蚕》是典型的左翼作品，之所以被改编，自然与作家茅盾在文学领域的影响力有关，更重要的却是与当时政治氛围密切相连。在抗日形势急剧发展的情势下，观众的民族意识觉醒，此前电影院上演的远离现实生活的古装片、武侠片、言情片纷纷让位于抗战题材的影片，也正是在这样的情况下，左翼文人挺进电影界。如果没有这样的社会与文化背景，很难想象缺乏戏剧性的小说《春蚕》能够被搬上银幕。而新中国成立后现代文学名著的电影改编则体现了政治文化对电影改编的强势介入。鲁迅的《祝福》、老舍的《月牙儿》、巴金的《家》等一大批中国现代文学名著之所以被搬上银幕，其原因尽管与名著本身的影响有关，但名著本身在意识形态方面的可塑性无疑也成为重要的因素。新世纪以来的大片，如张艺谋的《满城尽带黄金甲》对曹禺剧作《雷雨》的隐形改编，冯小刚电影《夜宴》对莎士比亚《哈姆莱特》的隐形改编，以及票房过7亿的姜文电影《让子弹飞》对马识途小说《夜谭十记》的改编则无不打上当前消费文化的痕迹。在这类电影中真正吸引导演的不是名著的影响力，也不是名著的思想内涵，而是名著背后的故事结构、人物关系及潜藏的市民的世俗趣味，对名著的这种解读表征了当代消费文化对导演的深层影响。至此可以说，在某种程度上，中国文学作品的电影改编史也是中国文化观念的流变史。

艺术审美观念与文化观念的更新常常具有互动和同步关系。一种新的文化观念的兴起，往往带来审美观念的变革，于是，文化观念的更新也会带来电影改编美学风格的变化。中国现代文学作品的电影改编充分证明了这一现象，从茅盾的《春蚕》的现实主义改编，到20世纪五六十年代中国现代名家名作改编中突出的政治意识形态，再到80年代许地山的《春桃》、曹禺的《原野》、老舍的《骆驼祥子》等被改编的同名电影中凸显出的人性解放的美学实践，继而到20世纪末21世纪初被电影改编的中国现代文学作品的淡出，足以说明电影总是打破文学原著的思想限制，从而被赋予具有时代文化特征的美学思想，或被强化了原著中的某些因素而弱化另一些因素，同时也昭示：由于市场经济条件下消费文化的兴起，日常生活美学代替了此前的政治美学、英雄主义或文化启蒙，今天的观众比较关心个人的生活世界，偏向追求世俗的快乐，这就与整个现代文学对民族责任、民族意识的宣扬截然不同。所以，中国现代文学史上那些表现了鲜明的民族、国家、责任意识的作品正在失去与当前文化观念和美学观念对话的空间，这些作品逐渐淡出电影改编的视野，而那些特别突出日常生活审美的作家作品，如张恨水、张爱玲等人的作品倒是受到一些电视人的关注。这从反面证明了文化观念更新对电影改编美学追求的影响。

（三）文化观念更新左右电影改编叙事的价值取向

无论是电影还是其他艺术，从产生之初至今都已经发生了沧海桑田的变化，但从受众的角度看，受众心理深层结构却并未发生根本性的变化。就电影而言，观众对电影的认同、通过电影再现情感记忆、从电影中享受抚慰与心理满足，以及通过电影达到对社会与世界、人生的认识等心理期待，百年来似乎没有截然的变化。电影叙事也是如此，虽然在具体的叙事内容及结构安排等方面千变万化，但是电影叙事的最基本特征却贯彻始终。就中国电影来说，中国电影一开始讲故事就与中国小说结下了不解之缘。20世纪20年代，鸳鸯蝴蝶派小说作家受聘电影创作，小说叙事的特征随即成为电影叙事的重要资源，随着电影向影像本体回归，电影作为独立的艺术摆脱对文学的附庸，即使如此，小说叙事的时间性因素，叙事的生动曲折，对故事性、传奇性等元素的追求，仍然是今天电影观众对电影叙事的美学期待，小说叙事在一定意义上造就了电影叙事的原型思维。对故事性的追求仍然是今天中国导演极为注重的一个方面，遗憾的是由于各种各样的原因，每个导演都想讲好故事，但真正使他们自己满意，又使观众满意的故事少而又少，而讲故事恰恰是小说的优势，从小说改编过来的电影一般来说故事很少出现明显的瑕疵。中国电影对视觉奇观的追求在第五代导演的电影中得以突出，对视觉冲击力的追求使故事的魅力不如以前那么彰显，但是能够对观众产生持久影响的仍然是具有很强故事性的电影。但这不是说今天的电影与20世纪二三十年代的电影没有什么区别，由于文化观念的更新变化，观众对电影的深层心理期待，以及电影深层的美学结构虽然有着层次相继的关系，但是观众对电影具体内容的期待却发生了变化，这种变化直接体现于电影本体叙事中。

美国著名的银幕剧作教学大师罗伯特·麦基指出："一个故事的背景严格地界定并限定了其可能性。尽管你的背景是虚构的，但是并非你所想到的一切事情都能允许在其中发生。在任何世界中，无论其想象的成分有多大，也只有特定的事件是可能的或或然的。……作家的事件选择仅仅局限于他所创造的世界内的可能性和或然性。"文化观念是故事背景的组成部分，影响着故事人物的人文环境，也是人物思想言行的依据，同样讲述爱情故事，在今天消费文化的语境下，男女之间的爱情也不再像以阶级斗争观念为主导的政治文化背景下的闪烁其词，文化观念的更新，直接影响着故事发展的背景，从而决定着人物矛盾冲突展开的逻辑。文化观念更新与电影改编中的叙事背景的关系要复杂一些，这一方面涉及文学原著中的文化观念，另一方面还涉及改编者的文化观念，文学原著中所呈现或所内蕴的文化观念是静止的，改编者的文化观念有时与文学原著中的文化观念保持一致，有时却截然不同。改编者常常立足于当代文化立场，挖掘能够与当代文化对话的文化元素，以当代人的立场重新思考文学原著中的故事背景，并站在当代人的立场重新思考人物思想言行的可能性及故事发展的逻辑性，此时改编者往往弱化原著的文化意蕴与社会背景的复杂性，赋予人物形象更多改编者所居时代的文化特征，从而改变了原著中人物形象的本质。比如中国现代文学史上的许多作品在20世纪80年代进行改编时，都打上了那个年代的文化痕迹。由李劼人的小说《死水微澜》改编的《狂》，原著中突出的是各种地方势力的激荡与消长，而电影中突出的是蔡大嫂的人格魅力。尽管蔡大嫂在原著中也是着力突出的人物形象，但小说整体却不仅仅是塑造她这个人物形象，她不过是整体叙事中的一个元素，但到了电影中她却成为敢想敢做、追求个性自由、具有自我决断的主人公形象。之所以会有这种变化，与当时西方文化思潮的广泛涌入和改革开放的大背景有着密切的关系。这种改编策略在由老舍同名小说改编的《骆驼祥子》、由曹禺同名话剧改编的电影《原野》等一大批现代文学名著的改编中都可见到。这种现象同样表现于对于古典名著的电影改编中，如根据《三国演义》故事改编的《见龙卸甲》（李仁港导演）完全以当代文化价值立场切入人物内心世界，文学原著中性格单一的大将军赵子龙在电影中被塑造成性格丰富的人物形象。陈嘉上、钱永强导演的《画皮》虽改编自具有神怪色彩的《聊斋志异》中的同名小说，但电影的深层却展示了当代第三者插足的文化现象。

每一个时代，甚至每一个时期，都有一套独特的文化价值系统，反映时代文化价值观念的电影更容易引起观众的共鸣，人物是故事的灵魂，人物命运的变化或人物性格的发展构成叙事的线索，故事中的人物在某种程度上是日常生活中人的性格与命运的集合。当旧的文化观念为新的文化观念所代替时，日常生活的价值坐标也就发生新的变化，那么作为生活比喻的故事中的人物形象也就会以新的面貌出现。在那些具有时代气息的影片中，文化观念更新痕迹极为鲜明，战争文化的背景下，战斗英雄是观众钦慕的对象，从《小兵张嘎》中的小兵张嘎到《董存瑞》中的董存瑞，从《英雄儿女》中的王成到《洪湖赤卫队》中的韩英，再到《红色娘子军》的吴琼花，都是只有在战争文化的背景下才成为时代的偶像，而消费文化的背景下，从葛优到郭德纲、从赵本山到小沈阳这些无法承担生命之重的所谓笑星成为时代的文化标记。因此，当文化观念更新时，观众的接受心理的本性虽然没有变化，但他们认同的具体对象或具体内容却时时在变化，所以电影中用来吸引观众的人物形象必须适应这种变化，否则就很难为观众所接受。在此情况下，改编者更关注的不是文学原著中的人物性格发展变化的逻辑，而是如何让人物形象更能呼应改编者当下的消费文化心理。金庸的武侠小说被多次改编成影视剧，每次改编都由不同的人物来演，而每次改编给观众的印象总有不同，观众常常从他们所喜欢的版本中找到与他们的消费文化心理一致的人物形象，每次改编都是在不同的文化参照系下进行，那么不同观众对不同版本人物形象的喜爱，恰恰印证了不同文化观念在改编中留下的痕迹。

随着文化观念的更新，电影的叙事方法与叙事手段也发生了相应的变化。人类猎奇与求新的本性要求电影总是用新的叙事手段与视觉景观来取悦观众，电影叙事的目的不是力图证明某种结论，而是用具体详细的叙事来打动观众、感染观众。电影发展的历史在一定程度上就是叙事方法与叙事手段不断发展的过程，电影从默片到有声，从黑白到彩色，从侧重叙事到叙事与视觉刺激并重再到重形式而不重意义，对白从表意到搞笑到戏谑，故事从线性叙事到空间叙事到无厘头，主角人物从才子佳人、神仙鬼怪到战斗英雄再到凡人俗人及至痞子小偷，如此等等总是与文化观念的更新有着切不断的联系。当电影叙事随着文化观念的更新而呈现出某种新的倾向时，文学作品的电影改编自然与新的倾向保持一致，对于那些在创作之初就向影视靠近的文学作品而言，电影改编后的叙事更多地涉及意义和细节取舍的问题，至于故事框架、角色安排、叙事线索、叙事语言之类的内容可能不会有大的调整。而那些在文本叙事、思想意义方面具有独特追求，或者说已具有成熟的风格或美学倾向的作品，电影改编虽然借用其广泛影响，但在进入具体的改编层面时，改编者却需要考虑观众的当代文化心理与美学倾向，此时，文学作品中的故事更多地成为电影改编的素材。张艺谋导演的《满城尽带黄金甲》就是典型的例证，电影借用曹禺戏剧《雷雨》的故事框架，融入莎士比亚剧本《麦克白》的某些因素，同时把消费文化中的物欲与暴力倾向作为看点，从而使电影充满了奢华的场面与扭曲的人性，以致完全解构了两部文学原著的意义，与文学原著的美学精神形成差别。

通过以上简单的分析可以看出，文学的电影改编是文化观念流变的实践形式之一，文化观念的更新会带来文学的电影改编策略与改编方法的变化，而文学的电影改编策略与方法的变化反过来也会促进新的文化观念的传播①。

三、中国电视剧改编观念的互动与超越

1958年至今，中国电视剧走过了50年历程。半个世纪以来中国电视剧从无到有，从单本剧到连续剧，从单纯地记录生活到建构社会主义核心价值体系，成为当今影响力最大的大众文化载体之一，电视剧的创作理念也随之经历了从改编借鉴到整合互动再到创新超越的过程。值得一提的是，当年中国的第一部电视剧《一口菜饼子》就是根据同名小说改编的，由此可见，作为一门新兴艺术，电视剧在发展初期很大程度上借助了当时已经十分成熟的文学艺术来丰富自己的内容和表达方式。文学在主题开掘、题材选择、人物塑造、价值取向、审美情趣等方面给影视剧艺术以多方面的启迪。影视剧作为一种现代科技与工业文明的集合产品，仅有百年的历史，但它却与有着上千年历史的文学结合最紧、关系最密，文学作品的改编成为影视剧与文学的碰撞与对接的最佳明证。以下试以新时期以来电视剧发展为例，探讨电视剧与文学（特别是小说）改编观念从理论到实践层面的整合、互动到创新超越三大历程。

（一）整合：电视剧与文学的碰撞

20世纪80年代，随着中国电视事业的蓬勃发展和电视机的迅速普及，电视不仅作为一种机器进入千家万户，更作为一种文化影响着芸芸众生。这一时期，以通俗性、娱乐性、消费性为特点的大众文化开始风行，电视剧正好契合了大众文化的需要，成为大众最喜爱的一种艺术形式。而当时仅有十余年发展历程的电视剧，其创作更多地依赖于改编其他艺术门类的作品，比如文学名著《红楼梦》《三国演义》《水浒传》《西游记》等一大批改编的电视剧作品正是这一形态的成功

①李军. 文化观念更新与文学电影改编的深层机制[J]. 四川戏剧，2012(5):29-31.

案例。该类作品整合了中国传统文学中故事性叙事特征，以视听艺术的表现手法还原原著风貌、体现原著精神，为电视剧注入了丰厚的文学养分和审美理念。大众在电视剧中寻找感官愉悦的同时，也找寻到知识与思想，建立起情感依托和精神支柱，建立了对生命和美的信念。《红楼梦》导演王扶林坦言："电视艺术的发展离不开文学母体，电视剧的成功，在很大程度上源自电视创作者的文学素养、审美追求和敬业精神。"

此后但凡中国古代的小说名著或非名著，无论是长篇的、短篇的，文言的、白话的，都被大量改编为电视剧，其中现当代小说中的名著是电视剧改编最为热衷的，鲁迅、老舍、钱钟书、张恨水、张爱玲、金庸等作家的作品经改编后被不断地搬上荧屏，形成了一股又一股亮眼的电视剧热潮。

（二）互动：电视剧与文学的对接

20世纪90年代以来，我国电视剧产业进入市场化操作之后，改编浪潮不退反升，作家和导演合作、小说与影视结缘、小说与影视剧的改编互动成了艺术界炽热的文化现象，一大批由经典小说改编创作的电视剧，如《北京人在纽约》《霜叶红于二月花》《子夜》《雷雨》《原野》《离婚》《骆驼祥子》《我这一辈子》《大明宫词》《激情燃烧的岁月》《贫嘴张大民的幸福生活》《啼笑因缘》等屡现荧屏，改编后的电视剧与大众文化产品自成一体，脱离了原有的叙述语境，以本土化、现代化的即时策略进入消费市场，实现价值置换。电视剧的兴旺带动了小说原著的畅销，而原著较高的文学品质，也使得改编影视作品的影响力达到空前的高度。改编者所看中的不仅是小说名著的故事，更看中名著中的"名气"，无论是作家的名气还是小说的名气，都是进入市场争得受众眼球效益的最好资源。而小说改编为影视作品，对作家来说也有好处。几百万、几千万甚至亿万人在看由文学作品改编成的电影、电视剧，传播效果得到了成倍放大。到了新世纪，还出现了一种倒置现象——影视剧改写成小说，影视剧与影视小说同步上市，使影视剧与小说形成了真正意义上的"互动"。

（三）超越：电视剧与文学的创新

1. 影视剧与小说的文体差异

同为叙事文学，小说是一个个体性的文化生产，而电视剧则是更为复杂的资本运作及集体合作的结果。影视吸收小说的能量以激活自身，而小说则借助影视巨大的传播力获得扩展的机会，这是两者互动的基础，也是两者创新的前提。但作为独立的文本，两者在表意方式上又有巨大的差异：从文字到图像，从抽象到直观，从语言叙事到影像叙事，等等。比如，小说中的因果关系是通过文字的隐喻性的符号系统体现出来的，而影视则是通过光波和声波形成的影像系统体现出来的。小说是以文字组合作为自己的艺术媒介的，是语言艺术，而语言是小说区别于其他艺术形式的本质。语言艺术最大的优势在于作者可以天马行空、挥洒自如地摆弄文字，并可以摆脱表面字符的局限，表达深层或隐藏的东西，传达言外之音。读者也可以通过文字展开自己的无尽遐想，根据自己的理解进行一次再创造，产生融合自我审美的不同感悟，并可以不断反观、回味。基于此，人们总希望看到一个符合自己想象的忠实于原著的作品，而一旦拍成了影视作品，千差万别的想象被眼前不能更改的具体场景所替代，往往感到有一种与个体想象不相吻合的缺憾。由于影视作品以画面与声音组成的镜头语言为艺术媒介，它在将文字的细微描绘化为直接的视觉效果的过程中，必然会省略小说中许多精巧之处，如心理描写、情感细节以及作品语言的风格等。越是以文字见长的小说，这种损失就越显严重。但镜头语言的直观性、生动性、现实感，却是小说语言所不及的，且这种视听表象的背后，还隐藏着带有意识形态倾向的现代视觉含义。电视剧借助大众传播媒介的大众性、流行性、消费性和商业性直接观照并呈现着现代社会心理，构成工业时代无所不在的传播语态，其表达更具超越性，更容易赢得受众的青睐。当然电视剧相较于文学也有它的局限。德国哲学家卡西尔曾说：“从某种意义上可以说一切艺术都是语言，但它们又只是特定意义上的语言，它们不是文字符号的语言，而是直觉符号的语言。”小说话语是文字语符的选择和编码，通过编码传递信息，表达抽象的和深层的含意以及独特风格。影视所使用的影像符号是直观可感的知觉符号，它依托视觉与听觉两种感觉器官，以声音和图像的综合形态进行思想、感情的交流与传播，融视与听、时与空、动与静、表现与再现于一体，能真实地记录生活情景和细节，给人强烈的视觉感。

2. 创新，自我超越的必要手段

从本质上讲，影视剧所展现的是物质的连续，而文学所展现的是精神的连续，这种差异性也就决定了两者之间既有相通之处又各自形成不同的符号系统、审美方式乃至接受方式。

文学创作是按自身的结构体系来构建审美世界的，小说，特别是名著，其语言特质、形象塑造和内涵张力具有无法替代的稳定性，改编可能造成其稳定系统失调，这就要求编导者有超越文本的创作功力，以创新的意识和新颖的视角，重新构建一个和谐的稳定系统，以视听语言的“直觉符号”来连接自身的叙事方式与叙事手段，运用具有文学意义上的象征、隐喻、哲理式的叙述话语与视像构成作为影视剧创作新的语言系统，构建与原著不尽相同的艺术风格和个性色彩。

电视是人类技术创新的成果，是机器工业文明的产物，但机器工业文明本身并不是艺术，更不能只靠电视本身就能渗透电视剧的艺术特质。电视剧是通过对人类现实生活的记录和感悟来渗透艺术精神和艺术意味的，而在这样的渗透艺术精神和艺术意味的过程当中，一定要借助包括小说在内的艺术形式在形态上帮助其完成这样一个过程，即电视剧自身从单纯娱乐、简单复制和机械操作的层面上升到艺术性地再现时代生活、集中而典型地传达个体人生的命运变迁和心理转折的范畴。对时代生活的孜孜探求和对人的心灵历程进行深刻剖析的目标，使得文学创作和电视剧艺术创作虽然手段相异，但是在艺术情感意味的表达和对人的精神境界升华的层面上却殊途同归，人们有理由相信在一个多元开放的文化时代，有着共同审美宗旨的电视剧与文学能在整合互动中超越自己，更能在碰撞与对接中丰富提升各自的艺术魅力。这无疑将推动着中国电视剧在数量与质量上再创辉煌，对传承和推广世界文化作出贡献①。

①高卫红．互动与超越——中国电视剧改编理念探析[J]．电视研究，2009(3):70-72.

四、从小说文本到影像世界——改编观念中的互动与整合

作为文体，小说与影视拥有全然不同的媒介方式，小说是通过文学语言来塑造人物、再现生活、反映人生理想的文体，而影视则是以影像声音组合而成的视觉语言通过画面、声音、色彩来表情达意。然而，从电影、电视诞生之日起，小说，特别是名著小说，就成了影视创作的重要资源。从20世纪中国电影诞生之初，到新时期影视热度火爆，名著改编成了最为夺人眼球的文化现象。到了新世纪，还衍生了一种倒置现象——影视剧改写成小说。影视剧与影视小说同步上市，使影视与小说形成真正意义上的“互动”。名著改编成影视，两者交相辉映，相得益彰：借助影视的力量，原著的销售往往能在短期之内取得空前突破；而原著较高的文学品质，也使得改编影视的影响达到不俗的高度。影视与小说就像艺术园地里的树与藤，相互缠绕，互相纠葛，总有着剪不断理还乱的缘。

小说与影视同为叙事文学，这便是两者互动的基础。但作为独立的文本，两者在表意方式上又有巨大的差异，如从文字到图像，从抽象到直观，从语言叙事到影像叙事，等等。比如，小说中的因果关系是通过文字的隐喻性的符号系统体现出来的，而影视是通过光波和声波形成的影像系统体现出来的。因为小说是以文字组合作为自己的艺术媒介的，正如高尔基所言：“文学就是用语言来创造典型和性格，用语言来反映现实事件、自然景象和思维过程。”[①]小说是语言艺术，语言是小说区别于其他艺术形式的本质。正因为它们拥有“直觉符号”而又有不同的表意方式，所以两者之间既有相通之处又各自形成不同的符号系统、审美方式乃至接受方式。如果追溯小说与影视间的改编发展，可以清楚地看到两者间的渊源与改编思想整合进程。

而小说可以说是文学体式中最具表现力和活力的文体，理所当然地为新型艺术——影视的首选“养料”。这不仅是影视发展的需要，也是艺术规律所在。以中国电影发展史为例，1905年中国人拍摄的第一部影片《定军山》就是从京剧《定军山》中选取的几个片段。1914年，第一代电影导演张石川就把当时盛行的文明戏《黑藉冤魂》搬上了银

①高尔基．论文学[M]．北京：人民文学出版社，1978：332.

幕，开了中国电影改编之先河。随后，改编小说成为电影创作的重要手段。20世纪20年代是中国电影史上第一个繁荣时期，也是名著改编的第一个高潮，当时根据小说改编的电影占了很大的比例。仅1926年至1927年两年间，就有近二十部电影是以四大名著为素材改编的。如陈秋风导演的《西游记·猪八戒招亲》，任彭年、俞伯岩导演的《红楼梦》，裘芑香导演的《宋江》以及王次龙导演的《林冲夜奔》，等等。作为一种新引进的艺术形式，电影受到人们的热烈追捧，纷纷成立的电影公司便从人们熟知的名著中提取素材，改编风空前盛行，成了片源的主流。但由于技术水平的限制，这些根据小说原著拍摄的影片大多停留于文学语言的视觉“翻译”上，制作简单粗糙，多采用图解性镜头，造型幼稚，细节冗长，不能反映原著的思想内容与风格，影片的质量普遍不高，加之当时人们对电影艺术还很陌生，审美鉴赏能力不强，这也影响了影片的整体质量。随着电影人对改编创作理论不断地探讨与实践，特别是电影技术的不断提高，改编理念的提升与发展，以及世界电影中改编精品的不断涌现，中国电影也出现了不少由名著小说改编的精品，如50至60年代由巴金小说改编的《家》《寒夜》、鲁迅小说改编的《祝福》、茅盾小说改编的《林家铺子》、柔石小说改编的《早春二月》、杨沫小说改编的《青春之歌》，等等。与20年代的改编电影相比，这些影片的编导在总体把握原著的意蕴基础上作了准确的提炼与恰当的修改，使故事情节更集中更凝练，从而也更充满戏剧感。更为可贵的是这些影片在尊重原著思想的同时又开始注意展现改编者的风格，从而成为后来者仿效的对象。如根据鲁迅同名小说改编，桑弧导演、夏衍编剧的《祝福》，既体现了原著的精神风貌，保持了鲁迅小说中冷峻、深沉、凝重的艺术风格和悲剧气氛，又突出了夏衍改编风格：结构严谨、人物鲜明、笔触凝练，是夏衍改编理论的代表作品。他在影片《祝福》中增加了祥林嫂砍门槛的情节，运用镜头语言表现人物个性，既表现了原著思想也表现了改编者对人物的理解把握，同时强化了受众的感受。由他改编的《林家铺子》也是本着这一原则，并获得了巨大成功。夏衍的改编理论对我国的电影改编起着奠基作用，对影视改编者产生了重大的影响，这点在新时期初期的电影作品中表现十分突出。

新时期是中国电影的黄金时期，20世纪80年代初期很多轰动性的影片多半是伤痕小说改编而成，如《人到中年》《天云山传奇》《没有航标的河流》《被爱情遗忘的角落》，等等。在改编中，编导者忠于原著，用镜头语言直观形象地传送出原著精神，可以说是夏衍改编理论的实践与发展，与五六十年代的改编作品相比，影片借鉴了不少世界电影改编的理论和经验，注重对拍摄技巧的追求，取得较高的思想艺术成就。但是由于艺术上受伤痕小说文本的单一性影响，题材狭窄，表现手法缺少突破与力度，模仿别人的多、自己创新的少。而改变这种格局的是80年代后期那批力图挖掘民族文化底蕴的第五代导演，如张艺谋、陈凯歌等。他们“用惊世骇俗的电影语汇，宣告了一个与世界文化发展同步中国电影的开始”。他们的经典创作，譬如《黄土地》《一个和八个》《红高粱》《孩子王》《菊豆》《大红灯笼高高挂》《芙蓉镇》等，都是由小说改编的。这些由小说改编的影视片都有共同的旨归：在忠于原著的基础上进行着艺术化、个性化的创新，寻求着经典与耐看的最优化。改编者在小说文本与影视文体的结构碰撞中，大胆运用影视艺术媒介诸如线条、色彩、图像、形体、影像、声音等特质功能，充分吸取小说作品中的营养，对原著进行二度创作，以影像叙事表达创作者与原著不尽相同的艺术风格和艺术体验，挖掘原著中的深层积淀和文化蕴含，表达创作者的主体意识和人文忧思。在改编中，他们仍然保持与原著思想的一致性，且在“话语”方式上进行了艺术化的创新，使影视语言的特质得以最充分地表现。不少改编影片不仅出色地运用电影叙事手段，在银幕上传神地传达了原作的风貌，甚至还超过了原作，赢得受众乃至原作者本人的认同与喜爱。如根据莫言的小说改编而成的同名影片《红高粱》就是一个范例。莫言也很喜欢这部作品，他曾表示：“电影比小说更好、更具震撼力。”据统计，我国根据小说改编的影片占故事片生产的30%左右。从1981年到1999年，共有19届“金鸡奖”评选，其中就有12部获奖作品是根据小说改编的。这说明小说于影视有着很强的借鉴性。小说在题材选择，主题开掘，人物塑造，价值取向，审美情趣等方面给影视艺术的发展以多方面的启迪。如同张艺谋所说："我一向认为中国电影离不开中国文学……看中国电影繁荣与否，首先要看中国文学繁荣与否。中国有好电影，首先要感谢作家们的好小说为电影提供了再创造的可能性。如果拿掉这些小说，中国电影的大部分都不会存在……就我个人而言，我离不开小说。"电影离不开文学，影视创作离不开小说，同样影视创作也在影响着作家的小说创作，电影理论家托马斯·曼说："电影拥有回忆的技巧，心理暗示的技巧，表现人和物的细部的能力，小说家可以从中学到很多东西。"小说改编为影视的过程中，小说因素的多种元素被影视所同化与吸收，发生了质的变化，使影视艺术成为时空综合的视听艺术，而影视的先进技巧也被文学模仿和利用，两者在相互学习借鉴中创新，碰撞出新的艺术火花。

这种借鉴与创新在新崛起的电视剧中也表现得十分充分。新时期经济的发展为电视剧产业带来了新的机遇和挑战。电视剧作为文化产品，不仅要满足市场需求，还要承担起传播文化价值和社会责任的任务。在新的经济背景下，电视剧产业通过借鉴国内外成功经验和创新发展模式，实现了内容、形式、技术等多方面的突破。

此后一大批影视改编作品抢占着人们的眼球，掀起了新一轮改编高潮。应该说，现代影视依靠光学技术，已经成功地从小说等创造出的表意手法和认识手段的包围中剥离出来，找到一种适合于影像符号的叙事方式。影视以这样的方式"图解世界"、凸现思想意识倾向，既游离于小说之外又悬浮于文学境界中，在当今商品化、多元化的氛围中体现自身的风格。改编理论因此走向分开：或市场化或艺术化或理念化。大批由著名小说改编的影视剧如《城南旧事》《香魂女》《子夜》《离婚》《骆驼祥子》等仍遵从传统的改编理念，在忠实原著的基础上追求新意。而有些小说改编的影视剧如《大明宫词》《大红灯笼高高挂》《金粉世家》等，则把突出编导者艺术风格放在首位，通过唯美精致画面再现独特的个性化艺术品位，由影视改编这种集体化的创作提炼为编导个性化"作品"的展现。还有一些如《星光灿烂猪八戒》《大话西游》类型的影视剧改编则主要突出其娱乐性，是大众文化影响下的产品。以上事例说明，改编理念的丰厚与发展，大大丰富了视听语言的叙事能力，提升了影视的传播效果，也带动了小说原著的畅销，再次展示出作为电子媒介的影视对纸质媒介小说的巨大影响力。

同为电子时代的传播媒介，电影与电视虽说是“血缘”很近的姊妹艺术，但两者在具体的构成、制作、传播与接受方式上却有很大的不同。加拿大著名的传播学者麦克卢汉把电影称为人们投身其中的“热媒介”，而将电视称为人们和它保持一段距离的“冷媒介”。电视的参与性特质使电视剧更具生活气息，其表达的内容更生活化，能从容地反映人们的日常生活状态。电影由于放映的时空受限，其叙事节奏强，情节集中，场面宏大，必须依赖故事、人物和情节的非常性来创造一种叙事强度，吸引观众的注意力，不能像电视连续剧那样，通过时间跨度的延长，通过与观众建立日常的心理和情感联系来赢取观众。如由刘恒的小说《贫嘴张大民的幸福生活》改编的电影《没事偷着乐》便在120分钟的长度内紧紧围绕主人公矛盾而琐碎的家庭生活展示其性格，在画面的构图、镜头运动、视听节奏、音乐构成等方面营造一种美的异质感，形成一种风格化的形式。而改编的20集同名电视连续剧却在叙事方式与节奏上大做文章，不仅讲述方式变化了、人物增添了，故事增多也分散了，而且还改写了主人公的某些性格特征，使观众在对故事情节的期待与构造中等待下一集的到来。所以在选择改编对象上，电视剧更多选择故事性和戏剧性较强的“伦理情节剧”，而电影则呈现多元特色，除选择故事性强的小说外，具有鲜明个性的原著能激活改编者对电影艺术个性化的探索，也是改编对象，如张艺谋、陈凯歌等人的“第五代”电影。

正因为这些差异，使电影与电视剧对一部小说进行改编时，处理方式和侧重点有明显不同。电影注重传达原著中的精神即神韵，而电视剧则侧重外部情节的延伸发展；电影注重挖掘原著的哲思意蕴，而电视剧注重其情感渲染；电影注重视听造型的形式美感，而电视剧则突出内容的丰富性与变化感；等等。而相对小说文本而言，以视听语言创造一个生动真实的影像世界来再现生活表现人物是它们的共同点，也是区别于小说借助文字给读者提供想象空间的最大特点。

虽说小说与影视是使用两种完全不同的媒介材料所构成的不同的符号系统，但两者间的联系又是如此之密切，它们相互渗透、相互借鉴，互相学习、互相整合。小说中的多种元素，如主题选择、人物塑造、场景再现等被影视所同化与吸收；而影视中的先进技巧也开始被小说模仿运用，如平行剪辑，快速剪接、快速场景变化、声音过渡、特写、叠印等。两者在表现技巧上相互吸取相互寻觅、互动延伸到对受众的相互争夺，从而去完成艺术上的新一轮整合。特别是进入市场化操作之后，影视改编者所看中的不仅是小说名著的故事，而且更看中名著中的“名气”，无论是作家的名还是小说的名，都是进入市场争得受众眼球效益的最好资源；而小说改编为影视，对作家来说也是一件大好事。几百万、几千万甚至亿万人在看由你的作品演绎成的电影、电视，这与几千、几万读者读你的书，那种影响是无法相比的。小说与影视的改编互动成了艺术界的一个潮流，二者的整合与互动，创造出一种五彩斑斓多元化组合的文化格局。

有学者担忧，大众影视的巨大影响力会让小说失去市场，使之成为影视的附庸。其实，这样的担心有些杞人忧天，纵观文化历史，没有各艺术门类之间的相互利用和相互吸收，就没有艺术发展史的缤纷色彩。小说是一个个体性的文化生产，作为拥有上千年文化蕴意的文体，在中国文化发展与传承中一直充当着重要的不可替代的角色，其文化价值是不言而喻的。而影视作为一个朝阳文化，是更为复杂的资本运作及集体合作的结果，它需要汲取包括小说在内的综合力量才能得以发展。在一个多元文化的时代，影视吸收小说的能量以激活自身，而小说则借助影视巨大的传播力获得扩展的机会，这不能不说是对双方都是一次值得的选择①。

①高卫红．从小说文本到影像世界——论改编理念中的互动与整合[J]．电影评介，2006(9):51-53.

第四节　影视对文学的解读方式

一、文学名著的影视改编原则

文学名著的影视改编是一项既充满挑战又富有创造性的工作。成功的改编作品不仅需要尊重原著的精神内核，还需在视觉呈现、情节设置、人物塑造等方面有所创新，以吸引当代观众的关注。以下是文学名著影视改编的几个重要原则：

首先，尊重原著是改编的基础。文学名著之所以能够流传千古，往往是因为其深刻的思想内涵、独特的艺术风格以及经典的情节和人物形象。因此，在改编过程中，应尽量保留原著的主要情节和人物形象，以确保作品的完整性和连贯性。同时，也要尊重原著的时代背景和文化内涵，避免对原著进行过度解读或曲解。

其次，创新是改编的灵魂。虽然尊重原著是基础，但并不意味着完全照搬原著。影视艺术作为一种视听艺术，具有独特的表达方式和审美特点。因此，在改编过程中，应根据影视艺术的特点和规律，对原著进行适当的删减、增加或改编，以更好地适应影视表达的需要。同时，也要注重创新，通过独特的视角和手法，将原著中的故事和人物呈现得更加生动、深刻和有趣。

再次，人物塑造是改编的关键。文学名著中的人物形象往往具有鲜明的个性特点和深刻的思想内涵。在影视改编中，应注重对人物的塑造和刻画，通过演员的表演和导演的处理，将原著中的人物形象活灵活现地呈现在观众面前。同时，也要注重人物的情感表达和内心世界的展现，让观众能够深入理解人物的动机和行为。

最后，艺术性和商业性的平衡也是改编过程中需要考虑的重要因素。一方面，改编作品应具有较高的艺术性和审美价值，能够引发观众的共鸣和思考；另一方面，也要考虑市场需求和观众喜好，确保作品具有一定的商业价值和市场竞争力。

综上所述，文学名著的影视改编是一项需要综合考虑多方面因素的复杂工作。只有在尊重原著、注重创新、精心塑造人物以及平衡艺术性和商业性的基础上，才能创作出既符合原著精神又具有独特魅力的优秀影视作品。

二、影视对文学的解读方式

影视作品对文学的解读方式不仅丰富多彩，更以其独特的叙事手法、改编技巧、人物塑造和情感表达，以及主题思想的深入挖掘，将文学作品的精神内涵和审美价值以全新的面貌呈现在观众面前①。

首先，影视作品通过影像化的叙事手法，将文学作品中的情节、人物和场景生动地呈现在观众面前。这种叙事方式突破了文字的局限性，使得观众能够更加直观地理解和感受文学作品的魅力。在影视作品中，观众可以亲眼看见那些细腻的情感流露，那些扣人心弦的情节转折，以及那些独特而鲜明的角色形象。这些影像化的叙事不仅让文学作品焕发出新的生命力，也让观众更加深入地沉浸其中，体验作品所传递的情感和意境。

其次，影视作品在解读文学作品时，常常运用改编的手法，对原著进行合理的删减、增加或改编。这种改编不仅保留了原著的精髓，更在尊重原著的基础上，为作品注入了新的时代内涵和审美价值。在改编过程中，影视作品会根据自身的特点和观众的需求，对原著进行适当的调整和创新。例如，一些影视作品在改编经典文学作品时，会加入现代元素和观念，使作品更加贴近当代观众的审美需求。同时，影视作品也会通过独特的视角和解读方式，为原著注入新的内涵和意义，使观众能够从中获得更加深刻的思考和感悟。

再次，影视作品在解读文学作品时，还注重人物形象的塑造和情感的表达。通过精湛的演技和丰富的视听语言，影视作品将文学作品中的人物形象刻画得栩栩如生，让观众能够深刻感受到人物的内心世界和情感变化。在影视作品中，演员们通过细腻的表演，将人物的情感和性格特征展现得淋漓尽致，让观众仿佛能够亲临其境，与角色共呼吸、同命运。同时，影视作品也善于捕捉原著中的情感元素，通过细

①罗阳富．试论影视对文学的渗透和影响[J]．电影评介，2007(16):66-67.

腻的表现手法，将文学作品中的情感力量传递给观众。这些情感表达不仅让观众更加深入地理解作品的主题思想，也引发了观众对人性、情感等问题的深刻思考。

最后，影视作品在解读文学作品时，还会关注作品的主题和思想内涵。通过对原著的深入理解和挖掘，影视作品能够准确地把握作品的主题思想，并通过影像化的表达方式将其传递给观众。这种解读方式不仅有助于观众更好地理解文学作品，更能够引发观众对作品主题的深入思考和探讨。在影视作品中，观众可以通过影像化的叙事和表现手法，更加直观地感受到作品所传递的主题思想和价值观念，从而引发对人生、社会等问题的深入反思和探讨。

综上所述，影视作品对文学的解读方式多种多样，它们通过影像化的叙事、合理的改编、人物形象的塑造和情感的表达以及主题思想的深入挖掘，将文学作品的精神内涵和审美价值传递给观众。这种解读方式不仅让文学作品焕发出新的生命力，也让观众在欣赏影视作品的过程中获得更加深刻的思考和感悟。可以说，影视作品与文学作品的完美结合，为观众带来了一场场视觉与心灵的盛宴[①]。

三、影视改编对文学名著的解构与重塑

从远古到现代，语言文字系统被凝练得越来越缜密精确。而如今，随着视觉技术的进步，人的视觉在不断延伸，可视性要求不断攀升，呈现出图片压倒文字的倾向。感性的、直观的、碎片化的思维模式渐渐确立，思维的改变随之而来的是对传统语言文字系统的解构，人们更青睐于影像所创造的视听语言。为迎合这一趋势，许多文学名著被改编成影视作品，对原著的加工必然会融入创作者的自我意识，呈现出崭新的艺术思维。

（一）从文字到影像的符号转换

小说文本是抽象的文字符号，可以大量利用形容词进行描写，创造意境；而影视作品独有的视听语言，要求影像符号通过视觉和听觉两种感官去认知。影视作品中几乎没有抽象的概念，大都是眼前活动的

①韩滢．影视对文学的无尽解读——以《西游记》为线索看名著的影视改编现象［J］．时代文学（理论学术版），2007(3)：146-147.

画面，但这样的表达形式却难以展现人物的思考过程和内心变化。作为艺术符号，不管是抽象的文字符号还是具体生动的影像符号，从动态结构来看均是由现实符号构成，以现实符号的能指通过隐喻和转喻，产生新的所指，即审美意义。

张艺谋将许多经典小说成功搬上银幕，就是在将文字符号转换为影像符号的过程中，使其更符合电影的表达技法。张艺谋的代表作《红高粱》改编自莫言的小说《红高粱家族》，但电影没有展现原著的全貌，只重点讲述了九儿出嫁和民众抗日的片段。红色本就在中华民族的传统习俗中占有重要地位，而导演又极善用红色，于是红色的花轿、嫁衣、高粱酒、高粱地等画面充斥着整部影片，导演正是运用视觉上可以感知到的色彩，将小说中渴望表达出的生命张力外化，增强了故事的感染力。而到了《菊豆》中，张艺谋将原著中故事的发生地乡间改为了染坊，这样的转变更有利于导演对自己擅长的造型元素——色彩加以运用，这样的设计也更有利于表达原著富含的深刻意蕴。“染坊”本身就有对男女暧昧之事的暗喻，而血红的染缸又仿佛是死亡的象征，整个故事的发生地就像恐怖的地狱，时刻准备着吞噬人们罪恶的心灵。在由余华小说《活着》改编的同名电影中，原著中主人公福贵输掉了家里的土地和房产，而电影中则改为了祖宅，这样的设定也更容易通过影像展现，并且有利于进行后续情节的展开。对原著中有着悲哀色彩的结局，导演进行了较大改动，在故事结尾添加了更多希望的色彩，这样的改动使受众更易接受，也使影片的立意得以升华。

（二）从静态到动态的叙事渗透

对于许多导演而言，小说中人物内心活动的表达和场景的描绘很容易造成拍摄上的困难。李安在《色·戒》中就尽量平衡了两种叙事形式间的转换，完整呈现出原著的精髓所在。

小说中的倒叙、插叙、心理活动等，在影视作品中常常表现为回忆、再现、闪回等手段。张爱玲的原著中善于运用插叙手法，文章先交代了后事，才道出了起因。而导演则按照时间发展的顺序娓娓道来，造成时间流逝的动态感，让观众在时间的缓缓流淌中一点点感受主人公内心的变化，能够清晰地体会到王佳芝矛盾的心境，更加真实，也更加深刻。

原著中突出王佳芝的心理描写，表现她内心的两难境地，而对于导致王佳芝和易先生的关系发生微妙变化的原因是“色”还是“戒”，张爱玲并没有露骨地描绘，只是一笔带过，让读者自己思考。电影中则对“色”的场面进行了还原与放大。三场情欲戏，是对王佳芝从生理到心理变化的充分交代，将她内心的撕裂与挣扎直观呈现出来，故事的高潮部分也随之到来，仿佛她轻声的一句“快走”呼之欲出。李安通过最直白的叙事手段把人性的残忍赤裸裸地暴露出来，让人在虚无的爱欲情仇中陷入深深的思考。影片最后，导演加入了易先生独坐在王佳芝床边久久凝视的场景，这在原著中是没有的，这样的处理更感人和有深意，弥补了作家本身过于冷酷和决绝的写作特点。

（三）由表及里的情节升华

许多经典的文学作品，尤其是古典文学作品，由于其具有的时代性所造成的语言和观念上的差异，很容易使读者难以理解其中的内涵。因而，这类作品易被影视创作者搬上银幕或荧屏，对部分情节合理删改后使之成为更具深刻性和商业价值的作品。

电影《赤壁》没有像原著作者罗贯中那样带有明显的“拥刘反曹”倾向，而是抱着不偏不倚的态度去演绎。这种中立的观点，打破了封建历史中的“正统思想”，可以认为是对原著中消极性和封建性的剔除。影片中，曹操仍生性多疑，却也善于用兵。曹操胸有成竹地与小乔对酌，他早已想到盟军会主张火攻，但曹操万万料不到风向会转变，这就使《三国演义》中颇负盛名的赤壁之战“东风不与周郎便，铜雀春深锁二乔”的场景上演在观众面前。这样的重塑，虽然对于其严肃性有一定的消解，但在不失原著本意的情况下更容易被当代人所接受。

对于历史题材的影视作品，导演在浩瀚宏大的历史场景中加入了许多细小的情节元素，用以刻画影片中的人物，使那些原本沉寂在书本文字中的历史人物活了起来，给他们注入了更多“人性”，让观众能够感觉到他们是那样的真实和近在咫尺。人们都知道刘备本是以卖草鞋为生，于是，片中安排了他为将士们编草鞋的情景。这样的设计让人很难感受到鲁迅说过的“欲显刘备之长而似伪，状诸葛之智而近妖”

的意味。影片以孙尚香潜入曹营带回重要消息开始，孙夫人豪放勇敢，而对小乔的刻画则在美貌中加入了智慧。两个女性形象的塑造，打破了传统思想中红颜祸水的封建观念，使她们的存在成为战争的制胜关键。传统文学中有意淡化的女性形象在影片中得到了重塑，女性地位的提高推翻了古典文学中的封建枷锁，让影片的情节和主题得到了升华。

将原著中类型化的人物赋予“人性”，将典型的事件加进感性的认知，以具有时代性的视点重新加以诠释，创造出的是“有血有肉”的、实在的、令人敢于接近的人物以及让人感动的、发人深省的、令人印象深刻的故事。

（四）由浅入深的哲学性延伸

喜剧因为其轻松愉悦的故事情节和大团圆的结局，总能带给人延绵不断的幸福感。影视作品作为通俗文化的代表，比起文学作品，创造了更多喜剧人物，喜剧电影更是颇受大众青睐。影视创作者通过解构传统文学中的人物和情节，制造陌生化效果，从而营造出喜剧氛围。然而，优秀的喜剧作品不仅仅是博观众一笑那么简单，其往往“笑中有泪”，在完成看似浅显的叙事后，还传达出深刻的哲学意味。

周星驰可谓中国香港乃至整个亚洲的“喜剧之王”，他的代表作《大话西游》完全颠覆了原著的故事，以中国古典名著《西游记》作为素材，把妇孺皆知的宗教故事大胆地改写为爱情故事，并将现代意识和自我价值作为影片的出发点，用后现代主义式的语言风格对传统文学进行解构，重新建构出新的审美意义。周星驰电影的台词如今已是脍炙人口，但实际上这些电影对白并没有什么准确的意义，正是这些零碎的话语符号揭示出主人公自身存在的荒谬与矛盾，从而产生强烈的喜剧效果。真正优秀的喜剧是笑中有泪的，周星驰电影中的许多台词当时听来似乎诙谐幽默，但细细品味却又扣人心弦。“爱你一万年”的经典独白被无数人引用效仿，其实它只是至尊宝在危急关头对紫霞仙子编的一段谎话。影片中的其他语言，也同样丝毫不考虑时间和语境上的限制，只是脱口而出、信手拈来。唐僧为了使孙悟空和自己一同去西天取经，竟然唱起了英文歌。这种无意义的符号拼凑，产生了极大的喜剧效果，在观众爆笑的同时，周星驰现象也在如今的影像时代悄然扩张。

周星驰的电影对原著中的任意元素进行解构，只是把原著作为架构影片的素材，在此基础上大量加入“我”的观念，完成了对文学作品的重塑。首先，其具有鲜明的后现代文化特征，无意义的语言堆砌将传统的语言规范消解殆尽，甚至将文字符号看作是创造喜剧效果的有力工具。其次，还有着一定的哲学意义。通过荒诞的、离奇的、无意义的语言堆砌，将世界的荒谬和虚无表达出来。影片里宗教的禁锢被改造得诙谐幽默，小说中历史的痕迹完全被荒诞的戏剧效果所取代。这正是我国香港电影中也是港人常带有的特征，既对传统文化有所认识，却又在现代社会中找不到认同。

随着时代发展，影视艺术借助文学著作，“取其精华，去其糟粕”，将原著的内涵表达得更加形象和深刻；文学作品借助影视作品的力量，得到广泛宣传和推广，通过改编也能够使广大观众更好地理解文学作品的内涵。期待未来影视工作者继续推陈出新，通过对经典文学的解构与重塑，创作出更多优秀的影视艺术作品，使影视与文学实现双赢[①]。

①孟丝琦．浅论影视改编对文学名著的解构与重塑[J]．西部广播电视，2020(10)：110-111.

第二章　文学名著改编为影视作品的可行性

文学名著改编为影视作品的可行性，不仅在于两者之间的紧密联系与互补性，更体现在影视作品改编的创作观念与规律，以及名著与影视的互惠互利上。这种可行性在当前的影视市场中表现得尤为突出，成为一种独特的文化现象。通过树立正确的创作观念、遵循创作规律以及实现名著与影视的互惠互利，我们可以将更多的文学名著搬上银幕，让更多人领略到传统文化的魅力。同时，这也将为影视产业带来新的发展机遇和挑战，推动其不断创新和进步。

第一节　影视作品改编的创作观念

在将文学名著改编为影视作品的过程中，树立正确的创作观念是至关重要的，这不仅仅是对原著的尊重，更是对观众和艺术的尊重。下面将从三个方面详细探讨影视作品改编的创作观念。

一、影视作品改编的基本创作观念

影视作品改编是一个将文学作品转化为视听艺术形式的复杂过程。在这个过程中，既要尊重原著的精神内涵和艺术风格，又要充分发挥影视艺术的独特优势，使原著的精髓和魅力得以被呈现。

首先，尊重原著的精神内涵和艺术风格是改编的基石。文学名著之所以能成为经典，往往是因为其独特的审美价值和深厚的文化内涵。在改编过程中，改编者必须对原著进行深入研究，理解其主题思想、人物形象和情节结构。这需要改编者具备深厚的文学素养和敏锐的洞察力，能够准确把握原著的精髓和魅力。同时，还要在尊重原著的基础上，进行创新和拓展。这并不意味着要完全复制原著，而是要在保持原著基本框架和核心思想的同时，根据影视艺术的特点和观众的需求，进行适当的调整和改动。这样的改编作品既能够忠实于原著，又能够呈现出新的艺术风貌。

其次，发挥影视艺术的独特优势是改编的关键。影视艺术是一种直观性、形象性和动态性都极强的艺术形式，能够通过画面、声音、动作等多种手段来展现故事情节和人物形象。在改编过程中，应充分利用影视艺术的这些优势，将原著中的故事情节、人物形象和情感冲突转化为生动形象的画面和声音。这需要改编者具备丰富的想象力和创造力，能够将文字所无法表达的情感和意境通过画面和声音展现出来。同时，还要注重细节描写和氛围营造，使观众能够更加直观地感受名著的魅力。

具体来说，在改编过程中，可以运用现代科技手段来增强画面的视觉冲击力和声音的感染力。例如，通过特效技术来展现原著中的奇幻场景或惊险动作，通过配乐和音效来营造特定的情感氛围，通过演员的精湛表演来塑造鲜活的人物形象，等等。这些手段的运用可以使改编作品更加生动、形象、感人。

最后，还应该注重原著与改编作品之间的文化差异和时代特色。由于原著和改编作品所处的文化背景和时代环境不同，因此在改编过程中需要考虑到这些差异对作品的影响。改编者可以在尊重原著的基础上，结合当代观众的审美需求和文化背景，对原著进行适当的调整和改编，使其更加符合当代观众的审美口味和文化需求。

总之，影视作品改编是一个需要综合考虑多方面因素的复杂过程。既要尊重原著的精神内涵和艺术风格，又要充分发挥影视艺术的独特优势，通过画面、声音等多种手段来展现原著的精髓和魅力。只有这样，才能创作出既忠实于原著又具有独特魅力的优秀改编作品。

二、创作观念对文学名著改编为影视作品可行性的影响

在文学名著改编为影视作品的过程中，正确的创作观念对于确保改编作品的可行性和质量具有至关重要的影响。这一影响体现在多个方面，从主题思想的传承到人物形象的塑造，再到情节结构的安排，都需要在尊重原著的基础上，充分发挥影视艺术的独特优势。

第一，尊重原著的创作观念是改编成功的基石。原著作为文学经典，往往具有深厚的文化底蕴和艺术价值。在改编过程中，创作者应当保持对原著的敬畏之心，避免随意更改主题思想、人物形象和情节结构。这不仅有助于维护原著的声誉和形象，更能确保改编作品在传承原著精神的同时，为观众带来全新的视觉体验。

第二，发挥影视艺术独特优势的创作观念是改编作品成功的关键。影视艺术作为一种视听结合的艺术形式，具有独特的表现力和感染力。在改编过程中，创作者应当充分利用影视艺术的这一优势，通过画面、音效、表演等手段，将原著中的故事情节、人物形象和情感表达呈现得更为生动、真实和深刻。这样不仅能吸引更多观众的关注和喜爱，还能让原著的艺术价值在影视作品中得到更好的传承和发扬。

然而，如果创作观念不正确，那么改编作品很可能无法达到预期的效果。例如，过度追求商业利益而忽视原著的艺术价值，会导致改编作品沦为庸俗、肤浅的快餐文化，丧失其应有的文化意义和价值。另外，过于依赖特效和剪辑等技术手段而忽视对原著的深入理解和挖掘，也会使改编作品失去灵魂和内涵，成为空洞无物的视觉盛宴。

因此，在文学名著改编为影视作品的过程中，创作者应当树立正确的创作观念，既要尊重原著的精神和内涵，又要充分发挥影视艺术的独特优势。只有这样，才能创作出既符合原著精神又具有影视艺术魅力的优秀作品，为观众带来视觉和精神上的双重享受。同时，这样的创作观念也能为文学名著的传承和发扬作出积极的贡献，推动文学与影视艺术的交流与融合，共同创造更加繁荣的文化景观。

三、改编文学名著的电影创作观念

在改编文学名著为电影的过程中，电影创作观念起着至关重要的作用。它决定了电影如何呈现原著的精髓，如何与观众产生共鸣，以及如何在保持原著魅力的同时，展现出电影艺术的独特魅力。

首先，坚持对原著精神的忠实呈现。文学名著之所以成为经典，往往是因为它们深刻地揭示了人性的复杂性和社会的多样性。在改编过程中，电影创作者需要深入理解原著的主题思想、人物性格和情感表达，将这些元素融入到电影的情节和画面中。只有这样，电影才能准确地传达出原著的精神内涵，让观众在欣赏电影的同时，感受到原著的魅力。

其次，充分发挥电影的视听优势。电影作为一种视听艺术，具有直观性和形象性的特点。在改编文学名著时，电影创作者应充分利用画面、音效、色彩等电影语言，将原著中的故事情节、人物形象和情感冲突呈现得更为生动、真实和深刻。同时，还应注重电影的节奏感和叙事结构，让观众在观影过程中始终保持紧张感和好奇心。

再次，还需关注电影的社会价值和人文关怀。文学名著往往具有深刻的社会意义和人文关怀精神，在改编过程中，电影创作者应深入挖掘原著中的这些元素，通过电影的呈现方式，引导观众思考社会问题、关注人性关怀。这样不仅能提升电影的艺术价值，还能让观众在观影过程中得到更多的启示和感悟。

综上所述，改编文学名著的电影创作观念应坚持忠实原著精神、发挥电影视听优势、关注社会价值和人文关怀以及注重商业性和市场接受度。只有这样，才能创作出既忠实于原著又具有独特魅力的优秀电影作品，为观众带来深刻的艺术享受和人生启迪。

四、改编文学名著的电视剧创作观念

改编文学名著为电视剧时，创作观念同样至关重要。电视剧作为一种长篇叙事的艺术形式，既需要忠实于原著的精髓，又要适应电视剧特有的叙事节奏和表达方式。

首先，需保持原著的连贯性和完整性。文学名著往往具有丰富的情节和复杂的人物关系，这些都需要在电视剧中得到完整而连贯的呈现。因此，在改编过程中，需要深入研究原著的结构和逻辑，确保电视剧的剧情发展既符合原著的脉络，又能满足观众的观赏需求。

其次，应注重人物塑造和情感表达。电视剧作为一种以人物为核心的艺术形式，需要通过细腻的人物塑造和情感表达来吸引观众。在改编文学名著时，应深入挖掘原著中的人物性格和情感线索，通过演员的精湛表演和剧情的巧妙设计，将这些元素生动地呈现在观众面前。这不仅能够增强观众的代入感，还能使他们在观看过程中得到深刻的情感体验。

此外，还需关注电视剧的叙事方式和视觉风格。电视剧作为一种视听艺术，需要通过独特的叙事方式和视觉风格来展现原著的魅力。在改编过程中，可以尝试运用不同的拍摄手法、剪辑技巧和视觉效果，来营造出符合原著氛围的视觉效果，同时让观众在观赏过程中感受到电视剧的艺术魅力。

最后，还应注重电视剧的商业性和传播效果。电视剧作为一种文化产品，需要考虑到市场接受度和传播效果。在改编文学名著时，应在保持作品艺术性的前提下，注重其市场潜力和传播价值。通过合理的选角、精美的制作和有效的宣传策略，吸引更多观众关注并喜爱这部改编作品，从而推动文学名著的传承和发扬。

综上所述，改编文学名著的电视剧创作观念应强调保持原著的连贯性和完整性、注重人物塑造和情感表达、关注叙事方式和视觉风格以及注重商业性和传播效果。只有这样，才能创作出既忠实于原著又具有独特魅力的优秀电视剧作品，为观众带来深刻的艺术享受和文化熏陶。

第二节　影视作品改编的创作规律

一、影视作品改编的基本创作规律

影视作品改编，即将文学作品转化为视听艺术形式的过程，是一个既充满挑战又富有创造性的工作。在这一过程中，创作者需要遵循一定的创作规律，以确保改编作品的品质与影响力。

首先，尊重原著精神是影视作品改编的核心原则。在改编过程中，创作者必须保持对原著的敬畏之心，深入理解其主题思想、情感表达和人物形象。改编不是对原著的颠覆或背离，而是在原著的基础上，通过影视语言的运用，进行艺术的再创作。改编作品应尽可能地呈现原著的精髓，让观众在欣赏影视作品的同时，也能感受到原著的魅力。

其次，影视作品改编需要注重情节的取舍与重构。由于影视作品与文学作品在表现形式上的差异，改编过程中需要对原著的情节进行筛选、提炼和重构。创作者需要保留原著中的核心情节和关键节点，以展现故事的主线和发展脉络。同时，根据影视语言的特点，创作者还需对情节进行合理的删减、增补和重构，使情节更加紧凑、连贯，充满张力。

再次，在人物形象的塑造方面，影视作品改编同样需要花费大量心思。原著中的人物形象往往具有丰富的性格特征、情感变化和成长轨迹，这些都需要在改编过程中得到充分体现。创作者需要深入分析原著中的人物形象，把握其内在特质和外在表现。同时，根据影视语言的特点，创作者可以对人物形象进行适度的夸张和强化，使其更加鲜明、立体，具有更强的感染力。

最后，影视作品改编还需要注重视听语言的运用。影视语言包括画面、音效、配乐等多种元素，是影视作品表达情感和思想的重要手段。在改编过程中，创作者需要充分发挥影视语言的优势，通过画面构图、色彩运用、音效设计等方式，营造出符合原著氛围的视听效果。例如，可以利用色彩对比来突出人物的情感变化，通过音效设计来增强场景的紧张感，从而让观众能够身临其境地感受故事的发展。

值得注意的是，随着科技的不断发展，现代影视作品在改编过程中还可以借助特效、动画等先进技术来丰富视听效果。这些技术的应用不仅可以提升观众的观影体验，还可以更好地呈现原著中的奇幻、科幻等元素，使改编作品更具吸引力。

总之，影视作品改编是一项复杂而富有挑战性的工作。在改编过程中，创作者需要遵循尊重原著精神、注重情节取舍与重构、深入塑造人物形象以及充分运用视听语言等基本创作规律，以确保改编作品的品质与影响力。同时，创作者还需要不断创新，探索新的改编方法和技巧，以适应不断变化的观众需求和审美趋势。

二、创作规律对文学名著改编为影视作品可行性的影响

创作规律在将文学名著改编为影视作品的过程中，起着举足轻重的作用，深刻影响着改编作品的可行性与成功性。下面将从多个角度详细探讨这种影响。

首先，遵循基本创作规律对于提高改编作品的质量至关重要。在改编过程中，尊重原著精神是关键所在，这意味着改编者需深入了解原著的主题、情感和核心价值，并在改编过程中予以保留和体现。同时，注重情节的取舍与重构也是必不可少的。改编者需根据影视作品的特性，对原著情节进行合理删减、增添或重构，使之更符合影视表达的需要。此外，塑造鲜明的人物形象和运用恰当的视听语言也是提高改编作品质量的关键因素。通过精心刻画人物性格、情感变化和命运轨迹，以及运用镜头、音效等视听手段，改编作品能够更生动、更真实地呈现原著的魅力和精神内涵。

其次，遵循创作规律有助于降低改编风险。文学名著往往承载着深厚的文化底蕴和广泛的社会影响，其改编过程往往备受关注。一旦改编不当，就可能引发观众和原著粉丝的强烈不满和批评，甚至导致作品口碑和市场表现不佳。而遵循创作规律可以在一定程度上规避这些风险。通过深入研究原著和市场需求，改编者可以更加准确地把握观众的审美习惯和期待，从而创作出更符合观众口味的影视作品。同时，借鉴其他成功改编作品的经验和教训，也可以帮助改编者避免一些常见的错误和陷阱，提高改编作品的市场竞争力和社会认可度。

最后，创作规律还为改编者提供了有益的指导和启示。在改编过程中，改编者可能会面临诸多挑战和困惑，如如何保持原著的精髓、如何创新性地呈现原著情节和人物等。而创作规律作为长期积累和总结的经验和智慧，可以为改编者提供有益的参考和借鉴。通过学习和掌握这些规律，改编者可以更加从容地应对各种挑战和困难，提高改编作品的质量和效果。

综上所述，创作规律对文学名著改编为影视作品的可行性具有重要影响。遵循创作规律可以提高改编作品的质量、降低改编风险，并为改编者提供有益的指导和启示。因此，在改编过程中，改编者应深入学习和理解创作规律，将其贯穿于整个改编过程之中，以创作出更加优秀、更加符合观众需求的影视作品。

三、助力文学名著改编效果的影视作品创作规律

为了进一步提升文学名著改编为影视作品的效果，需要遵循一些重

要的创作规律。这些规律不仅有助于保留原著的精髓，还能使影视作品更具深度和吸引力，从而赢得观众的喜爱和认可。

首先，深入挖掘原著的文化内涵和精神内核是改编成功的关键。文学名著往往承载着丰富的历史文化底蕴和深刻的思想内涵，这些都是影视作品无法替代的宝贵资源。因此，改编者需要深入研究原著，挖掘其中的文化内涵和精神内核，将其巧妙地融入到影视作品中。这样不仅能保持原著的完整性，还能使影视作品更具深度和内涵，引发观众的共鸣和思考。

其次，注重人物形象的立体塑造是影视作品改编的重要一环。文学名著中的人物形象往往具有鲜明的个性和复杂的情感变化，这些都需要通过影视语言的运用来呈现。改编者需要通过对人物性格的深入挖掘和细致刻画，使人物形象更加立体生动。同时，借助演员的表演技巧和画面的呈现方式，可以进一步展现人物的情感世界和内心世界，使观众更加深入地了解人物的性格特点和情感变化，增强作品的感染力和吸引力。

最后，运用创新的叙事手法和视听语言也是提升改编作品效果的重要手段。在改编过程中，改编者可以尝试运用一些新颖的叙事手法和视听语言，打破传统的创作模式，使作品更具特色和新意。例如，可以采用多线索交织的叙事结构，使故事情节更加紧凑和引人入胜；运用独特的画面风格和音效设计，营造出独特的视觉和听觉效果，使观众在欣赏作品的过程中获得更加丰富的感官体验。

综上所述，深入挖掘原著内涵、注重人物形象的立体塑造以及运用创新的叙事手法和视听语言等创作规律，对于提高文学名著改编为影视作品的效果具有重要意义。在改编过程中，改编者需要遵循这些规律，同时结合原著的特点和观众的需求，进行有针对性的创作和改编。通过精心策划和细致打磨，可以打造出优秀的影视作品，让观众在欣赏的过程中感受到原著的魅力和价值，同时也能享受到影视作品带来的视觉和听觉盛宴。这样的改编作品不仅能够赢得观众的喜爱和认可，还能为整个影视行业注入新的活力和创意①。

①李芮．关于影视艺术创作规律的探讨[J]．美化生活，2023(14)：57-59.

四、改编文学名著的电影创作规律

改编文学名著为电影作品，既是一种艺术再创作，也是对原著精神的传承与发扬。在这一过程中，遵循电影创作规律显得尤为重要，它们能确保改编作品在保持原著魅力的同时，呈现出电影艺术的独特魅力。

首先，明确电影的语言特性是改编文学名著的关键。电影通过画面、声音、剪辑等手段来讲述故事，这与文学作品的文字叙述有着本质的区别。因此，在改编过程中，需要根据电影的语言特性，对原著内容进行适当的删减、增添和重构，以确保故事情节的紧凑性和连贯性。同时，还要注重画面构图、镜头运用和音效设计，以营造出符合电影风格的视听效果。

其次，深入挖掘原著主题和人物是改编文学名著的核心。文学名著往往具有深刻的思想内涵和丰富的人物形象，这是电影改编的重要素材。需要通过深入研读原著，理解作者的创作意图和主题思想，并将其融入到电影作品中。同时，还要对原著中的人物形象进行细致的刻画和塑造，通过演员的表演和画面的呈现，让观众能够感受到人物的内心世界和情感变化。

此外，注重电影的节奏感和情感表达也是改编文学名著的重要方面。电影作为一种视听艺术，需要通过画面的节奏感和情感表达来感染观众。在改编过程中，需要根据故事情节的发展和人物性格的特点，合理安排画面的节奏和剪辑方式，以营造出紧张、悬疑或温馨的氛围。同时，还要注重情感的表达，通过细腻的镜头语言和音效设计，让观众能够深刻感受到电影中的情感力量。

综上所述，改编文学名著为电影作品需要遵循电影创作规律，注重电影的语言特性、深入挖掘原著主题和人物、注重电影的节奏感和情感表达等方面。只有这样，才能在保留原著魅力的基础上，创作出具有电影艺术特色的优秀作品，让观众在欣赏的过程中感受到文学名著与电影艺术的完美结合。

五、改编文学名著的电视剧创作规律

改编文学名著为电视剧作品，是一项既具挑战性又充满创意的艺术工作。在这一过程中，遵循电视剧创作规律至关重要，它们能帮助改编者更好地将原著的精髓和魅力呈现在荧屏之上。

首先，要准确把握电视剧的叙事特点。电视剧作为一种长篇叙事艺术，需要注重情节的连贯性和人物形象的深度塑造。在改编文学名著时，需要根据电视剧的叙事特点，对原著内容进行合理的拆分和重组，确保故事情节的紧凑性和吸引力。同时，还要注重人物性格的刻画和情感的表达，通过细腻的演技和画面呈现，让观众能够深入了解人物的内心世界和情感变化。

其次，要注重电视剧的视听效果。电视剧作为一种视听艺术，需要通过画面、音效、配乐等手段来营造氛围和表达情感。在改编过程中，需要注重画面的构图和色彩运用，以及音效和配乐的搭配，以营造出符合原著风格和情感基调的视听效果。这样不仅能增强观众的观看体验，还能更好地传达原著的精神内涵。

最后，还要关注电视剧的受众特点。电视剧作为一种大众文化产品，需要考虑到不同年龄段和文化背景的观众需求。在改编文学名著时，需要充分考虑观众的接受程度和审美习惯，对原著进行适当的改编和创新，以吸引更多观众的关注和喜爱。

综上所述，改编文学名著为电视剧作品需要遵循电视剧创作规律，注重叙事特点、视听效果和受众特点等方面。只有通过精心的策划和制作，才能在保持原著精神的基础上，创作出深受观众喜爱的优秀电视剧作品，让文学名著的魅力在荧屏上焕发出新的光彩。

第三节 名著与影视的互惠互利

文学名著与影视作品的结合，早已成为文化领域的一种独特现象。这种结合不仅为名著注入了新的生命力，也为影视产业提供了丰富的素材和灵感来源。在这种互惠互利的关系中，名著与影视共同推动着文化的传承与发展。

一、名著助力影视:文化深度与艺术魅力的完美融合

文学名著，作为人类文化宝库中的璀璨明珠，历来以其深邃的思想内涵、独特的艺术风格和广泛的社会影响力而备受推崇。在影视产业蓬勃发展的今天，将文学名著改编为影视作品，不仅能够充分发挥这些优势，还能为影视作品注入深厚的文化底蕴和艺术魅力。

首先，名著中的故事情节、人物形象和主题思想为影视作品的创作提供了丰富的素材。这些素材经过影视创作者的巧妙运用，能够呈现出更加生动、立体的画面，使观众更加深入地理解和感受名著的精髓。例如，四大名著之一的《红楼梦》以其丰富的情节和细腻的人物刻画而著称。在影视改编中，创作者可以通过对原著情节的深入挖掘和人物形象的精准塑造，将这部千古传世之作的韵味和魅力展现得淋漓尽致。

其次，名著的艺术风格也为影视作品提供了借鉴和参考。许多古典名著在诗词歌赋、书法绘画等方面都有着独特的艺术表现。在影视改编中，这些元素可以被巧妙地融入到作品中，使影片呈现出独特的审美风格和韵味。比如，在改编《西游记》时，创作者可以通过运用特效和动画技术，将原著中奇幻的神仙世界和精彩的打斗场面呈现得栩栩如生，让观众仿佛置身于一个神话般的世界。

最后，名著的社会影响力也为影视作品的推广和宣传提供了便利。名著作为经典之作，早已深入人心，其知名度和影响力不言而喻。将名著改编为影视作品，能够借助名著的品牌效应，吸引更多观众的关注和喜爱。同时，这种改编也有助于推动文学名著的普及和传播，让更多的人了解和欣赏这些文化瑰宝。

综上所述，名著助力影视是一种文化深度与艺术魅力的完美融合。通过巧妙运用名著中的故事情节、人物形象和艺术风格，影视创作者能够创作出具有深厚文化底蕴和艺术魅力的作品，让观众在欣赏影视作品的同时，也能够领略到文学名著的韵味和魅力。这种融合不仅有助于提升影视作品的艺术价值和文化内涵，也有助于推动文学名著的传承和发展，让人类文化宝库中的这些璀璨明珠焕发出更加耀眼的光芒。

二、影视助力名著:传承经典,焕发新生

影视作品，作为一种深入人心的大众传播媒介，拥有广泛的受众基础和强大的传播力量。随着科技的进步和观众审美需求的提升，将名著改编为影视作品已成为传承和弘扬经典文化的重要途径，使得更多的人有机会了解和认识那些具有深远影响的名著。

首先，影视作品通过直观的画面和生动的表演，能够更好地展现名著中的故事情节和人物形象。这种展现方式不仅满足了现代观众对于视觉和听觉的双重享受，更通过丰富的细节描绘和演员们的精湛演技，将名著中的故事和人物塑造得栩栩如生。例如，在《红楼梦》的影视作品中，通过细腻的画面和精彩的演绎，观众可以更加直观地感受到贾宝玉、林黛玉等人物的性格特点和情感纠葛，从而更加深入地理解原著的精髓。

其次，影视作品能够扩大名著的知名度和影响力。通过影视作品的传播和推广，名著能够触达更广泛的受众群体，吸引更多人的关注和阅读。这种影响不仅限于国内，还能够跨越国界，将中国文化传播到世界各地。许多优秀的名著影视作品，如《西游记》《水浒传》等，都已经在全球范围内赢得了广泛的赞誉和关注，成为中国文化的重要代表。

最后，影视作品还能够为名著注入新的生命力。随着时代的变迁和社会的发展，名著中的某些内容可能已经不再适应当代社会。但是，通过影视作品的改编和创新，可以对名著进行现代解读和重新诠释，使其在新时代焕发出更加璀璨的光彩。例如，在改编《三国演义》时，可以加入现代元素和视角，以更加符合现代观众审美的方式呈现这部经典作品。这种创新不仅能够吸引更多年轻观众的关注，还能够让名著在传承中焕发新的活力。

综上所述，影视作品在传承和弘扬名著经典文化方面发挥着重要作用。通过直观的画面、生动的表演以及创新的改编方式，影视作品能够将名著中的故事和人物呈现给更多观众，扩大名著的知名度和影响力，并为名著注入新的生命力。这种传承方式不仅有助于推广中国文化，还能够让更多的人了解和欣赏那些具有深远影响的名著。

三、名著与影视互惠互利对文学名著改编为影视作品可行性的影响

名著与影视之间的互惠互利关系，在文化传承与艺术创新方面均展现出显著的成效，更对文学名著改编为影视作品的可行性产生了深远的积极影响。这种关系不仅丰富了影视作品的内容和形式，还促进了文化产业的发展，为观众带来了更多优秀的文化作品。

首先，名著的知名度和影响力为影视作品的改编提供了有力的支撑。名著往往经历了岁月的沉淀和历史的考验，具有广泛的读者群体和深厚的文化底蕴。观众对名著的认可和喜爱，使得他们在得知名著被改编为影视作品时，会产生浓厚的兴趣和期待。这种期待和兴趣能够转化为对影视作品票房和口碑的有力保障，使得改编作品在市场中更具竞争力。

其次，名著的丰富素材和艺术风格为影视作品的创作提供了广阔的发挥空间。名著中往往包含了丰富的人物形象、情节设置、思想内涵等，为影视创作者提供了丰富的素材来源。同时，名著的艺术风格也各具特色，既有古典的韵味，又有现代的气息。影视创作者可以在尊重原著的基础上，结合现代审美和观众需求，进行创新和拓展，打造出更具个性和特色的影视作品。

最后，名著与影视的互惠互利关系还促进了文化产业的发展。名著改编的影视作品不仅能够为影视产业带来直接的经济效益，还能够推动相关产业的发展。例如，影视作品的成功可以带动原著书籍的销售，促进出版业的发展；同时，影视作品中的场景、服装、道具等也可以成为衍生品开发的源泉，推动衍生品市场的发展。此外，影视作品还可以带动旅游业的发展，吸引观众前往原著中的景点进行实地游览。这种产业链的延伸和拓展有助于提升整个文化产业的竞争力和影响力。

综上所述，名著与影视的互惠互利关系在文化传承、艺术创新以及文化产业发展等方面均发挥了重要作用。这种关系不仅为文学名著改编为影视作品提供了可行性和发展空间，还促进了文化产业的整体繁荣和发展。在未来，随着技术的不断进步和文化的不断发展，名著与影视之间的合作将更加紧密和深入，为观众带来更多优秀的文化作品，

推动文化产业迈向更高的台阶[①]。

四、名著与电影的互惠互利

名著与电影的互惠互利关系，不仅体现在文化传承和艺术创新层面，更在商业价值和社会影响上展现出独特的优势。这种关系犹如一对默契的搭档，共同推动着文化产业的繁荣与发展。

名著作为人类智慧的结晶，承载着深厚的文化底蕴和独特的艺术魅力。而电影作为一种现代化的艺术表现形式，具有直观、生动的特点，能够迅速吸引观众的眼球。将名著改编为电影，不仅可以将原著中的故事和人物以全新的方式呈现给观众，还可以借助电影这一强大的传播媒介，让更多的人了解和欣赏名著的魅力。

从商业价值来看，名著改编的电影往往具有较高的市场号召力和票房潜力。观众对于名著的熟悉和喜爱，会转化为对电影的高度期待和关注。同时，名著的品牌效应也能够为电影带来额外的商业价值，吸引更多的投资和赞助。这种商业价值不仅体现在票房收入上，更可以带动相关衍生品和文化产业的发展，形成文化产业链的良性循环。

从社会影响来看，名著改编的电影对于推广文化、提升国民素养等方面也具有重要意义。通过电影的传播，名著中的思想内涵、价值观念等可以更加广泛地传播到社会各个角落，引导观众树立正确的价值观和人生观。同时，电影中的故事情节和人物形象也能够激发观众的共鸣和思考，提升观众的文化素养和审美水平。

当然，名著改编电影也需要在尊重原著的基础上进行创新和拓展。电影创作者需要深入研究原著，理解其精神内涵和艺术特色，同时结合现代审美和观众需求，进行巧妙的改编和创作。这样，才能在保持原著魅力的基础上，为观众带来全新的视听体验。

综上所述，名著与电影的互惠互利关系在文化传承、艺术创新、商业价值和社会影响等方面均展现出独特的优势。这种关系不仅有助于推动文化产业的繁荣与发展，更能够提升国民的文化素养和审美水平。未来，随着技术的不断进步和文化的不断发展，名著与电影的合作将

①袁峰．文学作品与影视作品的辩证关系研究[J]．当代电视，2015(7):108-109.

更加紧密和深入，共同创造更多优秀的文化作品，为观众带来更多美好的体验。

五、名著与电视剧的互惠互利

名著与电视剧的互惠互利关系同样深厚而独特，二者在共同的文化使命下相互辉映，互为助力，推动了文学与影视艺术的繁荣发展。

名著的博大精深与电视剧的叙事能力相得益彰。名著以其丰富的情节、鲜活的人物和深邃的思想内涵，为电视剧提供了源源不断的创作灵感。而电视剧则以其独特的叙事手法和视听语言，将名著中的故事和人物呈现得栩栩如生，让观众能够身临其境地感受名著的魅力。

从文化传承的角度来看，名著与电视剧的结合具有重要意义。电视剧作为一种大众化的艺术形式，具有广泛的传播力和影响力。通过电视剧的改编和呈现，名著中的经典故事和人物形象得以在更广泛的范围内传播，让更多的人了解和感受到传统文化的魅力。这种传承方式不仅有助于保护和弘扬文化遗产，更能够激发观众对传统文化的兴趣和热爱。

此外，名著与电视剧的互惠互利关系还体现在艺术创新上。电视剧在改编名著的过程中，往往需要根据现代审美和观众需求进行创新和拓展。这种创新既包括对原著故事情节和人物形象的重新诠释，也包括对视听语言和叙事手法的探索和创新。这种创新不仅能够为观众带来全新的观赏体验，更能够推动电视剧艺术的发展和创新。

同时，名著改编的电视剧也往往具有较高的商业价值。观众对于名著的熟悉和喜爱，会转化为对电视剧的高度期待和关注，这种期待和关注不仅能够带动电视剧的收视率和口碑，更能够推动相关衍生品和文化产业的发展。

综上所述，名著与电视剧的互惠互利关系在文化传承、艺术创新以及商业价值等方面均发挥了重要作用。这种关系不仅有助于推动文学与影视艺术的融合发展，更能够为观众带来更加丰富多彩的文化体验。未来，随着技术的不断进步和文化的不断发展，名著与电视剧的合作将更加紧密和深入，共同创造出更多优秀的文化作品。

第三章 文学名著与影视改编的艺术性

文学名著与影视改编的艺术性，是一种跨越媒介的创造性转换，它体现在文字与影像的交织、叙事结构的重塑、生产过程的创新以及接受方式的变革等多个层面。这种艺术性不仅是对原著的尊重和传承，更是一种全新的创造和诠释。

第一节 文字与影像

一、文学名著影视改编中文字与影像的定位

在文学名著的影视改编过程中，文字与影像作为两种截然不同的艺术表现形式，各自承载着独特的功能与定位。文字作为文学作品的基石，通过独特的语言艺术魅力，深刻传递着作者的思想情感与创作意图。而影像则以其直观、生动的特性，通过画面、声音、色彩等多元元素，将文字所描述的世界具象化地呈现在观众面前。

首先应探讨文字在文学名著影视改编中的定位。文字作为文学作品的原始载体，蕴含着丰富的故事情节、人物形象以及深刻的主题思想。在影视改编过程中，文字为影像提供了丰富的素材与灵感，为影视作品提供了扎实的文本基础。文字通过精准的描述和细腻的刻画，使得观众能够深入了解故事背景、人物性格以及情感变化，从而更好地理解影视作品所传达的内涵。

而影像在影视改编中的定位则与文字有所不同。影像通过画面、声音、色彩等多元元素，将文字所描述的世界具象化地呈现在观众面前。影像具有直观性、生动性等特点，能够迅速吸引观众的注意力，引发观众的共鸣。在影视改编中，影像不仅需要忠实于原著文字的描述，

还需要通过具象化的呈现，使文字所描绘的场景、人物和情感更加立体、鲜活。

在文学名著影视改编中，文字与影像的定位是相互补充、相互依存的。文字为影像提供了丰富的素材与灵感，使得影像在呈现原著内容时能够更加贴近原著精神。而影像则通过具象化的呈现，使得文字所描述的世界更加直观、生动，进一步增强了观众对作品的感知与理解。

最后，文字与影像在影视改编中的相互关系还体现在对原著主题的诠释上。原著文字往往蕴含着深刻的主题思想，而影像则需要通过具象化的呈现，将这些主题思想以直观的方式传达给观众。在这一过程中，文字与影像相互协作，共同诠释了文学名著的魅力与内涵。

综上所述，文学名著影视改编中文字与影像的定位是相互补充、相互依存的，二者共同构成了影视作品的灵魂与骨架，通过独特的艺术表现形式，将原著的魅力与内涵淋漓尽致地呈现在观众面前。同时，文字与影像在影视改编中的相互关系也体现了艺术创作的多样性与包容性，使得影视作品能够在忠实于原著的基础上，展现出更加丰富的艺术魅力。

二、文学名著影视改编中文字与影像的联系与区别

（一）文学名著影视改编中文字与影像的联系

在文学名著的影视改编过程中，文字与影像之间存在着千丝万缕的联系。这种联系不仅体现在影视作品的创作过程中，更贯穿于整个影视作品的呈现与接受环节。

首先，文字无疑是影视作品的源头和基础。每一部成功的影视作品，几乎都离不开原著文字的魅力。原著的文字描述为影视作品的改编提供了丰富的素材和灵感，使得导演和编剧能够依据原著的情节、人物和主题，进行深入的挖掘和再创作。同时，影视作品通过画面、音效、配乐等多种手段，将文字所描绘的世界具象化，让观众能够直观地感受到原著的魅力。

其次，文字与影像在情感表达上具有共通性。无论是文字还是影像，都需要通过情感的力量来打动观众，引起共鸣。在文学名著中，

作者通过细腻的描写和深入人心的叙述，将情感融入文字之中，使读者在阅读过程中产生共鸣和感悟。而在影视作品中，影像通过直观的画面和音效，能够更直接地触动观众的情感。同时，影视作品还通过演员的精湛表演、场景的精心布置等手段，将原著中的情感表达得淋漓尽致。

最后，文字与影像在叙事上也存在着紧密的联系。原著的文字描述往往具有丰富的内涵和深层的寓意，这些都需要通过影像的呈现来得以体现。在影视作品中，导演和编剧通过巧妙地运用画面、音效和剪辑等手法，将原著中的故事情节和人物形象进行再现和重构，使得观众能够在观影过程中感受到原著的韵味和魅力。

总之，在文学名著的影视改编中，文字与影像之间的联系无处不在。这种联系不仅体现在影视作品的创作和呈现过程中，更体现在观众对作品的接受和感悟上。正是这种紧密的联系，使得文学名著的影视改编成为一种独特而富有魅力的艺术形式，让观众能够在观影过程中感受到原著的魅力和深度。

（二）文学名著影视改编中文字与影像的区别

文学名著与影视改编的交融，使得文字与影像这两种截然不同的艺术形式在相互碰撞中激发出新的火花。尽管两者在改编过程中紧密相连，但文字与影像之间仍然存在着明显的区别。

首先，文字是一种抽象的语言艺术，它通过符号的组合来传达信息、表达情感和构建故事。在文学名著中，作者通过细腻的文字描述和生动的叙述，使读者在脑海中构建出一个充满想象的空间。读者可以根据自己的理解、经验和情感，去填充、丰富和拓展这个想象空间，从而形成独特的阅读体验。而影像则是一种具象化的呈现方式，它通过画面、声音、色彩等元素的组合，将故事和人物以直观、具体的形式展现给观众。影像具有直观性和形象性，能够迅速吸引观众的注意力，并使其沉浸在故事的世界中。

其次，文字的表达具有深度和广度。在文学名著中，作者通过丰富的想象力和细腻的笔触，深入挖掘人物的内心世界和情感变化，展现人性的复杂性和多样性。文字能够表达细微的情感、描绘复杂的心理活动和展现深刻的思想内涵。而影像则更注重画面的冲击力和情感的直观表达。通过画面的构图、色彩的运用和音效的配合，影像能够创造出强烈的视觉和听觉效果，使观众直接感受到故事中的情感和氛围。

最后，文字与影像在传达信息的方式上也存在差异。文字通过语言的组合和叙述的推进来逐步展现故事的发展和人物的变化。读者在阅读过程中需要自己去理解和领悟作者的意图和表达。而影像则通过画面的切换、镜头的运用和音效的配合来快速、直接地传达信息。观众在观看影像时，能够直接感受到故事的发展和情感的变化，无须过多思考和解读。

综上所述，尽管文字与影像在文学名著影视改编中存在着联系，但它们之间仍然存在着明显的区别。文字具有抽象性、深度和广度，能够深入挖掘人物的内心世界和情感变化；而影像则具有具象性、直观性和冲击力，能够迅速吸引观众的注意力并传达故事的情感和氛围。在改编过程中，需要充分考虑到文字与影像的特点和差异，以实现两者的和谐统一，创作出优秀的影视作品。

三、文学名著影视改编中文字与影像的互动

在文学名著的影视改编过程中，文字与影像之间的互动关系显得尤为关键和独特。这种互动不仅有助于影视作品的艺术表现，还能提升观众对原著的理解和感受。

首先，文字作为文学名著的载体，通过其独特的叙述方式和语言魅力，为影像提供了丰富的素材和灵感。原著中的故事情节、人物形象、心理描写等，都是影像改编的重要参考。例如，在《红楼梦》的影视改编中，原著中对贾宝玉、林黛玉等人物性格的细腻描写，为导演和演员提供了丰富的创作素材，使得他们在表演中能够更准确地把握人物性格和情感变化。

同时，文字所蕴含的深刻哲理和人文关怀，也是影像改编需要深入挖掘和呈现的，这些哲理和人文关怀通过影像的具象化呈现，能够更好地触动观众的心灵，引发共鸣。

其次，影像作为影视作品的主要表现形式，通过具象化的呈现方式，将文字所描述的世界以直观、生动的方式呈现在观众面前。影像

的视听效果、场景布置、服装道具等，都能够帮助观众更好地理解和感受原著所描述的世界。例如，在《西游记》的影视改编中，通过特效和场景布置，将原著中的神话世界生动地呈现在观众面前，使得观众能够更直观地感受到神话故事的魅力。

最后，影像还能通过演员的表演、镜头语言等方式，将文字无法表达的情感和意境呈现出来。演员通过精湛的演技，将人物的情感变化和内心世界展现得淋漓尽致；镜头语言则通过独特的构图和拍摄手法，营造出独特的视觉氛围，使观众在欣赏过程中得到更深刻的艺术体验。

这种文字与影像的互动关系不仅丰富了影视作品的内涵和表现形式，也使观众在欣赏过程中得到了更深刻的艺术体验。通过文字与影像的相互补充和融合，影视作品能够更好地传达原著的精神内涵和艺术价值，使观众在欣赏过程中得到更多的启示和感悟。

总之，在文学名著的影视改编过程中，文字与影像之间的互动关系至关重要。通过深入挖掘原著的内涵和魅力，结合影像的具象化呈现方式，能够创作出更加丰富、生动、深刻的影视作品，为观众带来更加美好的艺术享受。

四、文学名著影视改编中文字与影像的艺术表现

文学名著的影视改编是一个将文字转化为影像的复杂过程，它不仅是对原著的一种诠释和再创作，更是一种独特的艺术表现。在这个过程中，文字与影像共同发挥了重要的作用，共同构建了一个丰富多彩的艺术世界。

文字，作为文学名著的基本载体，以其独特的语言艺术魅力，为影视作品注入了深刻的思想内涵和情感色彩。原著中的文字描述往往蕴含着丰富的情感、思想和哲理，通过细腻的文字刻画，读者能够深入体会到人物的情感变化、情节的起伏跌宕以及主题的深刻内涵。在影视改编中，这些文字元素被巧妙地转化为影像，通过演员的演绎、场景的布置以及音乐的配合，使得原著中的情感和思想得以更加直观地呈现给观众。

而影像，则以其具象化的呈现方式，将文字所描述的世界以直观、生动的方式呈现在观众面前。影像可以通过画面、色彩、光影等元素，

将原著中的场景、人物、情节等具象化地展现出来，使观众能够身临其境地感受到原著所描绘的世界。同时，影像还可以通过镜头的运用、剪辑的手法等技巧，将原著中的情感、思想等抽象元素以更加直观的方式传递给观众，使观众在视觉和听觉上得到极大的享受。

在文学名著的影视改编中，文字与影像的完美结合是关键所在。一方面，文字为影视作品提供了丰富的素材和灵感，使得影视作品能够在保持原著精神的基础上进行创新和发展；另一方面，影像则通过具象化的呈现方式，将文字所描述的世界以更加生动、直观的方式呈现给观众，使观众能够更加深入地理解和感受原著的魅力。

此外，文学名著的影视改编还需要考虑到观众的接受度和审美需求。在改编过程中，制作团队需要深入挖掘原著的精髓，同时结合现代观众的审美习惯和文化背景，进行适当的创新和调整。例如，在人物塑造上，可以更加突出人物的个性和特点；在情节安排上，可以更加紧凑和富有张力；在视觉呈现上，可以运用更加先进的技术手段，营造出更加逼真的场景和氛围。

总之，文学名著的影视改编是一个充满挑战和机遇的过程。通过文字与影像的完美结合，可以将原著中的思想内涵和情感色彩以更加直观、生动的方式呈现给观众，为观众带来全新的艺术体验。同时，这种改编方式也有助于推广和传承优秀的文学作品，让更多的人能够了解和欣赏到它们的魅力①。

五、文学名著电影改编中文字与影像的艺术性

在文学名著的电影改编中，文字与影像的艺术性得以充分展现，共同构建了一个既忠于原著又富有创新的艺术世界。这种艺术性不仅体现在对原著精髓的精准捕捉和再现上，更在于如何通过电影这一媒介，将文字中的深邃思想和细腻情感转化为影像，以触动观众的心灵。

在文字方面，原著往往通过独特的叙述手法、丰富的语言艺术以及深刻的思想内涵，为电影改编提供了坚实的基石。电影改编者需要深入挖掘原著中的这些元素，将其转化为电影的视听语言。通过精准的

①付一凡．文字与影像：论电影改编中导演的创造性书写[J]．大众文艺，2015(23)：190．

台词设计、巧妙的叙事结构以及深刻的思想表达，电影能够实现对原著的忠实再现，同时又能赋予其新的艺术生命。

在影像方面，电影通过画面、色彩、光影、音效等元素的综合运用，将文字所描述的世界以直观、生动的方式呈现在观众面前。电影改编者需要运用电影语言的独特魅力，将原著中的场景、人物、情感等具象化地展现出来。通过精湛的摄影技巧、独特的场景设计以及出色的音效制作，电影能够营造出一种既真实又梦幻的观影体验，使观众仿佛置身于原著所描述的世界之中。

在文学名著的电影改编中，文字与影像的艺术性还体现在对原著主题的深刻挖掘和表达上。电影改编者需要通过对原著的深入理解，把握其主题思想和精神内涵，并将其通过影像的方式呈现出来。这种呈现不仅是对原著的致敬和传承，更是对原著主题的深入解读和再创造，使观众在欣赏电影的同时，能够更深刻地理解和感受原著所蕴含的思想和情感。

总之，文学名著的电影改编是一个充满挑战和机遇的过程。通过深入挖掘原著的文字魅力和影像潜力，电影改编者能够创作出既忠于原著又富有创新的艺术作品，为观众带来全新的艺术体验。同时，这种改编方式也有助于推广和传承优秀的文学作品，让更多的人能够了解和欣赏到它们的魅力。

六、文学名著电视剧改编中文字与影像的艺术性

在文学名著的电视剧改编中，文字与影像的艺术性得到了更为深入和广泛的展现。电视剧作为一种长篇叙事的艺术形式，为文学名著的改编提供了更为丰富和细腻的展现空间。

在文字方面，电视剧改编者需要全面而精准地把握原著的精神内涵和情节脉络，将其融入剧本的创作中。通过巧妙的剧情安排、生动的人物塑造以及细腻的情感描写，电视剧能够将原著中的故事和情感以更加深入和具体的方式呈现出来。同时，电视剧还可以通过对话和旁白等方式，将原著中的思想内涵和哲理思考以更加直观和生动的形式传递给观众，引发观众的共鸣和思考。

在影像方面，电视剧通过连续的画面、丰富的场景以及多样的拍摄

手法，将文字所描述的世界以更加真实和生动的方式展现在观众面前。通过精心设计的镜头语言、画面构图以及色彩运用，电视剧能够营造出一种既符合原著风格又独具特色的视觉体验。同时，电视剧还可以通过音效、配乐等元素的加入，为观众营造出更加沉浸式的观影感受，使其仿佛置身于原著所描述的世界之中。

在文学名著的电视剧改编中，文字与影像的艺术性还体现在对原著风格的继承和发扬上。电视剧改编者需要深入研究和理解原著的风格特点，将其融入电视剧的创作中。通过对原著风格的精准把握和再现，电视剧能够实现对原著的忠实传承，同时又能通过影像的创新和拓展，为观众带来全新的艺术感受。

总之，文学名著的电视剧改编是一个需要深入挖掘原著文字魅力和发挥影像潜力的过程。通过文字与影像的完美结合，电视剧能够将原著中的故事、情感、思想和风格以更加深入、具体和生动的方式呈现出来，为观众带来全新的艺术体验。同时，这种改编方式也有助于推广和传承优秀的文学作品，让更多的人能够了解和欣赏到它们的魅力。

第二节　叙事

一、文学名著影视改编中叙事的定位

在文学名著的影视改编过程中，叙事作为连接原著与影视作品的桥梁，其定位显得尤为重要。精准的叙事定位不仅关系到影片的整体结构，还直接影响着观众对故事的理解与感受。因此，如何在改编过程中进行叙事定位，是确保作品成功呈现原著精神风貌并吸引观众的关键所在。

首先，叙事定位应基于原著的精神内核。文学名著往往具有深厚的文化底蕴和独特的艺术魅力，这些特点在影视改编中应得到充分的尊重和继承。具体来说，改编作品应深入挖掘原著的主题思想、情感基调以及人物形象等核心元素，并通过影视语言将其精准地呈现出来。

例如，在改编经典小说时，应准确把握小说中的主题思想，通过故事情节、人物形象以及视听元素等手段，将其转化为具有视觉冲击力的画面，从而让观众在观影过程中感受到原著的精神内涵。

其次，叙事定位还需充分考虑影视艺术的特性。影视作为一种视听艺术，具有直观性、动态性和时空灵活性等特点。因此，在改编文学名著时，应根据影视艺术的特性对叙事进行适当调整，以更好地适应观众的观影习惯。例如，在表现原著中的心理描写时，可以运用特写镜头、音效等手段来增强观众的代入感；在展现宏大场景时，可以运用航拍、特效等技术来营造震撼的视觉效果。通过这些调整，可以使影片在保持原著精神内核的同时，更加符合影视艺术的审美要求。

最后，叙事定位还应关注观众的需求和期待。观众作为影视作品的接受者，其观影体验直接影响着作品的口碑和市场表现。因此，在改编文学名著时，应充分考虑观众的审美趣味和观影习惯，通过创新的叙事手法和视觉呈现方式，吸引观众的注意力并激发他们的共鸣。例如，可以运用现代叙事技巧来打破传统叙事框架，为观众带来新颖的视觉体验；或者通过挖掘原著中的深刻内涵，引发观众对于人生、社会等问题的思考。

综上所述，文学名著影视改编中的叙事定位是一个复杂而关键的过程。它需要在尊重原著精神内核的基础上，充分考虑影视艺术的特性和观众的需求，通过精准的叙事定位和创新的表达方式，将原著的精髓和魅力完美地呈现在观众面前。只有这样，才能打造出既符合原著精神又符合影视艺术要求的优秀作品，赢得观众的喜爱和认可。

二、文学叙事与影视叙事的联系与区别

（一）文学叙事与影视叙事的联系

文学叙事与影视叙事在本质上具有共通性，它们都是通过讲述故事来传递信息、表达情感、塑造人物和揭示主题。这种共通性源自人类对于故事的热爱和追求，故事作为一种文化表达形式，自古以来就在各种媒介中发挥着重要的作用。

首先，文学叙事与影视叙事都是通过构建情节来展现故事的发展过

程。在文学作品中，作者通过文字的描述和叙述，将故事情节逐一铺陈开来，使读者能够跟随故事的脉络，感受其中的起伏变化。而在影视作品中，导演则通过镜头语言、画面构图、音效等手段，将故事情节以更加直观、生动的形式呈现给观众。无论是文字还是画面，它们都在构建情节的过程中发挥着重要的作用，使故事得以完整、生动地展现出来。

其次，文学叙事与影视叙事在表达方式上也存在相似之处，两者都善于运用各种修辞手法和叙事技巧来增强故事的吸引力和感染力。在文学作品中，作者经常使用隐喻、象征等修辞手法来深化故事的主题和意义，同时还会运用叙述视角、叙述节奏等叙事技巧来构建故事的层次和节奏。在影视作品中，导演则通过镜头的运用、画面的构图、音效的配合等手段来增强故事的视觉和听觉冲击力，使观众能够更加深入地感受故事的魅力。

此外，文学叙事与影视叙事在人物塑造方面也有着密切的联系。无论是文学作品还是影视作品，都需要通过叙事来塑造丰满、立体的人物形象。在文学作品中，作者通过文字的描述和叙述，将人物的性格、情感、经历等细节逐一展现出来，使读者能够对人物有深入的了解。而在影视作品中，导演则通过演员的表演、镜头的捕捉等手段，将人物形象以更加直观、生动的方式呈现给观众。

最后，值得一提的是，虽然文学叙事与影视叙事在表达方式上存在一些差异，但它们之间并不是孤立的。相反，它们相互借鉴、相互渗透，共同推动着叙事艺术的发展。例如，在文学作品中，可以看到一些电影化的叙事手法，如场景切换、镜头运用等；而在影视作品中，也可以看到一些文学化的叙事元素，如隐喻、象征等。这种相互借鉴和渗透不仅丰富了叙事艺术的表现手法，也为观众提供了更加多元、丰富的审美体验。

综上所述，文学叙事与影视叙事在本质上具有共通性，它们通过讲述故事来传递信息、表达情感、塑造人物和揭示主题。同时，在表达方式、人物塑造等方面也存在相似之处。这种联系不仅体现在它们之间的相互影响和渗透，也体现在它们对于人类文化的贡献和价值上。

（二）文学叙事与影视叙事的区别

文学叙事与影视叙事，虽然都是叙述故事的艺术形式，但它们在表现形式、接受方式和审美体验等方面却存在显著差异。这些差异使得两者各有千秋，相互补充，共同构成了丰富多彩的叙事艺术世界。

首先，从表现形式来看，文学叙事主要通过文字来构建故事世界。文字作为一种抽象的符号系统，具有无限的表达潜力和想象力。通过巧妙的文字组合和叙述技巧，文学叙事能够创造出丰富多彩的人物形象、故事情节和背景环境。而影视叙事则通过画面、声音、动作等多种元素来呈现故事。画面能够直观地展现故事场景和人物形象，声音能够营造氛围和情感，动作则能够推动情节的发展。这种多元素的融合使得影视叙事在视觉和听觉上更具冲击力，能够给观众带来身临其境的感受。

其次，在接受方式上，文学叙事与影视叙事也存在明显差异。文学叙事需要读者通过想象和联想来构建故事世界。读者在阅读过程中，需要调动自己的想象力和创造力，将文字转化为具体的形象和场景。这种接受方式使得文学叙事在培养读者想象力和创造力方面具有独特优势。而影视叙事则直接将故事世界呈现在观众面前，观众无须过多想象和联想，即可直观地感受故事的情感和内涵。这种接受方式使得影视叙事更注重观众的直观感受和情感体验。

最后，在审美体验上，文学叙事与影视叙事也各具特色。文学叙事往往强调文字的美感和意境的营造。优美的文字、独特的叙述风格和深刻的内涵都是文学叙事所追求的目标。通过文字的描述和叙述，文学叙事能够营造出一种独特的审美氛围，使读者沉浸在故事的世界中。而影视叙事则更注重画面的构图、色彩的运用以及音效的配合等方面。画面的美感、色彩的搭配以及音效的协调都是影视叙事的重要元素。这些元素的运用使得影视叙事在视觉上更具吸引力，能够给观众带来强烈的视觉冲击和听觉享受。

总的来说，文学叙事与影视叙事在表现形式、接受方式和审美体验等方面存在显著差异，这些差异使得两者在叙事艺术领域中各有优势，相互补充。文学叙事通过文字的描述和叙述，能够培养读者的想象力和创造力；而影视叙事则通过画面、声音和动作等多种元素的融合，能够给观众带来直观感受和强烈的情感体验。因此，无论是阅读文学作品还是观看影视作品，都能从中获得不同的审美体验和启示。

三、文学名著影视改编的叙事策略

在文学名著的影视改编过程中，叙事策略的选择和运用无疑是一个至关重要的环节。合适的叙事策略不仅能够忠实于原著的精神内核，更能在视听语言的辅助下，使影片内容更为丰富、生动。以下，将深入解读并实践一些常见的叙事策略。

首先，保留原著的主线情节和核心人物，是确保影片能够忠实于原著精神的关键所在。这要求改编者在深入研究原著的基础上，精准把握其核心情节和人物性格，并在影片中予以再现。同时，在保留主线的基础上，可以适当增加一些辅助情节和角色，以丰富影片的内容，提升故事的完整性和可观赏性。

以四大名著之一《红楼梦》的影视改编为例，主线情节如贾宝玉、林黛玉、薛宝钗等人的爱情纠葛，以及贾府的兴衰历程，都是必须保留的。而在此基础上，适当增加一些辅助情节和角色，如将原著中的某些细节进行放大，或者引入一些新的角色来丰富故事线，都可以使影片更加引人入胜。

其次，注重情节的紧凑性和节奏感，是影视作品吸引观众的重要因素。影视作品需要在有限的时间内呈现完整的故事情节，因此要求情节紧凑、节奏明快。在改编过程中，改编者需要对原著中的情节进行巧妙的删减、重组或调整顺序，以使其更符合影视艺术的特性。

例如，在《西游记》的影视改编中，原著中的许多细节和情节可能过于冗长或复杂，不适合直接搬上银幕。因此，改编者需要对其进行适当的删减和重组，以突出故事的主线和核心冲突。同时，通过调整情节的顺序和节奏，使影片更加紧凑、引人入胜。

最后，善于运用视听语言来营造氛围和塑造人物，是提升影视作品艺术感染力的关键。影视作品的视听语言包括画面、音效、配乐等多种元素，这些元素能够共同营造出特定的氛围和情感基调。同时，通过运用特写、镜头切换等技巧，可以深入刻画人物的心理活动和情感变化，使人物形象更加鲜活立体。

在《水浒传》的影视改编中，可以运用宏大的场景画面来表现梁山好汉们的英勇善战和义薄云天；通过激昂的音效和配乐来营造紧张刺激的氛围；通过特写镜头来展现人物的表情和动作细节，从而深入刻画他们的性格特点和内心世界。

综上所述，文学名著的影视改编需要采用合适的叙事策略，既忠实于原著的精神内核，又能够在视听语言的辅助下使影片内容更为丰富、生动。通过深入研究原著、精准把握核心情节和人物性格、注重情节的紧凑性和节奏感以及善于运用视听语言等手段，可以打造出既具有艺术性又具有观赏性的优秀影视作品①。

四、文学名著电影改编中叙事的艺术性

文学名著的电影改编，不仅是将文字转化为影像的过程，更是一次对原著艺术性的再创造。在改编过程中，叙事的艺术性显得尤为重要，它关系到电影能否成功传达原著的精神内涵，同时又赋予新的视听享受。

首先，电影改编在保留原著精神内核的基础上，需要对故事进行重新结构，以符合电影的叙事逻辑。这要求改编者深入剖析原著，提炼出其中的核心情节和主题，同时根据电影的特性和观众的接受习惯，对故事进行恰当的删减、增补和重组。这种重新结构的过程，既是对原著的尊重，也是对电影艺术的创新。

其次，电影改编在塑造人物形象时，需要注重人物性格的立体化和情感的真实化。原著中的人物往往具有复杂的性格特点和丰富的情感世界，电影改编需要将这些特点通过影像语言进行生动呈现。通过演员的精湛表演、画面的精心设计以及音效的巧妙运用，电影可以塑造出鲜活立体的人物形象，使观众能够深刻感受到人物的情感变化和内心世界。

再次，电影改编在营造故事氛围和表达主题时，需要善于运用电影的视听语言。画面、音效、配乐等元素都是电影叙事的重要组成部分，

①王田．经典小说戏剧化改编的叙事策略浅谈[J]．黑龙江画报，2022(20)：13-15.

它们能够共同营造出特定的氛围和情感基调。通过运用这些元素，电影可以营造出原著中独特的文化氛围和时代感，使观众能够身临其境地感受故事的发展。

最后，电影改编还需要注重叙事节奏的控制和情感的渲染。原著中的故事往往具有复杂的情节和深刻的内涵，电影改编需要在有限的时间内将这些内容呈现给观众。因此，改编者需要巧妙安排故事的节奏，使情节发展紧凑而富有张力。同时，通过运用影像语言的独特魅力，电影可以深入渲染情感，使观众能够深刻感受到故事的情感力量和人性光辉。

综上所述，文学名著的电影改编需要注重叙事的艺术性。通过重新结构故事、塑造立体人物、营造氛围和表达主题以及控制节奏和渲染情感等手段，电影改编可以成功传达原著的精神内涵，同时又赋予新的视听享受。这不仅是对原著的致敬，也是对电影艺术的探索和创新。

五、文学名著电视剧改编中叙事的艺术性

文学名著的电视剧改编，相较于电影改编，拥有更为充裕的篇幅和时间，可以更深入地挖掘原著的丰富内涵，展现更为细腻的人物关系和情感纠葛。在叙事的艺术性方面，电视剧改编同样有着独特的要求和魅力。

首先，电视剧改编需要充分利用其长篇叙事的优势，对原著的故事进行更加完整的呈现。这要求改编者在保留原著主线情节的基础上，对故事进行深入的拓展和丰富，展现更多的细节和背景信息。通过合理的剧情安排和人物塑造，电视剧可以构建出一个更加真实、生动的世界，使观众能够更加深入地理解和感受原著的精神内涵。

其次，电视剧改编在塑造人物形象时，需要更加注重人物性格的复杂性和多面性。原著中的人物往往具有鲜明的个性和独特的魅力，电视剧改编需要将这些特点进行充分的挖掘和展现。通过细腻的演技和生动的画面表现，电视剧可以塑造出更加立体、丰满的人物形象，使观众能够更加深入地了解和喜爱这些角色。

再次，电视剧改编在营造故事氛围和表达主题时，也需要善于运用其独特的视听语言。画面、音效、配乐等元素在电视剧中同样发挥着

重要的作用，能够营造出特定的情感氛围和文化气息。通过运用这些元素，电视剧可以营造出原著中独特的文化氛围和时代感，使观众能够更加身临其境地感受故事的发展。

最后，电视剧改编还需要注重叙事节奏的把控和情感的渲染。长篇叙事往往容易使观众产生疲劳感，因此改编者需要合理安排故事的节奏，保持剧情的紧凑和吸引力。同时，通过运用影像语言的独特魅力，电视剧可以深入渲染情感，使观众能够深刻感受到故事的情感力量和人性光辉。

综上所述，文学名著的电视剧改编在叙事的艺术性方面有着独特的要求和魅力。通过充分利用长篇叙事的优势、深入挖掘人物性格、营造故事氛围和表达主题以及把控叙事节奏和渲染情感等手段，电视剧改编可以成功传达原著的精神内涵，同时又赋予新的视听享受。这不仅是对原著的致敬，也是对电视剧艺术的探索和创新。

第三节　生产与接受

一、文学名著影视改编中生产与接受的定位

在文学名著影视改编的过程中，生产与接受是两个不可或缺、相互交织的环节。生产，顾名思义，是指将原著文字转化为影视作品的创作过程；而接受，则是观众对改编作品的认知、理解和评价。这两个环节相互关联，共同构成了文学名著影视改编的完整链条，为观众带来了丰富多彩的艺术享受。

首先，生产环节在整个改编过程中起着至关重要的作用。改编者需要深入研读原著，把握其精神内涵和艺术特色，以确保改编作品能够忠实于原著的精髓。在此基础上，改编者还需要充分发挥自己的主观能动性，进行创造性的转化。这一过程中，既要保持原著的韵味和风格，又要结合现代观众的审美需求，使影视作品既具有文化底蕴，又符合时代潮流。

在生产环节中，改编者需要面临诸多挑战。一方面，原著中的情节、人物、背景等都需要在影视作品中得到恰当的呈现；另一方面，原著中的语言、意境、情感等也需要通过影视手段得以有效传达。因此，改编者需要具备丰富的艺术修养和深厚的创作能力，才能将原著中的精华部分转化为影视作品中的亮点。

其次，接受环节是检验改编作品成功与否的关键，观众的接受程度直接决定了改编作品的市场表现和社会影响。因此，改编者需要充分了解观众的审美需求和文化背景，以便于理解和接受的方式呈现原著的内容。这包括选择合适的演员、导演和制作团队，以及运用恰当的影视手法和技巧，使观众能够身临其境地感受原著的魅力。

最后，观众的反馈也是改编者改进作品的重要依据。观众在观看影视作品后，会根据自己的感受和理解对作品进行评价。这些评价既包括对作品整体质量的评价，也包括对具体情节、人物、音乐等方面的评价。改编者需要认真倾听观众的反馈，及时总结经验教训，不断完善自己的创作方法和手段，以更好地满足观众的审美需求。

综上所述，文学名著影视改编中的生产与接受是两个相互依存、相互促进的环节。只有通过深入研读原著、发挥主观能动性进行创造性转化，以及充分考虑观众需求和文化背景进行呈现和反馈收集，才能创作出既忠实于原著又符合现代观众审美需求的优秀影视作品。这样的作品不仅能够传承和弘扬经典文学的魅力，还能够为观众带来愉悦的艺术享受和深刻的文化启迪。

二、文学名著影视改编中生产与接受的过程

在文学名著影视改编的生产环节中，改编者扮演着至关重要的角色。他们不仅需要对原著进行深入剖析，提炼出其中的核心思想和艺术特色，还需要结合影视艺术的规律和要求，对原著进行必要的删减、增添和改编。这一过程既是对原著的尊重与传承，也是对影视艺术的创新与探索。

改编者需要对原著进行细致入微的剖析。他们需要理解原著的主题思想、情节设置、人物关系等，以便在改编过程中能够保持原著的精髓和特色。同时，他们还需要关注原著的艺术风格、语言特点等，以

便在影视作品中得到恰当的呈现。这一过程不仅需要改编者具备深厚的文学素养，还需要他们具备敏锐的艺术感知力。

在改编过程中，改编者还需要注重细节的处理。对于原著中的人物形象，改编者需要深入挖掘其性格特点和内心世界，以便在影视作品中塑造出立体、鲜活的人物形象。对于情节设置和场景描绘，改编者需要根据影视艺术的特性进行必要的调整和创新，使之更加符合观众的审美需求。此外，改编者还需要运用各种技术手段，如摄影、剪辑、音效等，来增强作品的视觉效果和听觉感受，提高观众的观影体验。

在接受环节中，观众的认知、理解和评价对改编作品的成功至关重要。观众通过观看影视作品来感受原著的魅力，并对改编作品进行评价和反馈。这些反馈意见可以为改编者提供宝贵的参考，帮助他们不断改进作品，提高改编质量。同时，观众的反馈也是检验改编作品成功与否的重要标准之一。

随着社交媒体的发展，观众之间的交流和互动也越来越频繁。他们会在网络上分享自己的观影感受，讨论作品的优缺点，甚至对改编者提出建设性的意见和建议。这种互动和反馈机制有助于推动文学名著影视改编的进一步发展，使其更加符合现代观众的审美需求和文化背景。改编者可以通过关注观众的反馈和讨论，及时调整和改进作品，使其更加符合观众的期待。

此外，文学名著影视改编的成功还受到多种因素的影响。例如，原著的影响力、改编者的创作水平、演员的演技以及制作团队的实力等都会对改编作品的质量产生重要影响。因此，在改编过程中，改编者需要综合考虑各种因素，力求在保持原著精髓的基础上，创造出具有独特艺术价值的影视作品。

综上所述，文学名著影视改编中的生产与接受是一个复杂而有趣的过程。改编者需要在尊重原著的基础上发挥创造性，将原著转化为具有独特艺术价值的影视作品；而观众则通过接受和反馈来推动改编作品的不断完善和发展。这种互动和合作的关系使得文学名著影视改编成为一种富有生命力的艺术形式，不断为观众带来新的视觉享受和文化体验。同时，这一过程也体现了文学与影视两种艺术形式之间的互补与融合，为文化艺术的传承与发展注入了新的活力。

三、文学名著影视改编中生产与接受的互动

在文学名著影视改编的过程中，生产与接受之间的互动关系显得尤为关键。这种互动不仅推动了改编作品质量的不断提升，还进一步促进了文学名著在当代社会的广泛传播与深远影响。

在生产环节，改编者作为创作者，肩负着将文学名著转化为影视作品的重任。为了创作出高质量的改编作品，改编者需要密切关注观众的接受情况。他们会通过市场调查、观众反馈等多种方式，深入了解观众的审美需求、观影习惯和期待，从而调整改编策略，使作品更加贴近观众。同时，观众的反馈也会为改编者提供宝贵的创作灵感，激发他们在改编过程中的创新精神。例如，改编者可能会根据观众的反馈，调整剧情节奏、人物塑造或场景设置，使作品更具吸引力。

在接受环节，观众作为接受者，对改编作品的接受程度直接影响着其市场表现和社会影响力。观众的积极反馈和喜爱，会促使改编作品获得更广泛的传播和认可，进而推动文学名著在当代社会的普及和传承。相反，如果观众对改编作品反应冷淡或提出批评，那么改编者就需要认真反思并改进作品，以满足观众的期待。观众的反馈为改编者提供了改进的方向和动力，使得改编作品能够不断完善和发展。

在生产与接受之间的互动中，两者相互依存、相互促进。改编者通过不断了解观众的接受情况，调整和完善作品；而观众则通过接受和反馈，推动改编作品的不断进步和发展。这种互动关系使得文学名著影视改编成为一个充满活力和创新的艺术领域。通过不断地尝试与探索，改编者能够创作出更加符合观众审美需求的优秀作品，同时也能够推动文学名著在当代社会的传承与发展。

此外，随着互联网和社交媒体的普及，生产与接受之间的互动变得更加便捷和高效。观众可以通过网络平台表达自己的观点和意见，与改编者进行直接交流；而改编者也可以利用这些平台收集观众的反馈，及时调整创作方向。这种互动模式不仅提高了改编作品的针对性和实效性，也加强了观众与作品之间的情感联系。观众可以通过网络平台参与作品的创作过程，提出自己的建议和想法；而改编者也可以利用

这些平台与观众进行互动，解答他们的疑问，分享创作心得。这种互动模式使得文学名著影视改编成为一个更加开放、包容和多元的艺术领域。

总之，文学名著影视改编中的生产与接受是一个动态、互动的过程。通过不断了解观众的接受情况并调整改编策略，改编者可以创作出更加符合观众审美需求的优秀作品；而观众则通过积极参与和反馈，推动了文学名著影视改编的不断进步和发展。这种互动关系不仅丰富了文化艺术的表现形式，也促进了文学名著在当代社会的传承与普及[①]。

四、文学名著电影改编中生产与接受的艺术性

在文学名著电影改编的过程中，生产与接受环节所展现的艺术性，为整个改编过程增添了丰富的色彩与深度。改编者需要充分发挥自身的艺术创造力，将原著的精髓以电影语言的形式展现出来，而观众则通过接受和反馈，与作品产生深度的情感共鸣，进一步丰富了电影的艺术内涵。

在生产环节，改编者需深入理解原著的精神内核，运用电影艺术的独特手法，将文字转化为视觉与听觉的盛宴。这既包括对原著情节的提炼与重构，也涉及对角色性格的深入挖掘与塑造。改编者需运用镜头语言、画面构图、音效配乐等手段，营造出与原著氛围相符的视听环境，使观众能够身临其境地感受故事的发展。同时，改编者还需在尊重原著的基础上，融入现代审美观念，使改编作品既具有原著的魅力，又符合现代观众的审美需求。

在接受环节，观众的艺术感知力与审美情感对改编作品的成功至关重要。观众通过观影过程，与作品产生情感共鸣，体验故事的情感力量。他们会根据自身的文化背景、审美经验和生活阅历，对作品进行独特的解读与评价。观众的反馈意见为改编者提供了宝贵的参考，有助于他们更深入地理解观众的需求与期待，从而不断改进作品，提高改编质量。此外，观众之间的互动与交流也为电影改编增添了新的艺

①李丹丹．文学与影视的艺术生产—再生产方式研究[D]．南宁：广西师范大学，2011.

术元素。他们在网络上分享观影感受，讨论作品的优劣，形成了一种独特的文化氛围，进一步推动了文学名著电影改编的发展。

文学名著电影改编中的生产与接受环节，不仅体现了改编者的艺术创造力与观众的审美情感，更展现了电影艺术作为一种独特艺术形式的魅力。通过不断地探索与创新，改编者能够将原著的精髓以电影语言的形式呈现给观众，而观众则通过接受与反馈，与作品产生深度的情感共鸣。这种生产与接受的艺术性，使得文学名著电影改编成为了一种富有生命力的艺术形式，不断为观众带来新的视觉享受与文化体验。

五、文学名著电视剧改编中生产与接受的艺术性

在文学名著电视剧改编的过程中，生产与接受环节同样展现出独特的艺术性，使得这一改编形式具有深厚的文化底蕴和广泛的艺术影响力。

在生产环节，电视剧改编者需要对原著进行深入剖析，将其中的人物关系、故事情节和主题思想以电视剧的方式生动呈现。他们运用剧本创作、演员表演、场景布置等手段，将原著中的文字转化为生动鲜活的画面，使观众能够直观感受到原著的魅力。同时，电视剧改编者还需根据电视媒体的特性，对原著进行适当的删减、增添或调整，以符合电视剧的叙事节奏和观众的观赏习惯。这种对原著的创造性转化，既体现了改编者的艺术智慧，也展现了电视剧艺术的独特魅力。

在接受环节，观众通过观赏电视剧，与原著和改编者产生深度的情感共鸣。他们会根据自身的文化背景、审美经验和生活阅历，对电视剧进行独特的解读和评价。观众的反馈意见为电视剧改编者提供了宝贵的参考，有助于他们不断改进作品，提高改编质量。同时，观众之间的互动与交流也为电视剧改编增添了新的艺术元素。他们在网络上分享观剧感受，讨论角色的塑造、剧情的发展以及主题的深度，形成了一种独特的文化氛围。

文学名著电视剧改编中的生产与接受环节，充分展现了电视剧艺术的综合性和互动性。改编者通过深入剖析原著，运用电视剧艺术的独特手法，将原著的精髓以生动的画面呈现给观众；而观众则通过观赏

与反馈，与作品产生深度的情感共鸣，推动电视剧改编的不断发展。这种生产与接受的艺术性，使得文学名著电视剧改编成为一种深受观众喜爱的艺术形式，为传承和弘扬文学名著提供了有力的支持。

第四章 网络文学IP的影视作品改编

随着网络文学的蓬勃发展，越来越多的网络文学IP被改编成影视作品，这一现象不仅丰富了影视市场的内容，也为文学名著的影视作品改编提供了新的启示和借鉴。网络文学IP的影视作品改编，既是一种文学形式的创新，也是影视艺术的拓展，两者相互融合，共同推动着文化产业的繁荣发展。

第一节 网络文学IP影视剧改编潜力

一、网络文学IP的内涵

(一)网络文学概述

1. 网络文学的定义

网络文学，是指通过网络平台创作、发布和传播的文学作品。它以其独特的创作方式和传播渠道，成为当代文学的重要组成部分。网络文学不仅拥有广泛的读者群体，还具备着高度的互动性和创新性，使得文学创作与阅读变得更加多样化和便捷化。

2. 网络文学的特点

网络文学的特点主要体现在以下几个方面：

首先，网络文学具有广泛的传播性和受众群体。由于网络文学的发布和传播渠道主要依赖于互联网平台，使得作品能够迅速覆盖大量读者。这种广泛的传播性不仅有助于作品知名度的提升，也为作者提供了更广阔的创作空间。

其次，网络文学具有高度的互动性和参与性。在网络文学的创作过程中，作者与读者之间可以实时互动，读者可以通过评论、点赞等方式表达对作品的看法和建议。这种互动性和参与性不仅加强了读者与作品之间的联系，也为作者提供了更多的创作灵感和反馈。

最后，网络文学还具有鲜明的个性和创新性。网络文学的创作往往不受传统文学形式的束缚，更加注重表达个人情感和思想。同时，网络文学也善于借鉴其他艺术形式和文化元素，创造出新颖独特的文学风格。

3. 网络文学与传统文学的区别

网络文学与传统文学在多个方面存在着显著的区别。

首先，从创作方式和传播渠道来看，网络文学充分利用了互联网平台的优势，实现了作品的实时更新和广泛传播。而传统文学则更多地依赖于出版社和实体书店等传统渠道进行传播，其更新速度相对较慢，受众范围也相对有限。

其次，在创作主体和读者参与方面，网络文学的创作主体更加多元化，包括专业作家、网络写手以及普通网友等。同时，网络文学的读者参与度也更高，他们可以通过评论、点赞等方式与作者进行实时互动，共同参与到作品的创作过程中。而传统文学的创作主体则相对固定，读者参与程度也较低。

最后，在内容形式和艺术风格上，网络文学更加灵活多样、不拘一格。它既可以描写现实生活中的点点滴滴，也可以展现奇幻世界的瑰丽景象；既可以表达深沉的思想情感，也可以追求轻松幽默的娱乐效果。而传统文学则更加注重对人性、社会、历史等深层次问题的探讨和表达，其艺术风格也更为成熟和稳定。

尽管网络文学与传统文学在多个方面存在差异，但它们都是文学的重要组成部分，各自具有独特的魅力和价值。网络文学以其独特的创作方式和传播渠道，为当代文学注入了新的活力和元素；而传统文学则以其深厚的文化底蕴和艺术魅力，为读者提供了丰富的精神食粮。

4. 网络文学的作用

网络文学在当今社会发挥着越来越重要的作用，它不仅丰富了人们的精神生活，提供了多元的阅读选择，还成为一种独特的文化现象，深刻影响着当代社会的文化风貌。

首先，网络文学为人们提供了便捷的阅读方式。随着互联网技术的普及和发展，人们越来越倾向于通过网络平台获取信息和娱乐。网络文学以其即时性、互动性和个性化等特点，满足了人们随时随地阅读的需求，使得阅读变得更加轻松、自由。

其次，网络文学丰富了人们的阅读内容。与传统文学相比，网络文学在题材、风格、形式等方面更加多样化，涵盖了爱情、悬疑、科幻、历史等多个领域。这些作品不仅具有娱乐性，还能够启发思考，提升人们的文化素养和审美能力。

再次，网络文学还为文化产业的发展注入了新的活力。越来越多的网络文学作品被改编成影视作品、游戏等，进一步扩大了其影响力和受众范围。同时，网络文学也催生了一批优秀的网络作家和创作团队，为文化产业的发展提供了源源不断的人才支持。

最后，网络文学在跨文化交流方面也发挥着重要作用。随着全球化的深入发展，不同文化之间的交流和融合变得越来越频繁。网络文学作为一种跨文化的艺术形式，通过其独特的叙事方式和文化内涵，促进了不同文化之间的理解和沟通，有助于推动文化多样性的发展和繁荣。

综上所述，网络文学在丰富人们的精神生活、推动文化产业发展和促进跨文化交流等方面发挥着重要作用。随着其不断发展和完善，相信未来网络文学将在更多领域展现其独特的魅力和价值。

(二)网络文学IP概述

1. 网络文学IP的定义

网络文学IP，即网络文学知识产权，是指基于网络文学作品所衍生出的具有商业价值和文化影响力的创意资源。这些资源包括但不限于网络文学作品的名称、人物、情节、世界观等，以及由此衍生出的影视作品、游戏、动漫、周边商品等多元化产品。网络文学IP具有广泛的受众基础和强大的市场潜力，成为文化产业发展的重要引擎。

2. 网络文学IP的特点

网络文学IP的特点主要体现在以下几个方面：

首先，网络文学IP具有强大的市场号召力。由于网络文学作品本身拥有庞大的读者群体和广泛的传播渠道，其衍生出的IP产品往往能够迅速吸引大量关注和粉丝。这种市场号召力不仅有助于提升IP产品的知名度和影响力，还能够为相关产业带来可观的经济效益。

其次，网络文学IP具有丰富的文化内涵和创意空间。网络文学作品往往蕴含着深厚的文化底蕴和独特的创意元素，这些元素为IP产品的开发提供了丰富的素材和灵感来源。同时，网络文学IP也具备较高的创新性，能够根据不同受众的需求和市场趋势进行灵活调整和创新发展。

再次，网络文学IP还具有高度的跨媒体融合性。随着数字技术的不断发展和普及，网络文学IP已经渗透到影视、游戏、动漫等多个领域，实现了跨媒体融合和多元化发展。这种跨媒体融合性不仅丰富了IP产品的表现形式和传播渠道，也提升了其整体的市场竞争力和商业价值。

最后，网络文学IP还具有持续的成长性和发展潜力。随着网络文学产业的不断发展和壮大，越来越多的优秀网络文学作品和IP产品涌现出来，为文化产业注入了新的活力和动力。同时，随着技术的进步和市场的变化，网络文学IP的开发和运营模式也将不断创新和完善，为其未来的发展提供更多可能性和空间。

3. 网络文学IP与文学名著的关系

网络文学IP与文学名著虽然都是文学领域的重要存在，但它们之间既有联系也有区别。首先，网络文学IP和文学名著都是文学创作的产物，都承载着作者的思想、情感和艺术追求。然而，它们在创作背景、传播方式和受众群体等方面却存在显著的差异。

网络文学IP主要兴起于互联网时代，以网络平台为主要传播渠道，其受众群体广泛且年轻化。网络文学IP的创作往往更加注重市场化和商业化，追求的是快节奏、高悬念和强代入感，以满足读者的娱乐需求。相比之下，文学名著则经历了历史的沉淀和筛选，具有深厚的文化底蕴和艺术价值。它们往往承载着人类共同的情感和思考，对人性、社会、历史等深层次问题有着更为深刻和独特的探讨。

然而，随着网络文学产业的不断发展，越来越多的网络文学作品开始注重思想深度和艺术品质，一些优秀的网络文学IP甚至逐渐具备了文学名著的特质。同时，文学名著也通过网络文学IP的形式得到了新的传播和解读，吸引了更多年轻读者的关注。

因此，可以说网络文学IP与文学名著之间的关系是互补而非对立的，它们各自具有独特的魅力和价值，共同构成了丰富多彩的文学世界。在未来的发展中，网络文学IP和文学名著将继续相互借鉴、相互融合，共同推动文学事业的繁荣和发展。

4. 网络文学IP的价值

网络文学IP的价值不仅体现在其商业潜力上，更在于其文化价值和社会价值。

首先，网络文学IP的商业价值不容忽视。由于其强大的市场号召力和广泛的受众基础，网络文学IP能够带动相关产业的发展，形成完整的产业链，实现经济效益的最大化。同时，网络文学IP的跨界融合性也为其带来了更多的商业机会和创新空间，推动了文化产业的多元化发展。

其次，网络文学IP的文化价值是其核心所在。网络文学作品往往蕴含着丰富的文化内涵和人文精神，通过IP的开发和运营，这些文化元素得以传承和发扬。网络文学IP的文化价值不仅体现在对传统文化的继承和创新上，更在于其对现代文化的塑造和引领。通过IP的传播和推广，网络文学能够影响人们的价值观念、审美观念和生活方式，推动社会的进步和发展。

最后，网络文学IP还具有社会价值。它能够为读者提供丰富的精神食粮，满足人们的精神需求和文化追求。同时，网络文学IP也能够激发人们的创造力和想象力，推动社会的创新和发展。通过IP的推广和普及，网络文学能够培养更多的人才和爱好者，为文化产业的发展提供源源不断的人才支持。

综上所述，网络文学IP的价值是多方面的，它不仅具有商业价值和文化价值，还具有社会价值。在未来的发展中，应该充分认识和挖掘网络文学IP的价值，推动其健康、有序和可持续发展，为文化产业和社会的进步贡献更多的力量。

二、网络文学IP发展的现状

近年来，网络文学IP的发展呈现出蓬勃的态势，不仅数量上有了显著增长，更在质量和影响力上实现了跨越式的发展。

首先，网络文学IP的数量正在持续增长。随着网络文学的普及和受众基础的扩大，越来越多的优秀网络文学作品涌现出来，为IP开发提供了丰富的资源。同时，各大平台也在积极扶持和培养网络文学作家，通过举办写作比赛、提供创作指导等方式，吸引更多的人才投身于网络文学创作，进一步推动了网络文学IP数量的增长。

其次，网络文学IP的质量也在不断提升。随着市场竞争的加剧和受众审美水平的提高，网络文学IP的开发越来越注重品质和创新。在内容创作上，网络文学作品开始更加注重思想深度和艺术品质，呈现出更加多元化和个性化的特点。在IP开发上，制作团队也开始更加注重创意和细节，力求打造出更加精彩和有深度的IP产品。

最后，网络文学IP的影响力也在不断扩大。通过影视化、游戏化、动漫化等多元化的开发方式，网络文学IP得以在不同领域进行跨界融合和创新发展，吸引了更多受众的关注和喜爱。同时，网络文学IP也开始走出国门，走向世界，为中华文化的传播和推广作出了积极的贡献。

然而，网络文学IP的发展也面临着一些挑战和问题。例如，部分网络文学IP存在同质化、缺乏创新等问题，导致市场竞争激烈，难以脱颖而出。此外，一些网络文学IP在开发过程中过于追求商业利益，忽视了文化内涵和社会价值，导致产品质量参差不齐，影响了整个行业的形象和声誉。

因此，在未来的发展中，网络文学IP需要更加注重品质和创新，坚持文化内涵和社会价值的双重导向，不断提升自身的竞争力和影响力。同时，也需要加强行业自律和规范，推动网络文学IP产业的健康、有序和可持续发展。

三、网络文学IP与影视产业的关系

网络文学IP与影视产业之间的关系日益密切，两者相互促进、共同发展，形成了互利共赢的局面。

首先，网络文学IP为影视产业提供了丰富的创作资源和灵感来源。网络文学作品以其独特的叙事方式、鲜活的人物形象和深刻的思想内涵，为影视创作提供了广阔的想象空间和创新空间。许多优秀的网络文学IP经过影视化改编后，成为备受观众喜爱的影视作品，如《步步惊心》《花千骨》等，这些作品不仅在票房和收视率上取得了巨大的成功，更在观众心中留下了深刻的印象。

其次，影视产业也为网络文学IP提供了更广阔的传播平台和商业价值。通过影视化的呈现，网络文学IP得以更加直观地展现其故事情节和人物形象，吸引更多观众的关注和喜爱。同时，影视作品的推广和宣传也为网络文学IP带来了更多的曝光度和粉丝基础，进一步提升了其商业价值和影响力。

最后，网络文学IP与影视产业的结合也推动了文化产业的跨界融合和创新发展。通过不同领域的合作与交流，网络文学IP与影视产业得以相互借鉴、相互启发，共同创造出更多具有创新性和竞争力的文化产品。这种跨界融合不仅丰富了文化市场的供给，也为观众带来了更加多元和丰富的文化体验。

然而，网络文学IP与影视产业的结合也面临着一些挑战和问题。例如，改编过程中如何保持原著的精髓和特色，如何平衡商业利益和文化价值等问题都需要双方共同思考和解决。同时，也需要加强行业自律和规范，避免过度商业化和低俗化等不良倾向的出现。

综上所述，网络文学IP与影视产业之间的关系是紧密而复杂的。在未来的发展中，双方应继续加强合作与交流，共同推动文化产业的繁荣与发展，为观众带来更多优质、多元的文化产品。

四、网络文学IP影视剧改编的潜力

网络文学IP影视剧改编的潜力无疑是巨大的，不仅因为其本身的故事性和角色设定的吸引力，更在于其能够跨越不同媒介，实现多元化的艺术表达。

首先，网络文学IP本身具备丰富的故事资源和深厚的人物塑造。

这些作品往往通过细腻的文字描绘和独特的叙事手法，构建了一个个引人入胜的虚拟世界。这些世界中的故事情节和人物形象，为影视剧的改编提供了丰富的素材和灵感来源。通过改编，可以将这些故事和人物以更加直观、生动的方式呈现在观众面前，让观众更加深入地理解和感受其中的情感和思想。

其次，网络文学IP影视剧改编具有广阔的市场前景。随着网络文学的普及和受众基础的扩大，越来越多的读者成为网络文学IP的粉丝。这些粉丝对于改编的影视剧往往有着极高的期待和关注度，这为影视剧的市场推广和票房收入提供了有力的保障。同时，网络文学IP影视剧也可以吸引那些尚未接触过原著作品的观众，进一步扩大其受众群体。

最后，网络文学IP影视剧改编还能够推动文化产业的发展和创新。通过改编，可以将网络文学IP的价值进一步挖掘和发挥，实现文化资源的优化配置和高效利用。同时，改编过程中的创作和创新也能够为文化产业带来新的发展动力和创意灵感，推动整个行业的进步和发展。

当然，网络文学IP影视剧改编也面临着一些挑战和困难。例如，如何保持原著的精髓和特色，如何避免改编过程中的过度商业化等问题都需要认真思考和解决。但是，随着技术的进步和创作团队的不断努力，相信这些问题都将得到妥善的解决。

综上所述，网络文学IP影视剧改编具有巨大的潜力和广阔的市场前景。在未来的发展中，应该充分发挥其优势，挖掘其潜力，推动网络文学IP影视剧改编的健康发展，为观众带来更多优质、多元的文化产品。

五、由网络文学IP影视剧改编潜力看文学名著的影视改编

从网络文学IP影视剧改编的潜力中，不难窥见文学名著影视改编的广阔前景与可能性。两者在诸多方面存在着共通之处，且各自拥有独特的优势和特点，使得它们在影视化改编中都能够发挥出极大的魅力。

第一，无论是网络文学IP还是文学名著，它们都具有丰富而深刻的故事内核和人物形象。这些作品往往蕴含着深厚的人文关怀、思想

深度和哲理思考，为影视改编提供了丰富的素材和灵感来源。通过影视化的呈现，可以将这些故事和人物以更加直观、生动的方式展现给观众，让观众在欣赏画面的同时，也能深入思考和感受其中的情感和思想。

第二，文学名著的影视改编往往具有更高的艺术价值和文化内涵。这些作品经过历史的沉淀和时间的考验，已经成为人类文化宝库中的瑰宝。通过影视化的改编，可以将这些经典作品以全新的形式呈现在观众面前，让观众在欣赏故事的同时，也能领略到经典文化的魅力和价值。

然而，文学名著的影视改编也面临着一些挑战和困难。例如，如何保持原著的精髓和特色，如何避免改编过程中的过度商业化等问题都需要认真思考和解决。同时，由于文学名著往往具有深厚的文化背景和历史内涵，因此在改编过程中也需要注重文化传承和历史真实性的表达。

综上所述，网络文学IP影视剧改编和文学名著影视改编在诸多方面存在着共通之处，但也有着各自的特点和优势。在未来的发展中，应该充分发挥它们的优势，挖掘它们的潜力，推动文学作品的影视化改编健康发展，为观众带来更多优质、多元的文化产品。同时，也应该注重文化传承和历史真实性的表达，让影视作品成为传播和弘扬中华文化的重要载体①。

第二节　网络文学改编影视剧的价值

一、网络文学改编影视剧的价值

网络文学改编影视剧的价值主要体现在多个方面，不仅丰富了影视产业的内容供给，还促进了网络文学与影视产业的深度融合，为观众

①孟中．网络文学IP影视剧改编发展报告(2019—2020)[M]．北京:中国传媒大学出版社,2021.

带来了更加多元和丰富的文化体验。

首先，网络文学改编影视剧为影视产业注入了新的创意和活力。网络文学作品往往具有独特的故事情节和角色设定，通过改编成影视剧，可以将这些创意元素转化为视觉和听觉的享受，为观众带来全新的观影体验。同时，网络文学的多样性和创新性也为影视剧的创作提供了更多的灵感和可能性，推动了影视产业的持续发展。

其次，网络文学改编影视剧促进了文化产业的跨界融合。网络文学和影视产业是两个相互独立又相互依存的文化领域，通过改编合作，可以实现资源共享和优势互补，推动文化产业的多元化发展。这种跨界融合不仅丰富了文化市场的供给，也为观众提供了更加多元和全面的文化消费选择。

再次，网络文学改编影视剧还具有文化传承和传播的价值。许多网络文学作品以历史、传统文化等为背景，通过改编成影视剧，可以将这些文化元素以更加生动和形象的方式展现给观众，增强观众对传统文化的认知和兴趣。同时，影视剧的传播渠道广泛，能够覆盖更广泛的受众群体，有助于推动文化的传承和普及。

最后，网络文学改编影视剧还具有商业价值。网络文学作品本身拥有一定的粉丝基础和市场影响力，改编成影视剧后，可以借助原著作品的知名度和粉丝效应，吸引更多的观众关注和消费。同时，影视剧的成功也会带动原著作品的销售和传播，实现双方共赢的商业效果。

综上所述，网络文学改编影视剧具有多方面的价值，不仅推动了影视产业的发展和创新，也促进了文化产业的跨界融合和文化传承，为观众带来了更加多元和丰富的文化体验。在未来，随着网络文学和影视产业的不断发展和融合，相信这种改编形式将继续发挥其独特的价值和魅力。

二、网络文学改编影视剧的必要性与可行性

（一）网络文学改编影视剧的必要性

随着文化产业的不断发展和创新，网络文学改编影视剧的必要性愈发凸显。这种改编形式不仅能够满足观众对于多元化、个性化内容的

需求，还能推动文化产业的整体进步。

首先，网络文学改编为影视剧是满足观众多元化需求的必要途径。在当今社会，观众对于影视作品的需求越来越多样化，他们渴望看到更多新颖、有趣、富有创意的故事。网络文学作品以其丰富的题材、独特的视角和深入人心的情感表达，为观众提供了大量优质的故事资源。通过改编成影视剧，这些故事得以以更加直观、生动的方式呈现给观众，满足他们多样化的观影需求。

其次，网络文学改编影视剧有助于推动文化产业的整体发展。网络文学作为文化产业的重要组成部分，具有庞大的市场规模和广泛的受众基础。通过改编成影视剧，可以进一步挖掘网络文学的商业价值，推动文化产业的经济增长。同时，改编过程中的创作和创新也能够为文化产业带来新的发展动力和创意灵感，促进整个行业的繁荣与进步。

最后，网络文学改编影视剧还能够促进文化交流和传播。网络文学作品往往蕴含着丰富的文化内涵和人文精神，通过改编成影视剧，这些文化元素得以以更加直观、形象的方式呈现给观众。这不仅有助于增强观众对于传统文化的认知和兴趣，还能够推动不同文化之间的交流与融合，促进文化的多样性和包容性。

综上所述，网络文学改编为影视剧的必要性在于满足观众多元化需求、推动文化产业发展和促进文化交流与传播。随着文化产业的不断发展和创新，这种改编形式将继续发挥其重要作用，为观众带来更多优质、多元的文化产品。

（二）网络文学改编影视剧的可行性

网络文学改编影视剧的可行性主要体现在以下几个方面：

首先，网络文学作品具有丰富的素材资源，为改编提供了广阔的选择空间。网络文学作品的题材多样、风格各异，既有历史传奇，也有现代都市情感，还有奇幻、科幻等类型。这些作品经过市场的检验，已经拥有了一定的粉丝基础和知名度，为改编成影视剧提供了有力的保障。

其次，随着技术的发展和进步，影视剧制作水平不断提升，为网络文学改编提供了更好的技术支持。现代影视技术能够呈现出更加逼真、生动的画面效果，让观众沉浸在故事情节中。同时，特效、音效等技术手段的运用，也能够增强影视剧的观赏性和吸引力。

最后，影视行业对于网络文学改编的认可度和接受度也在不断提高。越来越多的制片方和导演开始关注网络文学作品，并尝试将其改编成影视剧。这种趋势不仅体现了影视行业对于网络文学价值的认可，也反映了观众对于多元化、个性化内容的需求和期待。

综上所述，网络文学改编影视剧具有充分的可行性。随着文化产业的发展和技术的进步，未来会有更多优秀的网络文学作品被改编成影视剧，为观众带来更加丰富的视觉盛宴①。

第三节　网络文学IP的影视化改编与创新

一、网络文学IP的影视化改编原则

网络文学IP的影视化改编，首先要遵循尊重原著、保留精髓的原则。原著作为IP的源头，其独特的魅力、深入人心的故事和鲜活的角色形象是吸引观众的重要因素。在改编过程中，应尽可能保留原著的核心精神和故事情节，同时根据影视剧的特点进行适当的调整和优化，使之更加符合观众的审美需求。

其次，要注重创新与发展。虽然尊重原著是基础，但改编并不是简单的复制粘贴。在保留原著精髓的基础上，应根据影视剧的艺术特点和市场需求，进行富有创意的改编。这包括对故事情节的重新编排、对角色形象的深度挖掘、对视觉效果的精心打造等，使改编后的影视剧既能够保持原著的韵味，又能呈现出全新的艺术魅力。

最后，还要注重跨媒介的融合与创新。网络文学IP通常具有鲜明的网络特色和文化内涵，这些元素在改编过程中应得到充分的体现和发挥。同时，应充分利用影视剧的视听语言，将网络文学中的文字描

---

①孟中．网络文学IP影视剧改编发展报告(2019-2020)[M]．北京：中国传媒大学出版社，2021.

述转化为生动的画面和声音，为观众带来更加沉浸式的观影体验。

二、网络文学IP的影视化改编策略

在改编网络文学IP为影视剧时，可以采取多种策略以实现最佳效果。

首先，精准定位目标受众。通过对原著粉丝群体和市场需求的深入分析，确定影视剧的目标受众，并针对性地制订改编方案。这有助于确保影视剧能够吸引足够多的观众，实现商业价值的最大化。

其次，优化故事情节和角色设定。根据影视剧的特点和市场需求，对原著中的故事情节进行删减、增加或重新编排，使之更加紧凑、有趣和富有张力。同时，对角色形象进行深度挖掘和塑造，使之更加立体、鲜活和具有吸引力。

再次，注重视觉效果的打造也是关键。利用先进的影视技术，呈现出原著中描绘的奇幻场景、精美服饰和细腻情感等，为观众带来视觉上的享受和心灵上的触动。

最后，加强宣传和推广力度。在影视剧制作和播出过程中，充分利用各种媒体渠道进行宣传和推广，提高影视剧的知名度和影响力。通过与原著粉丝互动、举办线上线下活动等方式，增强观众对影视剧的期待感和参与感。

通过以上策略的实施，可以确保网络文学IP在影视化改编过程中得到充分的发挥和展现，为观众带来一部既忠于原著又富有创意的优质影视剧作品。

三、网络文学IP的影视化改编创新路径

在探讨网络文学IP的影视化改编创新路径时，我们需要关注以下几个方面，以实现改编过程中的创新与发展。

首先，深度挖掘文化内涵。网络文学IP往往蕴含着丰富的文化内涵和人文精神，这是其独特的魅力所在。在改编过程中，不应仅仅满足于表面的故事呈现，而应深入挖掘原著中的文化精髓，将其融入到影视剧的各个环节中。通过对文化元素的提炼和再创造，使改编后的影视剧成为传播和弘扬优秀文化的载体。

其次，注重跨媒介元素的融合。网络文学IP具有鲜明的网络特色和媒介属性，这为影视化改编提供了广阔的创意空间。在改编过程中，可以尝试将原著中的网络语言、表情包、弹幕等特色元素巧妙地融入到影视剧中，创造出独特的视听效果。这种跨媒介元素的融合不仅能够增强影视剧的趣味性和互动性，还能使观众在观影过程中感受到原著的魅力。

再次，探索新的叙事方式和视听语言。传统的影视剧叙事方式和视听语言已经相对成熟，但在改编网络文学IP时，可以尝试打破常规，探索新的表达方式。例如，可以采用非线性叙事、多视角切换等手法，使故事更加跌宕起伏、引人入胜。同时，也可以运用先进的影视技术，创造出更加逼真、生动的画面效果，为观众带来全新的视觉体验。

最后，加强与国际市场的交流与合作。随着全球化的加速推进，国际影视市场之间的交流与合作日益频繁。在改编网络文学IP时，可以借鉴国际先进的制作理念和经验，提高影视剧的制作水平和品质。同时，也可以积极寻找与国际市场的合作机会，将优秀的网络文学IP推向国际舞台，展示中华文化的独特魅力。

综上所述，网络文学IP的影视化改编创新路径需要在尊重原著的基础上，深入挖掘文化内涵、注重跨媒介元素的融合、探索新的叙事方式和视听语言，并加强与国际市场的交流与合作。通过这些创新举措的实施，有望打造出更多优质、富有创意的影视剧作品，满足观众日益多元化的文化需求。

四、网络文学IP影视化改编与创新对文学名著影视改编的启发

网络文学IP的影视化改编与创新为文学名著的影视改编提供了宝贵的启示。

首先，对于文学名著的影视改编，同样需要遵循尊重原著、保留精髓的原则。名著作为经典的文学作品，其深厚的文化底蕴和独特的艺术魅力是影视改编的宝贵资源。在改编过程中，应尽可能保留原著的核心思想和故事情节，同时根据影视剧的特点进行适当的调整和优化，使之更加符合现代观众的审美需求。

其次，文学名著的影视改编也应注重创新与发展。名著虽然经典，但并不意味着改编就必须一成不变。相反，可以根据现代社会的变化和观众的需求，对名著进行富有创意的改编。这包括对故事情节的重新解读、对角色形象的现代演绎、对视觉效果的科技提升等，使改编后的影视剧既能够保持原著的韵味，又能呈现出全新的艺术魅力。

再次，网络文学IP影视化改编中的跨媒介融合与创新也为文学名著的影视改编提供了借鉴。名著作为经典的文化遗产，其内涵和形式都具有丰富的可挖掘空间。在改编过程中，可以尝试将名著中的经典元素与现代媒介特色相结合，创造出独特的视听效果。例如，可以利用现代影视技术重现名著中的经典场景，或者通过现代叙事手法展现名著中的复杂人物关系等。

最后，文学名著的影视改编还应注重与国际市场的接轨。通过与国际市场的交流与合作，可以借鉴先进的制作理念和经验，提高名著影视改编的制作水平和品质。同时，也可以将中国的经典名著推向国际舞台，展示中华文化的独特魅力。

综上所述，网络文学IP的影视化改编与创新为文学名著的影视改编提供了重要的启示和借鉴。在未来的影视创作中，应继续探索和创新，将更多优秀的文学作品通过影视形式呈现给观众，为文化的传承与发展贡献力量[①]。

①孟中．网络文学IP影视剧改编发展报告(2019—2020)[M]．北京：中国传媒大学出版社，2021.

第五章 文学名著与影视改编之间的关系

文学名著与影视改编之间的关系是一个复杂而引人入胜的话题，这两者之间的互动，既体现了文学名著的特点和影视艺术的独特魅力，又揭示了两者在改编过程中所面临的利益与风险。第一，文学名著的特点为影视改编提供了丰富的素材和灵感。第二，影视改编的过程与手法也是文学名著与影视艺术之间关系的重要体现。文学名著改编为影视作品也存在一定的利益与风险。总之，文学名著与影视改编之间的关系是一个复杂而有趣的话题。通过深入探讨两者之间的特点和互动关系，可以更好地理解和欣赏这两种艺术形式所带来的独特魅力。同时，也需要在影视改编中保持对文学名著的尊重和审慎态度，以呈现出更加优秀的影视作品。

第一节 文学名著的特点

一、文学名著的特点与类型

（一）文学名著的特点

文学名著作为人类文化的瑰宝，其独特的特征使得它们能够跨越时空，历久弥新。这些特征不仅体现在其艺术价值上，更体现在其深远的社会影响力及永恒的价值之中。

首先，文学名著的艺术价值是毋庸置疑的。它们运用卓越的文学技巧和精湛的表达方式，将作者的情感与思想深刻而细腻地展现给读者。这些名著通过丰富的情节、鲜明的人物形象以及独特的叙事手法，将读者带入一个充满魅力的文学世界。同时，它们还巧妙地运用各种修辞手法，如比喻、拟人、夸张等，使得文字更加生动、形象，增强了作品的感染力和艺术效果。

其次，文学名著具有广泛的社会影响力。这些作品通常触及人类社会的各个层面，反映了时代的风貌和人们的情感。它们通过描绘人性的光辉与阴暗、揭示社会的矛盾与冲突，让读者在阅读的过程中产生深刻的共鸣和反思。这些名著往往能够激发人们的思考，引导他们关注社会现象、思考人生意义，从而对社会产生积极的影响。

最后，文学名著还具备永恒的主题和价值。这些作品所探讨的主题往往具有普遍性，如爱情、友情、亲情、人性等，这些主题贯穿人类历史，是永恒不变的话题。同时，这些名著所蕴含的价值观念也具有普世性，如正义、善良、勇敢、智慧等，这些价值观念是人类文明的基石，能够经受住时间的考验。因此，文学名著能够长久地流传下去，为后人提供宝贵的文化财富。

总之，文学名著的特征体现在其高度的艺术价值、广泛的社会影响力以及永恒的主题和价值。这些特征使得文学名著成为人类文化的瑰宝，值得深入研究和传承。通过阅读这些名著，可以更好地理解人类历史和文化，领悟人生的真谛，提升自己的审美水平和人文素养。

（二）文学名著的类型

文学名著作为人类文化宝库中的璀璨瑰宝，历来被广大读者所珍视和推崇。它们不仅以其独特的艺术魅力吸引着读者的眼球，更以其深邃的思想内涵启迪着人们的心灵。文学名著的类型丰富多样，下面将从年代、风格和国别三个角度，深入探讨这些作品的魅力所在。

1. 依据年代分类

（1）古典文学名著

①古典文学名著的含义

古典文学名著，顾名思义，是指那些历经岁月洗礼，被历史所认可的、具有深厚文化底蕴和广泛影响力的古典文学作品。它们通常承载着古代社会的风土人情、道德观念和价值追求，通过细腻的笔触和深刻的哲理，为读者呈现出一个丰富多彩、充满智慧的古代世界。

②古典文学名著的特点

古典文学名著的特点在于其独特的艺术风格和深刻的思想内涵。这些作品往往以简洁明快的语言、生动传神的形象塑造和巧妙的情节安排，展现出古代文学的艺术魅力。同时，它们也深刻反映了古代社会的风貌和人们的价值观念，为人们了解古代文化提供了宝贵的资料。

③古典文学名著的价值

古典文学名著的价值不仅在于其艺术成就，更在于其对于人类文明的贡献。它们通过传承古代智慧和道德观念，为读者提供了宝贵的精神财富。同时，这些名著也为人们提供了了解古代社会的窗口，有助于人们更好地认识自己的文化根源。

（2）现代文学名著

①现代文学名著的含义

现代文学名著，是指那些在现代社会背景下创作的，具有鲜明时代特色、深刻思想内涵和广泛影响力的文学作品。它们以独特的艺术手法和深刻的社会洞察力，反映了现代社会的发展变迁和人们的内心世界，成为当代文化的重要组成部分。

②现代文学名著的特点

现代文学名著的特点在于其多元化的主题和风格。这些作品不再局限于传统的叙事方式和审美观念，而是大胆尝试新的创作手法和表达方式，以更加真实、深入地揭示现代社会的复杂性和多样性。同时，现代文学名著也注重对人性的深入挖掘和剖析，通过细腻的描写和深刻的思考，展现了人性的光辉与阴暗面。

③现代文学名著的价值

现代文学名著的价值在于其对于当代社会的启示和反思，它们不仅为人们提供了认识现代社会的独特视角，更让人们在欣赏艺术的同时，思考人类文明的发展方向和未来的可能性。同时，这些名著也为人们提供了宝贵的精神资源，帮助人们更好地应对生活中的挑战和困境。

2. 依据风格分类

（1）现实主义文学名著

①现实主义文学名著的含义

现实主义文学名著是指以反映社会现实、揭示社会矛盾、塑造真实人物形象为主要特点的文学作品。这些作品通过对社会现象和人物性格的深入剖析，展现了一个真实而深刻的世界。

②现实主义文学名著的特点

现实主义文学名著的特点在于其真实性和深刻性。这些作品通常以细腻的笔触描绘人物内心世界，以客观的态度反映社会现实，通过揭示社会矛盾和问题，引发读者的思考和共鸣。

③现实主义文学名著的价值

现实主义文学名著的价值在于其对社会现实的批判和反思。这些作品通过对社会问题的揭示和探讨，为人们提供了认识和理解社会的新视角，同时也为人们提供了解决现实问题的思路和方法。

（2）浪漫主义文学名著

①浪漫主义文学名著的含义

浪漫主义文学名著是指以表现个性、追求自由、崇尚自然和理想为主要特点的文学作品。这些作品通常通过奇特的想象和瑰丽的描绘，展现了一个充满诗意和梦幻的世界。

②浪漫主义文学名著的特点

浪漫主义文学名著的特点在于其独特的想象力和表现力。这些作品通常以丰富的想象力和独特的艺术手法，创造出充满个性和自由精神的形象，通过对自然和理想的赞美，表达了对美好生活的向往和追求。

③浪漫主义文学名著的价值

浪漫主义文学名著的价值在于其对人类精神世界的探索和表达。这些作品通过对个性、自由、自然和理想的追求，为人们提供了认识和理解人类精神的新途径，同时也为人们提供了追求美好生活的动力和信念。

（3）其他风格文学名著

除了现实主义和浪漫主义之外，文学名著还包括了其他多种风格的作品，如自然主义、象征主义、魔幻现实主义等。这些作品以其独特的艺术风格和思想内涵，为文学宝库增添了更加丰富的色彩。

3. 依据国别分类

（1）中国文学名著

①中国文学名著的含义

中国文学名著，即指在中国文学史上具有重要地位、影响深远、艺术价值极高的文学作品。它们不仅是中国文化的瑰宝，也是全人类共同的宝贵财富，以其深邃的思想、独特的艺术手法和丰富的文化内涵，吸引了世界各地的读者。

②中国文学名著的特点

中国文学名著的特点在于其深厚的历史底蕴和独特的文化韵味。这些作品往往融合了中华民族的精神风貌、道德观念和价值追求，通过细腻的人物刻画和生动的情节描写，展现了中国文化的博大精深。同时，中国文学名著也注重对人性的深入挖掘和展现，通过对人物的内心世界进行剖析，揭示了人性的复杂性和多样性。

③中国文学名著的价值

中国文学名著的价值在于其对于人类文明的贡献和对于后世的启示。这些作品通过传承中华民族的文化精髓和智慧，为人们提供了认识和理解中国文化的独特视角。同时，这些名著也以其深刻的思想内涵和独特的艺术魅力，为后世提供了宝贵的艺术财富和人文启示。

（2）外国文学名著

①外国文学名著的含义

外国文学名著，即指在世界文学史上具有重要地位、影响深远、艺术价值极高的外国文学作品。它们以其独特的艺术风格和深刻的思想内涵，跨越国界和文化背景，成为全人类共同的精神财富。

②外国文学名著的特点

外国文学名著的特点在于其多元化的风格和深刻的思想内涵。这些作品往往融合了不同国家和地区的文化特色和历史背景，通过丰富的想象力和独特的艺术手法，展现了人类文明的多样性和复杂性。同时，外国文学名著也注重对人性的深入剖析和展现，通过对人物的内心世界进行挖掘，揭示了人性的共性和差异。

③外国文学名著的价值

外国文学名著的价值在于其对于人类文明的贡献和对于跨文化交流的推动。这些作品通过展现不同文化的独特魅力和智慧，促进了不同国家和地区之间的理解和交流。同时，这些名著也以其深刻的思想内涵和独特的艺术魅力，为人们提供了认识和理解世界的新视角和思路。

综上所述，文学名著作为人类文化宝库中的璀璨瑰宝，以其丰富的类型和深刻的内涵，为人们提供了宝贵的精神财富和人文启示。无论是古典还是现代、现实主义还是浪漫主义、中国还是外国，这些作品都以其独特的艺术魅力和思想价值，吸引着读者去品味、去欣赏、去思考，在未来的日子里，继续探索这些文学名著的奥秘，让它们的智慧之光照亮人生之路。

二、文学名著的特点与类型对影视改编的影响

（一）文学名著的特点对影视改编的影响

文学名著作为人类文化的瑰宝，具有独特的艺术价值和社会影响力。当这些名著被改编成影视作品时，其特点对改编过程产生了深远的影响。这种影响不仅体现在创作理念、叙事手法和角色塑造等方面，更体现在文化传承和观众接受度上。

首先，文学名著的艺术价值为影视改编提供了丰富的创作素材和灵感。这些名著通常具有精湛的文学技巧和深刻的思想内涵，通过细腻的描写和富有哲理的叙述，展现出人性的复杂性和社会的多样性。在改编过程中，导演和编剧需要深入挖掘原著中的文学元素，如优美的语言、巧妙的结构、生动的描绘等，并将其转化为视觉和听觉的艺术形式。通过精心策划和巧妙运用影视语言，影视作品能够呈现出原著的艺术魅力，使观众在欣赏的过程中感受到文学名著的独特韵味。

其次，文学名著的社会影响力使得影视改编作品具有更广泛的观众基础，这些名著往往反映了一个时代的社会现象和人性探索，具有深刻的社会意义和价值。因此，在改编过程中，影视作品需要尽可能地保留原著的社会价值和人文关怀，以引发观众的深度思考和情感共鸣。通过展现原著中的社会现象和人性探索，影视作品能够引导观众思考

人生、社会和文化的意义，从而丰富观众的精神世界。

最后，文学名著的永恒主题和价值也为影视改编提供了持久的吸引力。这些名著所探讨的爱情、友情、亲情等主题，以及所蕴含的正义、善良等价值观念，都是观众所关注和追求的精神内核。在改编过程中，影视作品需要深入挖掘这些主题和价值的内涵，将其与现代社会相结合，以呈现出具有时代特色的作品。通过展现原著中的主题和价值观念，影视作品能够引导观众树立正确的价值观和人生观，从而推动社会的和谐发展。

总的来说，文学名著的特点对影视改编产生了深远的影响。在改编过程中，导演和编剧需要充分理解和把握原著的文学价值、社会影响力和永恒主题，以创作出既忠实于原著又具有创新性的影视作品。这样的作品不仅能够满足观众的审美需求，还能够传承和弘扬人类文化的瑰宝。同时，通过影视作品的传播和普及，文学名著的影响力和价值将得到更广泛的认可和传承，为人类社会的文明进步作出积极的贡献①。

（二）文学名著的类型对影视改编的影响

文学名著的类型多种多样，每一种类型都承载着独特的文化内涵和审美特色，这些特色在影视改编过程中发挥着重要的作用，对改编的方向、风格和观众接受度产生深远影响。

首先，不同类型的文学名著在情感表达和主题呈现上有所差异，这直接影响着影视改编的情感基调和叙事走向。例如，浪漫主义文学作品通常注重个人情感的抒发和对理想世界的向往，影视改编时往往会强调情感的细腻描绘和场景的梦幻化呈现；而现实主义文学作品则更加注重对社会现象和人物性格的刻画，影视改编时需要更加关注人物塑造和社会背景的还原。

其次，文学名著的类型也影响着影视改编的艺术风格和视听语言的选择。古典文学作品往往具有独特的韵律和节奏感，影视改编时需要运用恰当的镜头语言和音乐音效来还原这种韵律美；而现代文学作品则更加注重语言的创新性和形式的多样性，影视改编时需要更加注重

①李良．文学名著影视改编问题研究[D]．西宁：青海师范大学，2015.

画面构图和视觉效果的创新。

最后，不同类型的文学名著也对应着不同的观众群体和审美期待。例如，青少年文学名著通常具有轻松幽默的语言风格和积极向上的主题，适合年轻观众群体；而成人文学名著则可能涉及更为深刻的社会问题和人性探索，适合成年观众群体。因此，在影视改编过程中，需要根据原著的类型和目标观众群体来选择合适的改编策略和表现手法。

综上所述，文学名著的类型对影视改编具有重要影响。在改编过程中，需要充分考虑到原著的类型特点和观众接受度，选择合适的改编策略和表现手法，以呈现出既忠实于原著又具有创新性的影视作品。同时，也需要不断探索新的改编方式和手法，以适应不同类型文学名著的改编需求，为观众带来更加丰富和精彩的影视体验。

三、依据文学名著的特点与类型确定影视改编的思路

在确定了文学名著对影视改编的深远影响之后，需要依据这些名著的特点与类型，确立清晰而富有创意的影视改编思路。

首先，要深入理解原著的文学价值和思想内涵，这是改编的基石。只有真正把握了原著的精髓，才能在改编过程中保持其原有的魅力和深度。同时，也要关注原著的艺术风格和语言特色，尝试在影视作品中重现这些元素，让观众在视觉上也能感受到原著的美。

其次，要根据原著的类型来确定影视作品的风格和调性。例如，对于历史题材的名著，需要注重历史背景的还原和人物形象的塑造，让观众能够身临其境地感受那个时代的风貌；而对于科幻或奇幻题材的名著，则需要运用现代科技手段，创造出富有想象力和奇幻色彩的视觉效果，满足观众的猎奇心理。

再次，还要考虑观众的接受度和审美期待。在改编过程中，既要尊重原著，也要考虑到现代观众的审美习惯和需求。可以适当加入一些现代元素，或者对原著进行一定程度的改编和创新，以使作品更加贴近现代观众的生活和情感。

最后，要注重影视作品的情感表达和人文关怀。无论原著是什么类型，其背后都蕴含着深刻的人性和情感。在改编过程中，要努力挖掘这些情感元素，通过生动的人物形象和感人的故事情节，引发观众的

共鸣和思考。

总之，依据文学名著的特点与类型确定影视改编的思路是一个复杂而富有挑战性的过程。需要深入理解原著，把握其精髓和特色；同时，也要关注观众的接受度和审美期待，创作出既忠实于原著又具有创新性的影视作品。只有这样，才能让文学名著在影视领域焕发新的光彩，为观众带来更加丰富和深刻的艺术体验。

第二节　影视改编的过程

一、文学名著影视改编的基本过程

文学名著的影视改编，是一项充满挑战又富有创造性的艺术任务，它不仅要求改编者对原著有着深刻的理解和热爱，更需具备将文字精髓转化为视听语言的技巧和艺术眼光。这一过程，犹如一场精心编织的梦境，既需要保持原著的韵味，又需赋予其新的生命和活力。

对原著的深入研读和理解是改编的基石。改编者需反复研读原著，像探险家般深入剖析其内在的世界。他们需要把握原著的故事情节、人物形象、思想内涵以及艺术风格，如同捕捉风中的细语，倾听作者的心声。通过这个过程，改编者不仅能够深入理解原著的精髓，更能为后续的影视创作提供坚实的文学基础。

在改编过程中，改编者需要根据影视艺术的特性和观众的接受度，对原著进行必要的删减、增加和重构。影视艺术具有其独特的时间性和空间性限制，因此，改编者需要在保持原著精神风貌的基础上，对故事情节进行精简和提炼。他们如同雕塑家般，精心雕刻故事情节，突出主要矛盾和冲突，使其更加符合影视艺术的表达方式。同时，为了适应不同观众群体的需求和审美趋势，改编者还需根据时代背景对原著进行适当的增减和重构，为其注入现代气息，增强其观赏性。

角色塑造是影视改编中的关键环节。改编者需深入挖掘原著中人物的性格特点、情感变化和成长历程，如同心理分析师般探寻角色的内心世界。他们通过演员的精湛表演和导演的巧妙调度，将角色生动地呈现在观众面前。同时，角色的视觉形象设计也是不可忽视的一环。改编者需关注角色的服装、化妆、道具等细节，以营造出符合原著氛围的视听效果。

在将原著的文学风格转化为影视语言的过程中，改编者需要运用丰富的艺术手法和技巧。他们需选择合适的镜头语言、音乐、色彩等影视元素，以呈现出原著的艺术风格和情感氛围。这一过程如同绘制一幅画卷，改编者用镜头捕捉原著的精髓，用音乐渲染情感，用色彩描绘世界，将原著的文学魅力转化为视听冲击力，使观众在欣赏影视作品的过程中感受到原著的独特韵味。

改编者需要对影视作品进行反复的修改和完善，这如同打磨一件艺术品，需要耐心和细心。他们需调整故事情节、优化角色塑造、改进视觉效果等，使作品更加符合观众的审美需求和期待。同时，根据观众的反馈和市场反应，改编者还需对作品进行适时的调整和改进，以提升其艺术价值和市场竞争力。

总之，文学名著的影视改编是一个充满挑战与机遇的过程。它需要改编者具备深厚的文学素养、敏锐的艺术眼光和丰富的创作经验。通过深入研读原著、把握影视艺术特性、精心塑造角色和转化文学风格等步骤，改编者可以创作出既忠实于原著精神风貌又具有独特艺术魅力的影视作品，为观众带来全新的审美体验。这一过程既是对原著的致敬，也是对影视艺术的创新和拓展。

二、文学名著电影改编的过程

文学名著的电影改编，无疑是一个融合艺术、技术与市场考量于一体的综合性创作过程。在这个过程中，成功的关键往往在于对原著的深入解读与巧妙转化，以及对市场需求的敏锐洞察和精准把握。

在电影改编的初期阶段，制作团队需要对原著进行详尽的解读和分析。他们不仅需要深入剖析原著的故事情节、人物性格、主题思想以及艺术风格，还需要思考如何将原著的文学性通过电影的视听语言进行呈现。这一过程中，他们需要全面理解原著的精神内涵，同时考虑如何在电影中准确地传达这些元素，以最大程度地保留原著的韵味和魅力。

在剧本创作阶段，改编者需要对原著进行必要的删减、增加和重构。由于电影的时间限制和叙事特点，改编者需要在保持原著故事框架的基础上，对情节进行精简和提炼，以便在有限的时间内突出主要矛盾和冲突。同时，他们还需根据电影的叙事需求，对人物性格和关系进行适当的调整，以塑造出更为丰满而立体的角色形象。

在选角方面，导演和制片人需要寻找那些能够深入理解并诠释角色的演员。这些演员不仅需要具备精湛的演技，还需对原著有一定的了解和认同，以便更好地呈现角色的内心世界和情感变化。同时，他们还需与导演和制片人保持密切的沟通，以确保角色的塑造符合电影的整体风格和主题。

在拍摄阶段，导演和摄影师需要运用各种技术手段来营造符合原著氛围的视觉效果。他们需选择合适的拍摄地点、布置场景、设计服装和道具等，以营造出真实而富有感染力的电影世界。同时，他们还需关注镜头的运用、画面的构图和色彩的搭配等细节，以呈现出原著的艺术风格和情感氛围。

后期制作则是电影改编的最后一环，也是至关重要的一步。在这一阶段，剪辑师需要对拍摄好的素材进行精心的剪辑和组合，以呈现出连贯而富有节奏感的故事情节。音效师和配乐师则需为电影添加合适的声音效果和背景音乐，以增强电影的感染力和观赏性。同时，他们还需与导演保持密切的合作，以确保电影的整体效果符合导演的意图。

总的来说，文学名著的电影改编是一个复杂而精细的过程。它需要制作团队具备深厚的文学素养、敏锐的艺术眼光和丰富的创作经验。通过深入理解原著、精心创作剧本、选角拍摄和后期制作等步骤，制作团队可以将文学名著的精髓转化为具有视听冲击力的电影作品，为观众带来全新的审美体验。同时，这也是对原著的一种传承和发扬，让更多的人能够了解和欣赏到文学名著的魅力。在这个过程中，电影制作团队不仅需要保持对原著的尊重和敬畏，还需发挥自身的创造力和想象力，为观众带来一部既忠于原著又充满新意的电影作品。

三、文学名著电视剧改编的过程

文学名著的电视剧改编，相较于电影改编，在叙事深度、角色塑造以及情节呈现等方面往往具有更为丰富的空间。这一过程既是对原著的深入挖掘，也是对电视剧艺术形式的独特运用。

在电视剧改编的初期，改编者需要全面梳理原著的脉络，把握其整体结构和核心思想。同时，考虑到电视剧的叙事特点，改编者需对原著进行适当的拆分和重组，以形成适合电视剧播放的剧集结构。在这一过程中，改编者需要精准把握每个剧集的节奏和高潮，确保故事情节的连贯性和吸引力。

角色塑造是电视剧改编的关键环节。相较于电影，电视剧有更多的篇幅和时间去深入挖掘角色的内心世界和成长历程。改编者需对原著中的角色进行细致的分析和解读，把握其性格特点和情感变化，并通过剧本和演员的表演将其生动地呈现在观众面前。此外，电视剧还可以通过多集连续播出的方式，展现角色在不同情境下的表现和发展，使观众对角色有更深入的了解和认同。

在电视剧的拍摄过程中，导演和摄影师需要运用各种技术手段来营造符合原著氛围的视听效果。与电影相比，电视剧的拍摄周期更长，场景和角色也更为丰富多样。因此，导演和摄影师需根据每集的内容和氛围，精心选择拍摄地点、布置场景、设计服装和道具等，以营造出真实而富有感染力的电视剧世界。

此外，电视剧的后期制作也是不可或缺的一环。剪辑师需对拍摄好的素材进行精心的剪辑和组合，以呈现出连贯而富有节奏感的故事情节。音效师和配乐师则需为电视剧添加合适的声音效果和背景音乐，以增强电视剧的观赏性和感染力。同时，他们还需与导演保持密切的合作，确保电视剧的整体效果符合导演的意图。

总的来说，文学名著的电视剧改编是一个需要耐心和细心的过程。改编者需全面梳理原著内容，精准把握故事情节和角色塑造，并运用丰富的技术手段和创作经验，将原著的精髓转化为具有视听冲击力的电视剧作品。通过这一过程，观众可以更加深入地了解原著的内容和精神内涵，感受到文学名著的独特魅力[①]。

第三节　影视改编的手法

一、文学名著影视改编的基本手法

在文学名著的影视改编的过程中，其基本手法主要包括以下几个方面：

第一，尊重原著精神是关键。改编者需深入理解原著的核心思想、主题和情感，确保影视作品能够忠实反映原著的精神内涵。这既是对原著作者的尊重，也是满足原著粉丝期待的重要保证。

第二，合理删减与扩充内容。由于影视作品的时间限制和表现形式的不同，改编者需对原著内容进行适当的删减和扩充。删减时，应保留原著的主线情节和关键人物，剔除次要情节和冗余细节；扩充时，可根据影视表现的需要，适当添加细节和场景，使故事更加生动丰满。

第三，突出视觉与听觉效果。影视作品是视听艺术，改编者需充分利用电影或电视剧的视听语言，将原著的文学美转化为视觉美和听觉美。通过精心设计的场景、服装、道具以及音效、配乐等，营造出符合原著氛围的视听环境，使观众能够身临其境地感受故事。

第四，注重角色塑造与演员选择。角色是故事的灵魂，改编者需对原著中的角色进行深入挖掘和再创作，使其更加符合影视表现的需要。同时，选择合适的演员来诠释角色也是至关重要的。优秀的演员能够深入理解角色，通过精湛的演技将角色生动地呈现在观众面前。

第五，创新改编手法与形式。在尊重原著精神的基础上，改编者可以尝试运用新的改编手法和形式，为观众带来全新的视觉体验。例如，可以运用现代科技手段进行特效制作，或者采用多线叙事、时空穿越

①李良．文学名著影视改编问题研究[D]．西宁：青海师范大学，2015.

等手法来丰富故事的层次感和趣味性。

通过综合运用这些基本手法，改编者可以将文学名著成功转化为具有视听冲击力的影视作品，为观众带来全新的审美体验。同时，这也是对文学名著的一种传承和发扬，使更多的人能够了解和欣赏到这些经典作品的魅力。

二、文学名著电影改编的手法

文学名著的电影改编手法，具有其独特性和创新性。它要求制作团队在保持原著精髓的基础上，通过电影的独特视角和表现形式，将故事呈现给观众。

首先，电影改编强调画面和视听的冲击力。通过运用丰富的摄影技巧、特效制作以及色彩搭配，制作团队可以营造出符合原著氛围的视听环境，使观众能够身临其境地感受故事。同时，电影改编也要注重音乐、音效的运用，通过精心设计的配乐和音效，营造出紧张、悬疑或浪漫的氛围，增强电影的感染力。

其次，电影改编需要对原著情节进行精选和重构。由于电影的时间限制，制作团队需要挑选出原著中最具代表性和感染力的情节进行呈现。在重构过程中，制作团队还需根据电影的叙事特点和观众的接受习惯，对情节进行合理的删减、增添和调整，使故事更加紧凑、连贯和引人入胜。

再次，角色塑造和演员选择也是电影改编的关键。制作团队需要对原著中的角色进行深入分析，把握其性格特点和情感变化，并通过精湛的演技将其生动地呈现在观众面前。优秀的演员能够使角色更加立体、鲜活，增强电影的观赏性和感染力。

最后，电影改编还需注重与原著精神的契合。虽然电影改编是一种艺术创作，但制作团队仍需尊重原著的核心思想和情感，确保电影能够忠实反映原著的精神内涵。通过深入挖掘原著的主题和价值观，制作团队可以将这些元素巧妙地融入电影中，使观众在欣赏电影的同时，也能感受到原著的独特魅力。

综上所述，文学名著的电影改编手法需要制作团队具备深厚的文学素养、敏锐的艺术眼光和丰富的创作经验。通过灵活运用各种电影表现手法和技巧，制作团队可以将文学名著的精髓转化为具有视听冲击力的电影作品，为观众带来全新的审美体验。

三、文学名著电视剧改编的手法

文学名著的电视剧改编，相较于电影改编，有其独特的挑战与机遇。电视剧在时长和叙事上拥有更大的自由度，可以更加深入地挖掘原著的精髓，展现更为丰富的情节和角色。

首先，电视剧改编需注重故事的连贯性与层次性。由于电视剧的篇幅较长，制作团队需精心设计剧情结构，确保故事主线清晰、节奏紧凑。同时，也要注重情节的层次感和深度，通过细腻的描绘和丰富的细节，展现原著的复杂性和多样性。

其次，角色塑造是电视剧改编中的重中之重。电视剧有足够的时间来展现角色的成长和变化，因此制作团队需深入挖掘角色的内心世界，通过细腻的演技和丰富的情节来展现角色的性格特点和情感变化。这样可以使角色更加立体、生动，让观众产生更深的共鸣。

再次，电视剧改编还需注重场景与氛围的营造。通过精心挑选拍摄地点、布置场景、设计服装和道具等，制作团队可以营造出符合原著氛围的视听环境。同时，也要注重音效、配乐等声音元素的运用，为观众带来更加沉浸式的观剧体验。

最后，电视剧改编还需保持对原著精神的尊重与传承。虽然电视剧在改编过程中可以进行适当的创新和调整，但仍需忠实于原著的核心思想和情感。通过深入挖掘原著的主题和价值观，制作团队可以将这些元素巧妙地融入电视剧中，使观众在欣赏剧情的同时，也能感受到原著的独特魅力。

综上所述，文学名著的电视剧改编需要制作团队在保持原著精神的基础上，充分发挥电视剧的叙事优势，通过精心设计的故事情节、角色塑造和视听效果，将原著的精髓转化为具有吸引力的电视剧作品。这样不仅可以满足观众的审美需求，也能进一步推广和传播文学名著的经典价值①。

①李良．文学名著影视改编问题研究[D]．西宁：青海师范大学，2015.

第四节 文学名著改编为影视作品的利益与风险

一、文学名著改编为影视作品的利益

文学名著改编为影视作品，其利益是多方面的，不仅为影视产业带来了丰富的创作素材和市场基础，也为原著作者和版权所有者带来了经济回报和作品知名度的提升，更对观众产生了深远的影响。

首先，对于影视产业而言，文学名著作为人类文化的瑰宝，蕴含着深厚的文化底蕴和广泛的群众基础。这些名著经过岁月的沉淀，其故事情节、人物形象、思想内涵等都已成为经典，为影视作品提供了丰富的创作素材。借助名著的影响力，影视作品能够迅速吸引观众眼球，提高收视率和票房收入，从而推动整个产业的繁荣发展。此外，文学名著的影视改编往往能够吸引大量的投资，推动影视技术的进步和创新，进一步提升作品的艺术表现力和观赏价值。

其次，对于原著作者和版权所有者来说，文学名著的影视改编也是一种有效的版权利用方式。通过授权影视改编权，他们不仅能够获得一定的经济回报，还有助于提升作品的知名度和影响力。影视作品的广泛传播和观众的喜爱，往往能够带动原著的再次热销，进一步拓宽其传播范围。此外，影视作品的成功改编还能为原著带来更多的读者群体，使得更多的人能够了解和欣赏到这些经典作品。

再次，文学名著改编为影视作品对于观众来说也具有重要意义。影视作品通过视觉、听觉等多元感官体验，让观众能够更加直观地感受名著的魅力。影视作品往往会对原著进行一定的改编和创新，以适应现代观众的审美需求。这些改编往往能够使得故事更加生动、形象更加鲜明，从而引发观众对于原著的重新关注和思考。同时，影视作品的演绎和呈现方式也能够激发观众的想象力和创造力，让他们在欣赏作品的同时，也能够获得更多的启发和感悟。

最后，文学名著改编为影视作品还有助于传承和弘扬传统文化。这些名著往往蕴含着丰富的历史、文化、哲学等方面的内容，通过影视

作品的呈现，能够让更多的人了解和认识到传统文化的魅力和价值。这种传承和弘扬不仅有助于增强民族自信心和凝聚力，也有助于推动文化的多样性和交流。

综上所述，文学名著改编为影视作品具有多方面的利益。它不仅能够为影视产业提供丰富的创作素材和市场基础，推动产业的繁荣发展；还能够为原著作者和版权所有者带来经济回报和作品知名度的提升；更能够为观众带来直观的感受和启发，促进文化的传承和弘扬。因此，应该更加重视文学名著的影视改编工作，充分发挥其潜力和价值，为文化的传承和发展做出更大的贡献。

二、文学名著改编为影视作品的风险

尽管将文学名著改编为影视作品能带来广泛的知名度、丰富的经济利益和观众的热切期待，但这一过程中也伴随着诸多不容忽视的风险。这些风险不仅来自改编过程中的创作难度，还涉及观众期待与接受度、文化解读差异以及市场风险等多个方面。

首先，文学名著通常蕴含着深厚的文化底蕴和复杂的思想内涵，这使得影视改编面临着巨大的挑战。改编者需要充分尊重原著的精神和风貌，同时又要考虑到影视艺术的表现形式和观众需求。这就要求改编者具备高超的艺术水平和深厚的文化素养，能够深入挖掘原著的精髓，并将其转化为生动、形象的影视语言。然而，由于改编者对原著的理解程度、创作能力等方面的差异，改编作品的质量往往参差不齐。有时，改编者可能过于追求商业利益，而忽略了原著的艺术价值，导致作品严重偏离原著精神，引发观众的不满和批评。

其次，观众对于文学名著的期待往往非常高。他们希望看到与原著相符的故事情节、人物形象和思想内涵。如果改编作品无法满足观众的期待，或者改编过程中过于追求新奇和刺激而忽略了原著的精髓，很可能会让观众感到失望和愤怒。这不仅会影响作品的口碑和市场表现，也会对原著的声誉造成负面影响。

再次，文学名著往往具有跨文化的特性，其文化内涵和审美价值在不同的文化背景下可能存在差异。在改编过程中，如何准确传达原著的文化内涵，同时又能适应不同文化背景的观众需求，是一个极具挑战性的问题。如果改编者未能充分考虑文化差异，可能会导致作品在某些地区或群体中难以被接受和理解。这不仅会影响作品的传播效果，还可能引发文化冲突和误解。

最后，市场风险也是文学名著改编为影视作品时需要关注的重要方面。尽管名著的影响力能够吸引一定的观众群体，但影视市场的竞争日益激烈，观众口味也在不断变化。如果改编作品无法在市场上脱颖而出，或者未能准确把握市场趋势和观众需求，可能会导致投资亏损甚至票房失利。这不仅会给制作方带来巨大的经济损失，也会影响到整个行业的信心和发展。

综上所述，文学名著改编为影视作品虽然具有诸多利益，但也存在着不容忽视的风险。因此，在改编过程中需要充分考虑原著精神、观众期待、文化差异和市场风险等因素，制定周密的策略和计划。同时，也需要加强对改编者的培训和管理，提高他们的专业素养和创作能力，确保改编作品能够既符合原著风貌又满足影视艺术的要求，同时能够在市场上取得成功。只有这样，才能充分发挥文学名著的价值，为观众带来更加丰富和精彩的影视体验。

三、文学名著改编为影视作品的趋利避害策略

面对文学名著改编为影视作品这一复杂的创作过程，需要制定一系列全面且细致的趋利避害策略，以确保改编工作的顺利进行，并最大程度地发挥其价值。

首先，尊重与传承原著的精神内涵和艺术风格是改编工作的基石。改编者需深入研究原著，领悟其深层含义，把握作者的创作意图，以及原著所体现的时代背景和文化特色。在影视作品中，改编者需尽可能保留原著的精髓，包括故事情节、人物形象、语言风格等方面。同时，也要避免在改编过程中过度追求现代元素，导致原著的文化价值被忽视或削弱。

其次，关注观众需求与期待是改编成功的关键。改编者需要了解目标观众的审美心理和接受习惯，通过深入分析观众喜好和市场需求，为影视作品的创作提供有力支撑。在改编过程中，改编者应结合原著的故事情节和人物形象，创作出既符合原著精神又能够吸引观众眼球

的影视作品。同时，注重观众的反馈和评价，及时调整和改进作品，以满足观众的期待和需求。

再次，加强跨文化的交流与融合是提升作品国际影响力的有效途径。在改编过程中，改编者需要充分考虑不同文化背景下的观众需求和文化差异，通过跨文化元素的巧妙运用，实现文化元素的融合和共享。这不仅可以提升作品的国际影响力，也能够促进不同文化之间的交流和理解，为观众带来更加多元和丰富的观影体验。

最后，注重市场分析与风险控制是确保改编作品成功推向市场的重要保障。改编者需要对市场进行深入的分析和研究，了解市场需求和竞争态势，制定出合理的市场策略和推广方案。同时，也要注重风险控制和应对，制定相应的预案和措施，以应对可能出现的市场风险和观众反馈。这包括对改编过程中的版权问题、投资回报比、宣传策略等进行全面考虑和规划。

综上所述，文学名著改编为影视作品是一项充满挑战与机遇的创作任务。通过综合考虑原著、观众、文化和市场等多个方面的因素，制定出有效的趋利避害策略，不仅能够充分发挥文学名著的价值和魅力，为观众带来更加丰富和精彩的影视体验，还能够推动影视产业的繁荣和发展，实现文化与商业的双赢。因此，应当在改编过程中保持敬畏之心，注重创新与传承的结合，努力创作出既符合原著精神又具有现代审美价值的优秀影视作品①。

---

①李良．文学名著影视改编问题研究[D]．西宁：青海师范大学，2015.

第六章　文学名著改编为影视作品的方法

文学名著改编为影视作品需要在保留原著精髓的基础上，通过故事情节的重构、时间与空间的构建、视听造型的确定以及利用科技提升表现效果等手段，将其转化为符合影视艺术表现形式的作品。这既是对原著的致敬，也是对影视艺术的创新和发展。通过努力，相信可以将更多优秀的文学名著呈现在观众面前，让更多的人感受到文学与影视的魅力。

第一节　故事情节的重构

一、文学与影视对故事情节的定位

在将文学名著改编为影视作品的过程中，故事情节的重构是一项至关重要的任务。文学作品与影视作品在故事情节的定位上，既有相似之处，又存在显著的差异。文学作品通常更注重文字的描述与情感的表达，而影视作品则更侧重于视觉与听觉的冲击与体验。因此，在改编过程中，需要对原著的故事情节进行深入的分析与理解，同时结合影视艺术的特性，进行有针对性的重构。

第一，要明确原著的核心故事情节与主题思想，这是改编的基石。在此基础上，可以根据影视艺术的特性，对故事情节进行适当的删减、增加或调整。例如，对于原著中过于冗长或复杂的情节，可以进行适当的删减，以保证影片的节奏紧凑；对于原著中未能充分展现的角色或情感，可以通过增加相关情节或细节，使其更加丰富立体。

第二，还需要关注原著与影视作品在时空表现上的差异。文学作品通常具有较大的时空跨度，而影视作品则需要在有限的时间内展现完整的故事。因此，在重构故事情节时，需要充分考虑如何合理安排时空布局，使影片在保持原著精神的基础上，更加符合影视艺术的规律。

总之，文学名著改编为影视作品时的故事情节重构，既需要对原著的深入理解与尊重，又需要充分发挥影视艺术的特性与优势。只有这样，才能创作出既忠实于原著精神，又符合影视艺术规律的优秀作品。

二、文学名著改编为影视作品的故事情节重构

（一）文学名著改编为影视作品的故事情节重构作用

在文学名著改编为影视作品的过程中，故事情节的重构起着至关重要的作用。它不仅是连接原著与影视作品的桥梁，更是展现原著精神、传达情感、塑造角色形象的重要手段。通过故事情节的重构，可以使影视作品更加符合影视艺术的特性，提高观众的观影体验，同时也能够更好地传承和发扬文学名著的价值。

首先，故事情节的重构有助于凸显原著的核心主题和思想。在改编过程中，需要对原著进行深入的分析和理解，准确把握其主题思想和核心价值。通过重构故事情节，可以将原著的核心思想以更加直观、生动的方式呈现在观众面前，使观众能够更深刻地理解和感受原著的精神内涵。

其次，故事情节的重构有助于塑造更加立体、生动的角色形象。在文学名著中，角色往往是故事的核心和灵魂。通过重构故事情节，可以更加深入地挖掘角色的内心世界，展现其性格特点和情感变化。同时，还可以根据影视艺术的特性，对角色的形象进行适当的调整和塑造，使其更加符合观众的审美需求。

最后，故事情节的重构还有助于增强影视作品的节奏感和观赏性。在文学作品中，故事情节往往较为冗长复杂，而影视作品则需要在有限的时间内展现完整的故事。因此，在重构故事情节时，需要充分考虑影视艺术的特性，合理安排情节的发展节奏，使影片更加紧凑、流畅。同时，还可以通过运用各种视听手段，增强影片的观赏性和吸引力。

综上所述，文学名著改编为影视作品时的故事情节重构是一项重要

的工作。它需要改编者深入挖掘原著的精神内涵，准确把握影视艺术的特性，通过巧妙的重构手段，将原著的精髓以更加生动、直观的方式呈现在观众面前。只有这样，才能够创作出既忠实于原著精神，又符合影视艺术规律的优秀作品。

（二）文学名著改编为影视作品的故事情节重构原则

在将文学名著改编为影视作品的过程中，故事情节的重构需要遵循一定的原则，以确保改编作品的质量。

首先，要尊重原著的精神内涵。文学作品所蕴含的价值观、人生观等是作品的灵魂，改编时不可随意改动或忽视。要深入挖掘原著的深层含义，将其精髓融入到影视作品中，让观众在欣赏影片的同时，也能感受到原著的魅力。

其次，要符合影视艺术的规律。影视艺术与文学艺术在表现形式上存在差异，因此，在改编过程中，需要根据影视艺术的特性，对故事情节进行适当的调整。例如，通过运用视觉特效、音效等手段，增强影片的视听冲击力；通过合理的剪辑和节奏把控，使影片更加紧凑、引人入胜。

再次，还要注重角色的塑造和情感的表达。文学名著中的角色形象和情感描写往往深入人心，是作品的重要组成部分。在改编过程中，需要对角色进行深入的分析和理解，通过演员的表演和导演的调度，将角色的性格特点和情感变化生动地呈现在观众面前。

最后，要保持故事的连贯性和完整性。文学名著的故事情节往往复杂而丰富，改编时需要对其进行合理的删减和整合，以确保故事的连贯性和完整性。同时，还要注重细节的处理，使影片在整体上更加协调、统一。

总之，文学名著改编为影视作品时的故事情节重构需要遵循尊重原著、符合影视艺术规律、注重角色塑造和情感表达以及保持故事连贯性和完整性等原则。只有这样，才能创作出既忠实于原著精神，又符合影视艺术规律的优秀作品，让观众在欣赏影片的同时，也能感受到文学名著的深厚底蕴。

（三）文学名著改编为影视作品的故事情节重构方法

在将文学名著改编为影视作品时，故事情节的重构是一项复杂而富有挑战性的工作。以下是几种常用的故事情节重构方法，旨在将原著的精髓以影视语言的形式展现给观众。

首先，可以采用删减与合并的方法。原著中的故事情节往往纷繁复杂，而影视作品则需要在有限的时间内展现完整的故事。因此，可以根据影视艺术的特性，对原著中的故事情节进行适当的删减与合并。删减一些次要情节或人物，使故事更加紧凑；合并一些相似的情节或人物，减少冗余，突出主线。

其次，可以增加细节或情节。为了丰富故事的层次感和情感深度，可以在保持原著精神的基础上，适当增加一些细节或情节。这些新增内容可以是原著中未提及的背景信息，也可以是角色的内心独白或情感交流，有助于观众更深入地理解和感受故事。

再次，还可以调整故事的顺序或结构。原著中的故事情节往往按照线性时间顺序展开，而影视作品则可以通过剪辑和叙事手法来打破这种顺序。可以根据影视艺术的特性，对故事的顺序或结构进行适当的调整，以营造悬念、增强冲突或突出主题。

从次，还可以突出原著中的主题思想。文学名著往往具有深刻的主题思想，这是作品的核心价值所在。在改编过程中，可以通过故事情节的重构，更加突出地展现原著的主题思想。例如，通过强调某个角色的成长经历或情感变化，来体现作品所倡导的价值观或人生哲理。

最后，要注意保持故事的连贯性和逻辑性。无论采用何种重构方法，都需要确保故事的连贯性和逻辑性。故事情节的发展应该符合逻辑规律，角色的行为和情感变化应该合理可信，让观众能够跟随故事的进展，沉浸其中。

总之，文学名著改编为影视作品时的故事情节重构需要灵活运用多种方法，既要尊重原著精神，又要符合影视艺术规律。只有这样，才能创作出既忠实于原著，又具有影视艺术特色的优秀作品，让观众在欣赏影片的同时，也能感受到文学名著的魅力和价值。

三、电影改编对文学名著故事情节的重构

电影改编对文学名著故事情节的重构，是一种独特而富有创造性的艺术实践。在将文学名著搬上大银幕的过程中，电影改编不仅需要保留原著的精髓和核心思想，还需要根据电影的特性和观众的需求进行适当的调整和重塑。

首先，电影改编会对文学名著的故事情节进行精心的筛选和提炼。原著中可能包含大量的细节和情节，但电影由于时间和篇幅的限制，无法完全呈现。因此，改编者会根据电影的特性和观众的兴趣，选择最具代表性和吸引力的情节进行展现。这既是对原著的尊重，也是对电影艺术特性的体现。

其次，电影改编会对文学名著中的人物形象进行重塑和深化。原著中的人物形象往往复杂而多面，但电影由于画面和声音的直观性，需要更加明确地呈现人物的性格特点和情感变化。因此，改编者会通过角色的行为、对话和表情等细节，更加深入地刻画人物形象，使观众能够更加清晰地理解角色的内心世界。

最后，电影改编还会对文学名著中的主题思想进行提炼和强化。原著中的主题思想往往深刻而复杂，但电影需要通过更加直观和生动的方式传递给观众。因此，改编者会通过对故事情节的重新编排和人物形象的塑造，更加突出地展现原著的主题思想，使观众在欣赏电影的同时，也能够深刻感受到原著的精神内涵。

总的来说，电影改编对文学名著故事情节的重构是一种充满挑战和机遇的艺术实践。它需要改编者具备深厚的文学素养和敏锐的艺术洞察力，既要尊重原著的精神内涵，又要充分发挥电影的特性和优势。只有这样，才能够创作出既忠实于原著精神，又具有独特艺术魅力的优秀电影作品。

四、电视剧改编对文学名著故事情节的重构

电视剧改编对文学名著故事情节的重构，相较于电影改编，有着其独特的特点和优势。电视剧作为长篇叙事艺术，能够更为详尽地展现原著的丰富内容和细腻情感。

首先，电视剧改编可以更加完整地保留文学名著的故事情节。由于电视剧的篇幅较长，可以容纳更多的细节和情节，因此改编者可以在尊重原著的基础上，将更多的故事情节呈现给观众。这样不仅能够满足观众对原著的期待，还能够使观众更加深入地了解原著的世界观和人物关系。

其次，电视剧改编可以更加深入地挖掘文学名著中的人物形象。原著中的人物形象往往复杂而立体，电视剧可以通过长时间的叙事和丰富的表演形式，更加深入地展现人物的性格特点和情感变化。观众可以更加细致地观察到人物的行为举止、言语表达以及内心世界的微妙变化，从而更加深入地理解和感受人物。

最后，电视剧改编还可以对文学名著的主题思想进行更加深入的探讨和呈现。原著中的主题思想往往深刻而多元，电视剧可以通过对故事情节的深入剖析和人物形象的深入挖掘，更加全面地展现原著的主题思想。观众可以在观看电视剧的过程中，逐渐领悟到原著所蕴含的深刻哲理和人生智慧。

总的来说，电视剧改编对文学名著故事情节的重构是一种更为全面和深入的呈现方式。它能够更加完整地保留原著的内容，更加深入地挖掘人物形象和主题思想，使观众在欣赏电视剧的同时，也能够更加深入地理解和感受文学名著的魅力。然而，这也需要改编者具备深厚的文学素养和敏锐的艺术洞察力，以确保在重构故事情节的过程中，能够保持原著的精髓和特色，同时充分发挥电视剧的艺术优势[①]。

第二节 时间与空间的构建

一、文学与影视对时间与空间的定位

在文学与影视作品的创作中，时间与空间的构建是不可或缺的元

①时晨．情节处理的多样化：简论曹禺早期三部曲的电视剧改编[J]．戏剧之家（上半月），2010(6):51-53.

素，它们共同塑造着作品的世界观和叙事结构。文学作品以文字为载体，通过叙述者的视角，将读者带入一个虚构或真实的世界，其中时间与空间的描绘往往交织在一起，共同推动着故事的发展。而影视作品则通过画面、声音和剪辑等手段，将时间与空间以直观的方式呈现给观众，使观众仿佛身临其境，沉浸在作品所营造的世界中。

在文学作品中，时间通常作为叙事的主线，推动着故事情节的展开。作家通过对时间的巧妙安排，使故事呈现出起伏跌宕的节奏感，引导读者跟随叙述者的步伐，逐步深入了解人物和事件的发展。同时，空间在文学作品中也扮演着重要的角色。作家通过对地点的描绘和环境的渲染，为故事提供了背景和情境，使读者能够更加直观地感受到故事所发生的世界。

然而，在影视作品中，时间与空间的构建方式则有所不同。影视作品通过画面和声音的直观呈现，使得时间和空间成为观众直接感知的对象。画面中的场景变换、角色的行动以及声音的起伏，都在不断地提醒着观众时间与空间的存在。同时，影视作品通过剪辑手法，实现了对时间与空间的灵活操控。蒙太奇手法的运用，使得画面之间的切换和组合成为可能，从而打破了线性时间的限制，实现了对时间的重构和空间的拓展。

在文学与影视作品的对比中，可以看到它们在时间与空间构建上的差异。文学作品以时间为主线，通过空间的描绘来丰富故事的背景和情境，而影视作品则更注重空间的直观呈现和时间的灵活操控。这种差异使得文学与影视作品在叙事方式和审美体验上各具特色，互为补充。

此外，值得注意的是，随着现代科技的发展和观众审美需求的变化，文学与影视作品在时间与空间的构建上也在不断地创新和发展。例如，虚拟现实技术的运用使得观众可以更加深入地沉浸在作品所营造的世界中，感受到时间与空间的真实存在；而交互式叙事方式的出现，则使得观众可以更加主动地参与到故事的创作中，与作品进行深度的互动和交流。

综上所述，文学与影视在时间与空间的构建上既有相似之处，又有各自独特的表现方式和艺术魅力。它们通过不同的手法和技巧，将时间与空间以各自独特的方式呈现给观众，使得观众在欣赏作品的同时，也能够感受到时间与空间所带来的审美体验和思考。

二、文学名著改编为影视作品的时间与空间构建

（一）文学名著改编为影视作品的时间与空间构建作用

将文学名著改编为影视作品，时间与空间的构建在其中扮演着至关重要的作用。改编者需巧妙地将原著中的时间线索和空间背景转化为影视作品的视听语言，以呈现出既忠于原著又符合影视艺术特点的故事世界。

第一，时间的构建在改编中起到了推动情节发展和塑造人物性格的关键作用。原著中的时间线往往复杂而丰富，包含了历史背景、季节变化、人物成长等多个层面。改编者需要将这些时间元素进行提炼和重构，以符合影视作品的叙事节奏和观众接受习惯。通过剪辑、音效和画面等手段，影视作品能够营造出原著中不同时间段的氛围和情感，使观众能够身临其境地感受故事的发展。

第二，空间的构建在改编中同样重要。原著中的空间背景往往承载着丰富的文化信息和象征意义，是人物性格和情节发展的重要载体。改编者需要通过对原著中空间的解读和重构，将其转化为影视作品中具有视觉冲击力和情感共鸣的场景。通过摄影、布景和灯光等手段，影视作品能够呈现出原著中空间的独特魅力和深层含义，使观众在欣赏画面的同时，也能够感受到原著所传达的文化精神和审美追求。

在文学名著改编为影视作品的过程中，时间与空间的构建不仅是对原著的忠实呈现，更是对影视艺术特性的充分发挥。改编者需要充分理解原著的精神内涵和艺术特点，同时结合影视艺术的表达方式和观众接受习惯，进行巧妙的时空重构。只有这样，才能够创作出既忠实于原著精神，又具有独特艺术魅力的优秀影视作品，让观众在欣赏的过程中感受到文学与影视相互交融的艺术魅力。

（二）文学名著改编为影视作品的时间与空间构建原则

在将文学名著改编为影视作品的过程中，时间与空间的构建应遵循

以下原则：

首先，尊重原著精神，保持时空的连贯性和完整性。改编者需深入理解原著的时空结构，尊重其内在逻辑和叙事顺序，确保在影视作品中的时空构建能够忠实呈现原著的精神风貌。同时，应避免对原著时空进行过度解读或主观重构，以免破坏原著的整体性和艺术价值。

其次，发挥影视艺术优势，创新时空表达方式。影视作品具有直观性、动态性和视听冲击力等特点，改编者应充分利用这些优势，通过画面、音效、剪辑等手段，创新时空表达方式，使观众能够更加直观地感受到原著中的时空魅力。例如，可以运用特效技术展现奇幻或宏大的时空场景，或通过摄影构图和色彩运用营造特定的时空氛围。

再次，关注观众审美需求，实现时空构建的个性化与差异化。不同观众群体对时空的感知和理解存在差异，改编者应在尊重原著的基础上，结合目标观众的审美特点和文化背景，对时空构建进行个性化的处理。这有助于增强影视作品的吸引力和感染力，使观众能够更好地理解和接受改编后的作品。

最后，注重时空构建的文化内涵和艺术价值。文学名著往往蕴含着丰富的文化内涵和审美价值，其时空构建也往往具有深刻的象征意义和隐喻色彩。在改编过程中，改编者应深入挖掘原著时空的文化内涵和艺术价值，通过影视化的手段将其呈现出来，使观众在欣赏影视作品的同时，也能够感受到原著所蕴含的深厚文化底蕴和审美魅力。

综上所述，文学名著改编为影视作品的时间与空间构建应遵循尊重原著精神、发挥影视艺术优势、关注观众审美需求和注重文化内涵与艺术价值等原则。只有在这些原则的指导下，改编者才能够创作出既忠实于原著又具有独特艺术魅力的影视作品，为观众带来深刻而难忘的审美体验。

（三）文学名著改编为影视作品的时间与空间构建方法

在文学名著改编为影视作品的过程中，时间与空间的构建方法至关重要。这不仅关乎原著精神的传承，更影响着观众对作品的感知和接受。以下是一些常用的时间与空间构建方法：

首先，对于时间的构建，可以通过叙事结构、剪辑手法和音效运用等方式来呈现。在叙事结构上，可以遵循原著的时间线索，或者根据影视艺术的特性进行适当的调整，以突出故事的重点和节奏感。剪辑手法则可以通过镜头的切换、节奏的把控等，营造出原著中不同时间段的氛围和情感。音效的运用则能够强化时间的流动感和场景的真实感，使观众能够身临其境地感受故事的发展。

其次，对于空间的构建，摄影、布景和灯光等手段发挥着重要作用。摄影可以通过构图、角度和色彩等手法，展现出原著中空间的独特魅力和深层含义。布景则可以根据原著的描述，还原出具有历史感和文化特色的场景，为观众提供视觉上的享受。灯光的运用则可以营造出不同的空间氛围和情感，使观众能够更好地理解人物的情感变化和故事的发展脉络。

最后，在改编过程中，还可以借助现代科技手段来增强时空构建的效果。例如，通过虚拟现实技术，可以创造出更加逼真的场景，使观众仿佛置身于原著所描述的世界中。交互式叙事方式则可以让观众更加主动地参与到故事的创作中，与作品进行深度的互动和交流。

总的来说，文学名著改编为影视作品的时间与空间构建方法多种多样，需要根据原著的特点和影视艺术的特性进行选择和运用。改编者需要深入理解原著的精神内涵和艺术特点，同时结合影视艺术的表达方式和观众接受习惯，进行巧妙的时空重构。只有这样，才能够创作出既忠实于原著精神，又具有独特艺术魅力的影视作品，让观众在欣赏的过程中感受到文学与影视相互交融的艺术魅力。

三、电影改编对文学名著时间与空间的构建

电影改编作为将文学名著转化为视觉艺术的重要手段，对时间与空间的构建具有独特的要求和挑战。在改编过程中，改编者需充分考虑电影的艺术特性和观众的接受习惯，对原著中的时空进行巧妙的重构与呈现。

首先，在电影改编中，时间的构建显得尤为重要。由于电影受限于时长，往往需要在有限的时间内展现出原著中的精彩情节和人物性格。因此，改编者需要对原著的时间线索进行筛选和重构，突出故事的核心和高潮部分，使观众能够在短时间内获得强烈的视觉冲击和情感共

鸣。同时，电影中的时间节奏也需精心把控，通过剪辑手法和音效运用，营造出原著中不同时间段的氛围和情感，使观众能够身临其境地感受故事的发展。

其次，空间的构建也是电影改编中不可或缺的一部分。电影通过画面、布景和灯光等手段，能够呈现出原著中空间的独特魅力和深层含义。改编者需根据原著的描述，还原出具有历史感和文化特色的场景，为观众提供视觉上的享受。同时，电影中的空间不仅仅是背景，更是推动情节发展和塑造人物性格的重要元素。因此，改编者需巧妙利用空间元素，为故事增添更多的层次和深度。

最后，在电影改编中，还可以借助现代科技手段来增强时空构建的效果。例如，通过特效技术，可以展现出原著中奇幻或宏大的时空场景，使观众仿佛置身于一个全新的世界中。同时，交互式叙事方式也可以让观众更加主动地参与到故事的创作中，与作品进行深度的互动和交流。

综上所述，电影改编对文学名著时间与空间的构建具有独特的要求和挑战。改编者需深入理解原著的精神内涵和艺术特点，同时结合电影的艺术特性和观众的接受习惯，进行巧妙的时空重构。只有这样，才能够创作出既忠实于原著精神，又具有独特艺术魅力的电影作品，让观众在欣赏的过程中感受到文学与电影相互交融的艺术魅力。

四、电视剧改编对文学名著时间与空间的构建

电视剧改编文学名著，对于时间与空间的构建，有着更为丰富和细腻的处理方式。由于电视剧篇幅较长，能够更全面地展现原著的故事情节和人物性格，因此在时空构建上拥有更大的发挥空间。

在时间构建上，电视剧可以更加深入地挖掘原著的时间线索，通过多集、多线索的叙事方式，展现原著中的历史背景、时代变迁和人物成长。每一集都可以围绕一个特定的时间段或事件展开，通过巧妙的剪辑和节奏把控，使观众能够深入感受到时间的流转和人物命运的起伏。

同时，电视剧还可以利用倒叙、插叙等手法，打破时间的线性结构，使故事更加丰富多彩。这种非线性的叙事方式不仅可以增加剧情

的悬念和吸引力，还能够使观众更加深入地理解人物的内心世界和情感变化。

在空间构建上，电视剧可以通过布景、摄影和灯光等手段，还原出原著中各种场景的真实感和历史感。无论是繁华的都市景象，还是宁静的乡村风光，电视剧都能够通过细腻的画面和精心的布景，为观众呈现出原著中的世界。

此外，电视剧还可以通过场景的切换和对比，突出不同空间之间的差异和联系。例如，通过对比城市与乡村、宫廷与民间等不同空间的生活场景，可以展现出原著中社会的多样性和复杂性。

现代科技手段也为电视剧的时空构建提供了更多的可能性。通过虚拟现实和特效技术，可以创造出更加逼真和奇幻的场景，使观众仿佛置身于原著所描述的世界中。

综上所述，电视剧改编文学名著在时间与空间的构建上，具有更加丰富和细腻的处理方式。通过深入挖掘原著的时间线索和精心构建各种场景，电视剧能够为观众呈现出更加真实、生动和感人的故事世界①。

第三节　视听造型的确定

一、视听造型概述

视听造型作为影视艺术中的重要组成部分，其定义、分类及其运用方式对于创作一部成功的影视作品至关重要。下面将从定义、分类两个方面详细阐述视听造型的概念及其在影视作品中的具体应用。

（一）视听造型的定义

视听造型，顾名思义，是指通过视觉和听觉两种感官手段所创造的具有特定意义的艺术形象。在影视作品中，视听造型主要通过画面构图、色彩搭配、光影效果、音效及配乐等手段来实现。它旨在通过具

①宋佳怡. 文学改编的影视审美时空建构[J]. 中国文艺家，2019(3)：76-77.

象化的形式，将故事情节、人物性格以及环境氛围等抽象概念具象化，为观众呈现一个生动、形象的影视世界。

视听造型在影视作品中具有至关重要的作用。它不仅能够提升作品的观赏性，使观众沉浸于故事情节之中，还能够增强作品的艺术表现力，使观众在视觉和听觉上得到愉悦与满足。同时，视听造型还能够传达出作品的主题思想和价值观念，引导观众进行深入的思考和感悟。

（二）视听造型的分类

视听造型在影视作品中具有多种分类方式，以下将从人物、情节和环境三个方面进行阐述。

1. 人物视听造型

人物视听造型主要关注影视作品中角色的形象塑造。通过服装、妆容、发型等视觉元素的运用，以及声音、语调等听觉元素的配合，创作者能够塑造出各具特色的人物形象。例如，通过服装的款式和色彩，可以表现出角色的性格特点和社会地位；通过声音的音质和语调，可以传递出角色的情绪状态和内心世界。这些视听造型元素的巧妙运用，使得角色形象更加鲜活、立体，观众能够更深入地理解和感受角色的内心世界。

2. 情节视听造型

情节视听造型则侧重于影视作品中故事情节的呈现。通过画面的剪辑、特效的运用以及音效的配合，创作者能够将故事情节以更加生动、形象的方式展现给观众。例如，通过画面的快速切换和特效的加入，可以营造出紧张刺激的氛围，使观众身临其境地感受故事情节的发展；通过音效的渲染和配乐的烘托，可以强化情节的感染力，使观众更加投入地参与到故事之中。这些视听造型元素的运用，使得故事情节更加引人入胜，观众能够更容易地产生共鸣和情感投入。

3. 环境视听造型

环境视听造型则关注影视作品中场景和环境的营造。通过画面构图、色彩搭配以及光影效果等手段，创作者能够创造出具有特定氛围和情感的场景环境。例如，通过运用冷色调和暗色调的色彩搭配，可以营造出阴郁、压抑的氛围；通过运用暖色调和明亮的光影效果，则可以营造出温馨、欢快的氛围。这些视听造型元素的运用，不仅能够增强场景的视觉效果，还能够营造出符合故事情节和人物性格的环境氛围，使观众更加深入地理解和感受作品的主题思想。

综上所述，视听造型在影视作品中具有举足轻重的地位。通过人物、情节和环境三个方面的视听造型元素的运用，创作者能够创造出丰富多彩、生动形象的影视作品，为观众带来独特的视觉和听觉享受。同时，视听造型还能够传达出作品的主题思想和价值观念，引导观众进行深入的思考和感悟，从而提升作品的艺术价值和社会意义。

二、视听造型在文学名著影视改编中的定位

在文学名著影视改编中，视听造型的定位显得尤为关键。它不仅是对原著精神内核的具象化呈现，更是对原著艺术魅力的再创造与提升。通过精心设计的视听造型，影视作品能够更好地还原原著的韵味，同时赋予其新的时代内涵和审美价值。

首先，视听造型在文学名著影视改编中应尊重原著的精神内核。这包括对原著主题思想、人物性格、情节发展等方面的准确把握和呈现。通过深入研究原著，理解其深层含义和作者意图，创作者能够在视听造型中融入原著的精髓，使改编作品在形式上有所创新，但精神内核保持不变。

其次，视听造型在文学名著影视改编中应注重提升作品的艺术表现力。这要求创作者在视听造型的设计上，既要符合原著的风格特点，又要有所创新，以吸引现代观众的审美需求。通过运用先进的摄影技术、色彩搭配、音效处理等手段，创作者能够打造出具有独特魅力的视听效果，使观众在欣赏作品的同时，感受到艺术的魅力和力量。

最后，视听造型在文学名著影视改编中还应注重传达原著的文化内涵。文学名著往往承载着丰富的历史文化信息，通过视听造型的呈现，影视作品能够将这些信息以更加直观、生动的方式传递给观众。这不仅有助于观众更好地理解原著的背景和文化内涵，还能够提升观众的文化素养和审美能力。

综上所述，视听造型在文学名著影视改编中具有重要的地位和作

用。它不仅是呈现原著精神内核的重要手段，更是提升作品艺术表现力和文化内涵的关键环节。通过精心设计和运用视听造型元素，创作者能够打造出具有独特魅力的影视作品，为观众带来深刻的艺术体验和感悟。

三、文学名著改编为影视作品的视听造型确定

(一)文学名著改编为影视作品的视听造型确定作用

在将文学名著改编为影视作品的过程中，视听造型的确定具有至关重要的作用。它不仅能够直观地呈现原著的精神内涵和艺术风格，还能通过具象化的形式，让观众更深入地理解和感受作品的主题思想和情感表达。同时，合理的视听造型确定还能够提升作品的观赏性和艺术价值，吸引更多观众的关注和喜爱。

具体来说，视听造型的确定在文学名著影视改编中的作用主要体现在以下几个方面：

首先，视听造型的确定有助于还原原著的韵味和风格。通过对原著进行深入研究和理解，创作者能够准确把握其精神内核和艺术特色，进而在视听造型的设计上融入原著的元素和风格。例如，在改编古典名著时，可以采用古朴的色调和构图方式，营造出古典的氛围和韵味；在改编现代文学作品时，则可以运用更加现代和时尚的视听元素，呈现出原著的时代感和现代气息。

其次，视听造型的确定能够增强作品的艺术表现力。通过精心设计的画面构图、色彩搭配、光影效果以及音效配乐等视听元素，创作者能够营造出符合故事情节和人物性格的环境氛围，使观众更加深入地理解和感受作品的情感表达和主题思想。同时，这些视听元素的运用还能够提升作品的观赏性，使观众在欣赏故事情节的同时，享受到视觉和听觉上的愉悦和满足。

最后，视听造型的确定还有助于传达原著的文化内涵和价值观念。文学名著往往蕴含着丰富的历史文化信息和深刻的思想内涵，通过视听造型的呈现，影视作品能够将这些信息和内涵以更加直观和生动的方式传递给观众。这不仅有助于观众更好地理解和接受原著的文化底

蕴，还能够引导观众深入思考作品所传递的价值观念和精神追求。

因此，在将文学名著改编为影视作品的过程中，创作者应充分认识到视听造型确定的重要性，并在深入理解和研究原著的基础上，精心设计和运用各种视听元素，以打造出具有独特魅力和艺术价值的影视作品。

（二）文学名著改编为影视作品的视听造型确定原则

在将文学名著改编为影视作品时，视听造型的确定原则显得至关重要。这些原则不仅指导着创作者如何在影视作品中呈现原著的精髓，还确保了影视作品在视觉和听觉上的和谐统一，以及艺术价值的提升。

首先，尊重原著、传承经典是文学名著影视改编中视听造型确定的首要原则。这意味着创作者在改编过程中，应充分尊重原著的故事情节、人物设定和主题思想，尽可能保持原著的完整性和真实性。同时，通过巧妙的视听造型手段，将原著中的经典元素和情节以影视化的方式呈现出来，使观众能够感受到原著的魅力所在。

其次，创新表达、凸显特色是文学名著影视改编中视听造型确定的另一重要原则。虽然尊重原著是基础，但影视作品作为一种独立的艺术形式，也需要有其独特的表达方式和审美特色。因此，在视听造型的确定上，创作者应根据原著的特点和影视艺术的规律，进行有针对性的创新，以凸显影视作品的独特魅力。

再次，视听造型的确定还应遵循艺术性与商业性相结合的原则。一方面，影视作品作为艺术产品，应具备较高的艺术性和审美价值；另一方面，作为商品，影视作品也需要考虑市场需求和观众喜好。因此，在视听造型的确定上，创作者应在保证艺术性的前提下，尽可能满足观众的审美需求和市场需求，以实现艺术和商业的双赢。

最后，文化传承与价值观传递也是文学名著影视改编中视听造型确定的重要原则。文学名著往往承载着丰富的历史文化内涵和价值观念，通过影视作品的呈现，这些文化元素和价值观得以传承和弘扬。因此，在视听造型的确定上，创作者应注重对原著中文化元素和价值观的深入挖掘和呈现，以引导观众进行深入思考和感悟。

综上所述，文学名著改编为影视作品的视听造型确定原则是一个综合性的体系，包括尊重原著、创新表达、艺术性与商业性相结合以及文化传承与价值观传递等方面。只有在遵循这些原则的基础上，创作者才能打造出既忠实于原著精神又具有独特魅力的影视作品，为观众带来深刻的艺术体验和感悟。

(三)文学名著改编为影视作品的视听造型确定方法

在文学名著改编为影视作品的视听造型确定过程中，创作者需要采用一系列科学而有效的方法。这些方法旨在将原著的精髓转化为影视语言的视觉和听觉形式，使观众能够直观地感受到原著的魅力。

第一，深入研读原著是确定视听造型的基础。通过仔细阅读原著，创作者能够全面了解故事情节、人物性格、环境背景以及主题思想等方面的信息，这些信息将为后续的视听造型确定提供重要的参考和依据。

第二，进行角色塑造和场景设计是视听造型确定的关键环节。在角色塑造方面，创作者需要根据原著中的人物性格和形象特点，设计出符合影视艺术规律的演员造型和表演风格。在场景设计方面，创作者应根据原著中的环境描写和氛围渲染，创造出符合故事情节和人物性格的场景布置和光影效果。

第三，色彩和音效的运用也是视听造型确定的重要手段。色彩能够传递情感、营造氛围，因此创作者需要根据原著的情感表达和主题思想，选择合适的色彩搭配和色彩运用方式。音效则能够增强画面的感染力和冲击力，创作者可以通过音效的设计和运用，使观众更加深入地理解和感受作品的情感表达和主题思想。

第四，创作者还需要注重影视语言的运用。影视语言包括画面构图、镜头运用、剪辑手法等方面，这些元素共同构成了影视作品的视觉和听觉效果。创作者需要熟练掌握这些技巧，将其与原著的内容和风格相结合，以打造出具有独特魅力的影视作品。

第五，进行试镜和预览是确定视听造型的必要步骤。通过试镜，创作者可以检验演员的造型和表演是否符合原著和影视艺术的要求；通过预览，创作者可以观察整个作品的视听效果是否达到预期目标，并根据预览结果进行适当的调整和完善。

综上所述，文学名著改编为影视作品的视听造型确定方法是一个综合性的过程，需要创作者在深入研读原著的基础上，进行角色塑造、场景设计、色彩音效运用以及影视语言运用等多方面的考虑和实践。只有这样，才能打造出既忠实于原著精神又具有独特魅力的影视作品，为观众带来深刻的艺术体验和感悟。

（四）文学名著改编为影视作品的视听造型确定路径

1. 人物视听造型的确定

在文学名著改编为影视作品的过程中，人物视听造型的确定至关重要。创作者应深入理解原著中每个角色的性格特征、情感变化和成长轨迹，结合影视艺术的表达手法，为角色设计出独特而富有感染力的视听造型。这包括角色的服装、发型、妆容等视觉元素，以及角色的语调、语速、语气等听觉元素。通过这些视听元素的巧妙运用，创作者可以塑造出鲜活立体的人物形象，使观众能够更深入地理解和感受角色的内心世界。

2. 情节视听造型的确定

情节是文学名著的核心组成部分，也是影视作品吸引观众的关键要素。在视听造型的确定上，创作者应根据原著的情节设置和故事发展，设计出符合影视艺术规律的视听效果。这包括运用镜头语言、剪辑手法和音效等手段，将原著中的精彩情节以视觉和听觉的形式呈现出来。同时，创作者还应注重情节的节奏感和张力，通过视听造型的巧妙运用，使观众能够身临其境地感受情节的起伏和变化。

3. 环境视听造型的确定

环境是文学名著中不可或缺的元素，也是影视作品营造氛围的重要手段。在视听造型的确定上，创作者应根据原著的环境描写和氛围渲染，设计出符合故事情节和人物性格的环境视听效果。这包括场景布置、光影效果、色彩搭配等方面。通过精心设计的环境视听造型，创作者可以营造出符合原著情感和主题的氛围，使观众能够更深入地理解和感受作品的艺术魅力。

综上所述，文学名著改编为影视作品的视听造型确定路径是一个系统性的过程，涉及人物、情节和环境等多个方面。创作者需要在深入理解原著的基础上，结合影视艺术的表达手法和审美规律，进行有针对性的设计和运用。只有这样，才能打造出既忠实于原著精神又具有独特魅力的影视作品，为观众带来深刻而难忘的艺术体验。

四、电影改编对文学名著视听造型的确定

电影改编作为文学名著视听造型的重要实现方式，其确定过程既需要尊重原著的精神内涵，又要考虑到电影艺术的独特性和观众接受度。电影改编对文学名著视听造型的确定，实际上是对原著进行再创作和再诠释的过程，旨在通过影像语言将原著的魅力传递给观众。

首先，电影改编需要准确把握原著的主题思想和情感表达。在视听造型的确定上，创作者需要深入理解原著的主题和情感，通过电影的视听手段将其进行视觉化和听觉化的呈现。这包括对原著中重要情节和人物关系的梳理和提炼，以及运用影像语言对原著情感氛围的营造和渲染。

其次，电影改编需要注重角色的塑造和表现。在原著中，角色是故事情节的推动者和情感表达的载体。在电影改编中，创作者需要通过演员的表演和造型，以及电影画面的呈现，将角色的性格特点和情感变化准确地传达给观众。这要求创作者在选角、表演指导和造型设计等方面下足功夫，以确保角色形象的生动和立体。

再次，电影改编还需要考虑场景的选择和布置。场景是电影视听造型的重要组成部分，能够营造出特定的氛围和情感色彩。在改编过程中，创作者需要根据原著的环境描写和氛围渲染，选择符合故事情节和人物性格的场景，并进行适当的布置和光影设计。通过精心打造的场景，观众可以更加深入地感受到原著所传达的情感和意境。

最后，电影改编还需要关注音乐的运用和声音的呈现。音乐是电影视听造型中不可或缺的元素，能够增强画面的感染力和冲击力。在改编过程中，创作者需要根据原著的情感表达和主题思想，选择合适的音乐进行配乐，并注重声音效果的运用和呈现。通过音乐的渲染和声音的呈现，观众可以更加深入地理解和感受作品的情感表达和主题思想。

综上所述，电影改编对文学名著视听造型的确定是一个综合性的过程，需要创作者在深入理解原著的基础上，结合电影艺术的表达手法和审美规律，进行有针对性的设计和运用。只有这样，才能打造出既忠实于原著精神又具有独特魅力的电影作品，为观众带来深刻而难忘的艺术体验。

五、电视剧改编对文学名著视听造型的确定

电视剧改编是文学名著视听造型实现的另一种重要方式，与电影改编相比，电视剧在展现原著内容时具有更为丰富的篇幅和更为细致的叙述空间。因此，电视剧改编对文学名著视听造型的确定也具有其独特的特点和要求。

首先，电视剧改编需要充分考虑到原著的篇幅和情节复杂性。在视听造型的确定上，创作者需要针对原著中的每个情节和角色进行深入的分析和研究，通过合理的剪辑和叙事手法，将原著的故事情节和人物关系进行有序的呈现。这要求创作者在保持原著精神的基础上，进行适当的删减和改编，以符合电视剧的叙事节奏和观众接受度。

其次，电视剧改编需要注重场景和氛围的营造。与电影相比，电视剧的场景和氛围营造更加注重连续性和细节呈现。在视听造型的确定上，创作者需要精心设计和布置每个场景，通过光影、色彩、道具等元素的运用，营造出符合原著情感和主题的氛围。同时，还需要注重场景之间的衔接和转换，以保持剧情的连贯性和观众的观看体验。

再次，电视剧改编还需要关注角色的塑造和演员的表演。在原著中，每个角色都有其独特的性格特点和情感变化。在电视剧改编中，创作者需要通过演员的表演和造型，将角色的性格特点和情感变化生动地呈现给观众。这需要创作者在选角、表演指导和造型设计等方面下足功夫，以确保角色形象的生动和立体。

最后，电视剧改编还需要考虑到观众的接受度和市场需求。在视听造型的确定上，创作者需要充分考虑到观众的审美习惯和接受度，以及市场的需求和趋势。这要求创作者在保持原著精神的基础上，进行适当的创新和改编，以吸引观众的眼球和满足市场的需求。

综上所述，电视剧改编对文学名著视听造型的确定是一个既复杂又

精细的过程。创作者需要在深入理解原著的基础上，结合电视剧的艺术特点和观众需求，进行有针对性的设计和运用。只有这样，才能打造出既忠实于原著精神又具有独特魅力的电视剧作品，为观众带来深刻而难忘的艺术体验①。

第四节　利用科技提升表现效果

一、科技在影视创作中的定位

科技在影视创作中的定位日益凸显，成为提升表现效果、拓展创作边界不可或缺的重要力量。随着科技的飞速发展，其在影视制作中的应用愈发广泛，从拍摄器材的革新到后期制作技术的突破，科技为影视创作提供了无限可能。

首先，科技在影视创作中的应用显著提升了作品的视觉效果。高清摄像设备、无人机航拍、虚拟现实技术等先进设备的运用，使得影视画面更加清晰、细腻，为观众带来身临其境的观影体验。同时，特效技术的不断创新也让影视作品中的奇幻场景和角色形象更加逼真，大大增强了作品的观赏性和吸引力。

其次，科技在影视创作中的应用还体现在对故事情节和人物塑造的深化上。通过大数据分析和人工智能等技术的应用，创作者可以更加精准地把握观众喜好，挖掘深层次的故事内核和人物性格。这不仅有助于提升作品的内涵和深度，还能让观众在观影过程中获得更多思考和共鸣。

最后，科技在影视传播和营销方面也发挥着重要作用。互联网平台、社交媒体等新媒体渠道的兴起，为影视作品的推广和营销提供了更广阔的空间。通过精准定位目标受众、制定个性化的营销策略，科技手段可以帮助影视作品实现更高效的传播和更广泛的覆盖。

①张晓凤．从文学到影视：谈影视改编中的视听造型[J].时代报告（下半月），2011（12）:99.

然而，科技在影视创作中的应用也面临着一些挑战和问题。例如，技术的更新迭代速度极快，创作者需要不断学习和掌握新技术，以适应不断变化的市场需求。同时，过度依赖科技也可能导致作品的创意和艺术性被削弱，需要创作者在运用科技手段时保持审慎和平衡。

综上所述，科技在影视创作中的定位是提升表现效果、拓展创作边界的重要力量。创作者应积极探索和运用新技术，同时注重创意和艺术性的结合，以打造出更多高质量、高水平的影视作品。

二、利用科技提升文学名著改编影视的表现效果

（一）利用科技提升文学名著改编影视表现效果的作用

利用科技提升文学名著改编影视的表现效果，无疑为这一艺术形式的呈现带来了前所未有的可能性和变革。在当今日益成熟的科技背景下，电影和电视剧的制作手段愈发丰富多样，为文学名著的视听造型实现提供了更为广阔的创意空间。

首先，科技的运用使得文学名著改编影视在视觉效果上达到了前所未有的高度。通过高清摄像、特效制作、虚拟现实等技术的运用，原著中那些宏大壮观的场景、细腻入微的情感以及奇幻神秘的元素得以生动呈现，为观众带来了沉浸式的观影体验。这种视觉上的震撼和冲击，使得观众更加容易深入故事情境，感受到文学名著的魅力。

其次，科技手段也为文学名著改编影视在声音效果上提供了更多可能性。通过先进的音频技术和后期制作，创作者可以精准地还原原著中的声音环境，营造出符合故事情节和氛围的音效。无论是激昂的战斗场面，还是静谧的田园风光，都能通过声音传递给观众，使其更加深入地理解和感受作品。

最后，科技在文学名著改编影视的叙事手法上也发挥了重要作用。通过大数据分析、人工智能等技术的应用，创作者可以更加精准地把握观众的喜好和需求，从而在叙事结构和节奏上做出更为合理的安排。同时，利用新媒体平台的互动性特点，创作者还可以与观众进行实时互动，听取观众的意见和建议，进一步优化作品的表现效果。

然而，需要强调的是，科技只是手段而非目的。在利用科技提升文

学名著改编影视的表现效果时，创作者应始终坚守艺术初心，注重作品的艺术性和文化内涵。只有在科技和艺术相结合的基础上，才能打造出既具有视觉冲击力又富有内涵的文学名著改编影视作品。

综上所述，利用科技提升文学名著改编影视的表现效果是当代影视创作的重要趋势之一。通过科技的运用，可以更好地还原原著的精髓和魅力，为观众带来更加深刻的艺术体验。同时，也需要不断探索和实践，找到科技与艺术相结合的最佳平衡点，推动文学名著改编影视作品的不断发展和创新。

（二）利用科技提升文学名著改编影视表现效果的原则

在利用科技提升文学名著改编影视的表现效果时，需要遵循一些基本原则，以确保科技的应用能够真正服务于艺术表达，增强作品的内涵和观赏价值。

首先，忠实于原著精神是至关重要的原则。改编文学名著时，无论运用何种科技手段，都应尊重并忠实于原著的核心思想和艺术风格。科技的应用应当是为了更好地展现原著的精神内涵，而非改变或扭曲它。在改编过程中，创作者需要深入理解原著的精髓，确保科技手段的运用与原著的精神保持高度一致。

其次，创新性和艺术性并重也是不可忽视的原则。虽然科技为文学名著改编影视提供了更多可能性，但创作者不应仅仅满足于技术层面的突破，更应注重在创新中保持艺术性。在运用科技手段时，创作者需要充分发挥自己的艺术想象力，创造出既新颖独特又符合艺术规律的表现形式。同时，他们还需要关注观众的审美需求，确保作品在视觉上具有吸引力，在情感上能够触动人心。

再次，还需要注重科技与剧情的紧密结合。科技手段的运用应当与剧情的发展相辅相成，而非独立于剧情之外。创作者需要巧妙地将科技元素融入剧情之中，使其成为推动故事发展的关键力量。这样，观众在观看作品时，不仅能够感受到科技带来的视觉震撼，更能够深入理解科技如何与剧情相互呼应，共同构建出一个完整而富有深度的故事世界。

最后，需要强调科技应用的人文关怀。文学名著往往蕴含着深厚的人文精神和情感价值，改编成影视作品时，科技的应用应当有助于凸显这些人文内涵，而非掩盖或削弱它们。创作者在运用科技手段时，需要关注人性的光辉和情感的细腻，通过科技的力量让观众更加深刻地感受到作品所传递的人文关怀和情感共鸣。

综上所述，利用科技提升文学名著改编影视的表现效果需要遵循忠实于原著精神、创新性和艺术性并重、科技与剧情紧密结合以及注重人文关怀等原则。只有在这些原则的指导下，才能充分发挥科技的优势，打造出既忠实于原著精神又具有独特魅力的影视作品，为观众带来深刻而难忘的艺术体验。

（三）利用科技提升文学名著改编影视表现效果的方法

在利用科技提升文学名著改编影视的表现效果时，可以采取以下几种方法，以充分发挥科技在影视创作中的潜力。

首先，借助高清摄像和特效制作技术，可以再现原著中那些宏大壮观的场景和奇幻神秘的元素。高清摄像技术能够捕捉到细腻的画面细节，为观众带来身临其境的观影体验。而特效制作技术则可以通过创造逼真的虚拟场景和角色，将原著中的奇幻元素呈现得栩栩如生，为观众带来视觉上的震撼和惊喜。

其次，利用音频技术和后期制作，可以为文学名著改编影视打造出符合故事情节和氛围的声音效果。通过精准的音效设计，可以还原原著中的声音环境，使观众仿佛置身于故事之中。同时，还可以借助声音的表现力，强化影片的情感表达和氛围营造，使观众更加深入地理解和感受作品。

最后，还可以利用新媒体平台的互动性特点，与观众进行实时互动，共同参与到作品的创作和欣赏过程中。通过在线讨论、投票等方式，可以了解观众对作品的看法和建议，从而及时调整创作方向，优化作品的表现效果。这种互动式的创作方式不仅能够激发观众的参与热情，还能够促进作品的口碑传播和影响力扩大。

除了以上几种方法外，还可以结合文学名著的特点，探索更多具有针对性的科技应用方式。例如，对于以历史为背景的文学名著，可以利用虚拟现实技术还原历史场景，让观众穿越时空感受历史文化的魅力；对于以情感为主题的文学名著，可以利用人工智能技术进行情感分析，深入挖掘角色的内心世界，为观众呈现更加真实动人的情感表达。

总之，利用科技提升文学名著改编影视的表现效果是一个不断探索和实践的过程。改编者需要不断尝试新的科技手段和方法，将其与艺术创作紧密结合，以打造出更加精彩、深刻和富有内涵的影视作品。同时，也需要保持审慎和平衡的态度，避免过度依赖科技而忽视艺术本身的价值和意义。

三、科技对文学名著改编电影表现效果的提升

科技在文学名著改编电影中的运用，不仅为影片提供了更丰富的表现手段，也极大地提升了观众对原著的理解和体验。以下将详细探讨科技如何具体地提升文学名著改编电影的表现效果。

首先，高清摄像和特效技术的运用，使得原著中那些宏大、复杂的场景得以在电影中重现。无论是壮观的战争场面，还是奇幻的神话世界，都能通过科技的魔力在银幕上得以完美呈现。这些视觉上的震撼效果，不仅增强了影片的观赏性，也使得观众能够更加直观地感受到原著的魅力和内涵。

其次，音频技术的应用也为电影的表现效果增色不少。通过精确的音效设计，电影能够还原原著中的声音环境，营造出更加真实的观影氛围。同时，音效还能强化影片的情感表达，使观众在观影过程中能够更加深入地理解和感受角色的内心世界。

最后，新媒体平台的互动性也为文学名著改编电影带来了全新的体验方式。观众可以通过在线讨论、社交分享等方式，与志同道合的人一起探讨影片的内容和感受。这种互动式的观影体验，不仅增加了观众对影片的参与感和归属感，也促进了文学名著的传播和普及。

当然，科技在提升文学名著改编电影表现效果的同时，也需要改编者保持审慎和平衡的态度，不能为了追求视觉上的震撼效果而忽视原著的精神内涵和艺术价值。在运用科技手段时，需要始终牢记艺术创作的初衷和目的，确保科技的应用能够真正服务于艺术表达。

综上所述，科技在文学名著改编电影中的运用，无疑为影片的表现

效果带来了显著的提升。然而，也需要清醒地认识到，科技只是手段而非目的。在利用科技提升电影表现效果的同时，更应注重原著精神的传承和艺术价值的体现，以打造出既具有视觉冲击力又富有内涵的文学名著改编电影作品。

四、科技对文学名著改编电视剧表现效果的提升

在探讨科技对文学名著改编电视剧表现效果的提升时，不难发现，科技手段的引入为电视剧的创作带来了更多的可能性与创新空间。

首先，高清摄像和先进的后期制作技术使得电视剧的画面质量大幅提升，细腻的画面质感和逼真的色彩还原度让观众仿佛置身于故事的世界之中。这种视觉上的享受不仅能够吸引观众的眼球，更能够加深他们对故事的理解和感受。

其次，特效技术的应用也为文学名著改编电视剧增添了更多的奇幻与神秘元素。无论是营造神秘的古代氛围，还是呈现惊心动魄的战争场面，特效都能够为观众带来震撼的视觉效果。这种视觉上的冲击力不仅提升了电视剧的观赏性，更使得原著中的情节和场景得以在荧屏上完美呈现。

最后，音频技术的运用也为电视剧的表现效果增色不少。通过精准的音效设计，电视剧能够还原原著中的声音环境，营造出符合剧情的氛围。同时，音效还能够强化角色的情感表达，使观众更加深入地理解和感受角色的内心世界。

不仅如此，科技的进步还为电视剧的互动性和个性化体验提供了更多可能性。观众可以通过各种新媒体平台与电视剧进行互动，参与剧情讨论、分享观影感受，甚至影响剧情的发展。这种互动式的观剧体验不仅提升了观众的参与感和满足感，也使得电视剧的创作更加贴近观众的需求和喜好。

然而，改编者也应该意识到，科技手段的运用并非万能。在追求视觉和听觉效果的同时，不能忽视文学名著本身的艺术价值和精神内涵。电视剧的创作者需要在科技的辅助下，更加注重对原著精神的传承和艺术表达的深度挖掘，以确保改编作品既具有观赏性又具有内涵。

综上所述，科技在文学名著改编电视剧中的运用为电视剧的表现效果带来了显著的提升。通过高清摄像、特效技术、音频技术等多种科技手段的运用，电视剧能够更好地还原原著中的场景和情节，增强观众的代入感和情感共鸣。同时，科技也为电视剧的互动性和个性化体验提供了更多可能性，使得观众能够更加深入地参与到作品的创作和欣赏过程中。然而，也应始终保持对原著精神的尊重和艺术价值的追求，确保科技的应用能够真正服务于文学名著的改编与传承[①]。

①吕行．浅论新科技对文学改编中人物形象塑造的影响[J]．神州，2017(19)：15.

第七章 影响文学名著进行影视改编的因素

影响文学名著进行影视改编的因素包括语言形态的差异、表现形态的差异、叙事形态的差异、生产方式的差异以及接受形态的不同。在改编过程中，需要充分考虑这些因素，以确保改编后的影视作品能够保持原著的精髓和风格，同时符合影视艺术的特性和观众的审美需求。

第一节 语言形态的差异

一、文学与影视语言形态的差异

文学与影视的语言形态差异主要体现在表达方式和感受方式上。文学作品主要通过文字来表达思想、情感和描绘场景，文字具有抽象性、概括性和多义性，读者需要通过自身的想象力和理解力来构建文本中的世界。而影视作品则通过画面、音效、配乐等视听元素来呈现故事，其语言形态更为直观、具象和感性，观众可以通过视觉和听觉直接感受作品所表达的情感和意境。

这种语言形态的差异在改编过程中需要得到妥善处理。一方面，改编者需要充分理解原著的文字语言，把握其思想内涵和情感表达，以便在影视作品中得以准确呈现。另一方面，改编者还需要根据影视艺术的特点，选择适合的视听语言来呈现原著的内容，使观众能够直观地感受到作品的魅力。例如，在描绘场景时，可以通过画面构图、色彩运用和光影效果来营造特定的氛围和情感；在表达人物情感时，可以通过演员的表演、音效的渲染和配乐的烘托来增强情感的感染力。

此外，改编者还需要注意保持原著的文学性和影视作品的观赏性之间的平衡。一方面，不能过分追求影视效果而忽略原著的文学价值；

另一方面，也不能过于拘泥于原著的文字表达而忽略影视艺术的特性。只有在充分考虑两者差异的基础上，才能实现文学名著到影视作品的成功改编。

二、语言形态的差异对文学名著影视改编的影响

语言形态的差异对文学名著影视改编的影响深远且复杂。首先，这种差异使得改编者在将文字转化为画面时，需要做出许多选择和取舍。原著中丰富的心理描写、细腻的情感变化以及深邃的哲理思考，如何在影视作品中得以体现，是改编者需要面对的重要问题。这要求改编者不仅要有深厚的文学素养，还需要具备丰富的影视制作经验，以便在两者之间找到最佳的平衡点。

其次，语言形态的差异也影响了观众对改编作品的接受程度。文学作品的语言往往具有深度和广度，读者在阅读过程中可以通过反复咀嚼、品味来理解作品。而影视作品则更加注重直观性和即时性，观众往往在一次性的观赏过程中就形成对作品的印象。因此，改编者需要在保持原著精神的基础上，尽可能使影视作品符合观众的观赏习惯，以吸引更多观众的关注和喜爱。

最后，语言形态的差异还可能导致原著与改编作品在风格上的差异。文学作品往往具有独特的语言风格和审美追求，而影视作品则更注重画面、音效等视听元素的运用。在改编过程中，如何保持原著的风格特色，同时又能符合影视艺术的审美要求，是改编者需要认真考虑的问题。

综上所述，语言形态的差异对文学名著影视改编的影响是多方面的。改编者需要在深入理解原著的基础上，充分考虑影视艺术的特性和观众的审美需求，以创作出既忠实于原著精神，又具有独特魅力的影视作品。

三、语言形态的差异下文学名著进行影视改编的策略

在面对语言形态差异下的文学名著影视改编时，我们需要采取一系列策略来确保改编的成功。

第一，要对原著进行深入的解读和研究，理解其主题思想、情感表

达和艺术风格。在此基础上，可以提炼出原著的精髓和核心元素，作为改编的基石。

第二，要灵活运用影视艺术的语言形态，将原著中的文字转化为画面、音效和配乐等视听元素。这需要具备丰富的想象力和创造力，以及对影视制作技术的熟练掌握。

第三，还需要注重改编过程中的创新性。虽然要忠实于原著，但并不意味着完全照搬文字内容。改编者可以根据影视艺术的特点和观众的审美需求，对原著进行适当的调整和改编，使其更符合影视表达的方式。

第四，还应关注原著与改编作品之间的风格一致性。在改编过程中，应尽量保持原著的风格特色，同时又要符合影视艺术的审美要求。这需要改编者对原著和影视艺术都有深入的了解和把握。

第五，还应重视观众的反馈和意见。观众是影视作品的最终接受者，他们的意见和反馈对于评价改编成功与否具有重要意义。因此，在改编过程中，应积极听取观众的意见，不断改进和完善作品。

总之，语言形态差异下的文学名著影视改编是一项复杂而富有挑战性的任务。只有通过深入的解读、灵活的运用和创新性的改编，改编者才能在保持原著精髓的基础上，创作出具有独特魅力的影视作品[①]。

第二节　表现形态的差异

一、文学与影视表现形态的差异

文学与影视在表现形态上存在着显著的差异。文学作品通过文字叙述来构建虚拟的世界，读者在阅读过程中通过想象和感知，将文字转化为心中的画面和情感；而影视作品则通过画面、音效、表演等直观手段，将故事情节和人物形象直接呈现在观众眼前。这种表现形态的差异使得两者在叙事方式、情感表达以及艺术效果上各有千秋。

①赵凤翔，房莉. 名著的影视改编[M]. 北京：北京广播学院出版社，1999.

在叙事方式上，文学作品通常采用线性叙事或非线性叙事，通过文字的描述和叙述，构建出复杂而丰富的故事世界。读者在阅读过程中，需要通过自己的理解和想象，将文字中的信息转化为连贯的故事情节。而影视作品则更加注重画面的连贯性和动态性，通过剪辑、特效等手段，将故事情节以更加直观、生动的方式呈现给观众。这种表现形态的差异使得影视作品在叙事上更加直观和易于理解。

在情感表达上，文学作品通常通过细腻的文字描绘和深入的心理剖析，来展现人物的情感世界和内心世界。读者在阅读过程中，可以通过文字感受到人物的情感变化和内心冲突。而影视作品则更加注重情感的直观表达和感染力，通过演员的表演、画面的渲染以及音效的配合，将情感以更加直接、强烈的方式传递给观众。这种表现形态的差异使得影视作品在情感表达上更具冲击力和感染力。

在艺术效果上，文学作品通过文字的魅力，创造出独特的艺术氛围和审美体验。读者在阅读过程中，可以通过自己的想象和感受，体验到作品所传达的情感和意境。而影视作品则更加注重视听效果的呈现，通过画面、音效、表演等元素的融合，创造出震撼人心的视听盛宴。这种表现形态的差异使得影视作品在艺术效果上更具视觉冲击力和听觉享受。

二、表现形态的差异对文学名著影视改编的影响

表现形态的差异对文学名著影视改编产生了深远的影响。

首先，在叙事方式上，文学作品往往采用更为复杂和自由的叙事结构，通过文字的描述和叙述，构建出丰富多样的故事世界。而影视作品受限于画面和时间的限制，往往需要对原著的叙事结构进行调整和简化，以便更好地适应影视表达的特点。这就要求改编者在改编过程中，既要保持原著的叙事魅力，又要符合影视观众的观赏习惯。

其次，在情感表达上，文学作品通过文字可以深入描绘人物的内心世界和情感变化，而影视作品则更加注重情感的直观表达和感染力。因此，在改编过程中，改编者需要思考如何将原著中深层次的情感通过影视手段有效地传达给观众，让观众能够产生共鸣和情感上的认同。

最后，在艺术效果上，文学作品和影视作品在审美追求和表现形式

上也存在差异。文学作品更注重文字的艺术性和审美价值，而影视作品则更注重画面、音效和表演等元素的融合。因此，在改编过程中，改编者需要充分发挥影视艺术的特长，通过画面、音效等元素的运用，创造出符合原著精神且独具特色的影视作品。

综上所述，表现形态的差异对文学名著影视改编产生了深远的影响。改编者需要深入理解原著的叙事方式、情感表达和艺术效果，同时充分考虑影视艺术的特点和观众的观赏习惯，才能成功地将文学作品转化为优秀的影视作品。在改编过程中，创新性和尊重原著同样重要，只有在保持原著精神的基础上进行适当的创新和调整，才能创作出既符合原著精神又具有独特魅力的影视作品。

三、表现形态的差异下文学名著进行影视改编的策略

在表现形态的差异下，对文学名著进行影视改编需要采取一系列策略，以确保改编作品能够忠实于原著精神，同时又能符合影视艺术的审美要求。

首先，改编者要深入研究原著，理解其主题思想、人物形象和故事情节。通过深入解读原著，可以把握其精神内核和独特魅力，为改编提供有力的支撑。在改编过程中，应尊重原著的基本框架和核心元素，避免过度改编或偏离主题。

其次，改编者要充分发挥影视艺术的特长，将原著中的文字转化为生动的画面和音效。在画面呈现上，可以运用现代影视技术，创造出符合原著氛围和情感的视觉效果。在音效设计上，可以运用音效、配乐等手段，营造出原著中的情感氛围和节奏变化。

再次，改编者还要注重人物形象的塑造和演员的选择。在影视作品中，人物形象往往是通过演员的表演来呈现的。因此，在选择演员时，应注重其表演能力和形象气质，使之能够贴近原著中的人物形象。在塑造人物形象时，应深入挖掘其内心世界和情感变化，使之更加立体、丰满。

从次，改编者还可以运用叙事技巧和节奏控制等手段，来提升改编作品的观赏性。在叙事上，可以采用多线索交织、时空跳跃等手法，使故事更加紧凑、引人入胜。在节奏控制上，应注重情节的起伏和高

潮的设置，使之能够吸引观众的注意力并引发共鸣。

最后，改编者还要重视观众的反馈和意见。在改编过程中，应积极与观众进行互动，听取他们的意见和建议，以便不断完善和改进作品。通过观众的反馈，可以了解他们对改编作品的看法和感受，从而进一步调整和优化作品。

综上所述，在表现形态的差异下，对文学名著进行影视改编需要综合考虑原著精神、影视艺术特点以及观众需求等因素。通过深入研究原著、发挥影视艺术特长、注重人物形象塑造和演员选择、运用叙事技巧和节奏控制等手段，可以创作出既忠实于原著精神又具有独特魅力的影视作品[①]。

第三节 叙事形态的差异

一、文学与影视叙事形态的差异

文学作品与影视作品在叙事形态上存在着显著的差异。文学作品主要通过文字叙述来展现故事情节和人物形象，其叙事方式更加灵活多变，可以深入人物内心，揭示其复杂的思想和情感。而影视作品则依赖于画面、音效和演员表演等视听元素来讲述故事，其叙事方式相对直观和具象，更注重情节的发展和视觉效果的呈现。

首先，在叙事结构上，文学作品往往具有更为复杂和自由的叙事结构。作者可以通过倒叙、插叙、多线索交织等手法，构建出丰富多样的故事世界。而影视作品则受限于时间和画面的连续性，其叙事结构相对较为简单和直接，通常以线性叙事为主，按照时间顺序依次展开情节。

其次，在叙事视角上，文学作品可以灵活选择第一人称、第三人称或多种视角交替使用，以便更深入地揭示人物内心世界和故事背后的深层含义。而影视作品则主要以第三人称视角为主，通过客观的镜头

①赵凤翔，房莉. 名著的影视改编[M]. 北京：北京广播学院出版社，1999.

语言和画面呈现来展现故事情节和人物形象。

最后，在叙事节奏上，文学作品可以通过文字的描述和叙述，灵活地控制叙事节奏，营造出不同的氛围和情感。而影视作品则更加注重画面和音效的节奏感，通过镜头的切换、音效的配合等手段来营造紧张、悬疑或温馨等不同的氛围。

二、叙事形态的差异对文学名著影视改编的影响

叙事形态的差异对文学名著影视改编产生了深远的影响。在改编过程中，改编者需要充分考虑文学作品和影视作品在叙事形态上的差异，以便更好地将原著转化为影视作品。

首先，在叙事结构方面，改编者需要对原著的叙事结构进行适度的调整和优化，以适应影视表达的特点。他们可能需要简化原著的复杂结构，或者通过画面和音效等元素的运用来弥补文字叙述的不足，以便更好地呈现故事情节和人物形象。

其次，在叙事视角方面，改编者需要选择合适的视角来展现故事。他们可能需要从原著的多种视角中选择一种或几种作为主要的叙事视角，或者通过镜头的运用来创造出独特的视角效果，以便更好地展现人物和情节。

最后，在叙事节奏方面，改编者需要充分考虑影视作品的节奏特点，通过镜头的切换、音效的配合等手段营造出符合原著精神和情感氛围的节奏感。他们可能需要对原著中的情节进行删减或增加，以便更好地控制叙事节奏，吸引观众的注意力。

三、叙事形态的差异下文学名著进行影视改编的策略

在叙事形态的差异下，对文学名著进行影视改编，需要采取一系列策略来应对挑战并创造独特的艺术效果。

第一，改编者需要对原著的叙事结构进行深入分析，找出其中的核心情节和关键节点，然后在此基础上进行适当的调整和优化。通过删减、合并或重组情节，我们可以使故事更加紧凑、连贯，同时保持原著的基本精神和情感内核。

第二，在叙事视角的选择上，改编者可以结合影视艺术的特性，选

择最能展现故事魅力和人物性格的视角。这既可以是原著中的某一视角，也可以是全新的视角，以带给观众全新的观影体验。

第三，改编者还可以利用影视艺术在叙事节奏上的优势，通过镜头语言、音效和配乐等手段，营造出符合原著情感和氛围的叙事节奏。这不仅可以增强故事的吸引力，还能更深入地展现人物内心世界和情感变化。

第四，改编者要注意避免过度改编或偏离原著精神。在追求创新和独特性的同时，应尊重原著的基本框架和核心元素，保持对原著的敬意和传承。

第五，改编者还要关注观众的接受度和喜好。通过了解观众的观影习惯和审美需求，可以更好地调整改编策略，创作出既符合原著精神又符合观众口味的影视作品。

综上所述，在叙事形态的差异下，对文学名著进行影视改编需要综合考虑原著的叙事结构、视角、节奏以及观众的接受度等因素。通过深入分析、灵活调整和创新运用影视艺术手段，可以创作出既忠于原著又具有独特魅力的影视作品①。

第四节　生产方式的差异

一、文学与影视生产方式的差异

文学作品与影视作品在生产方式上存在着显著的差异。文学作品通常是由单个作者独立创作完成，其生产过程更多地依赖于作者的想象力和文字表达能力。而影视作品的制作则是一项团队协作的工程，涉及导演、编剧、演员、摄影师、剪辑师等众多专业人员的共同努力。

首先，在创作主体上，文学作品往往由一位作家独立完成，他们通过文字来构建故事世界、塑造人物形象和表达思想感情。而影视作品的制作则是由一个庞大的团队共同完成，每个成员都在各自的领域发

①赵凤翔，房莉. 名著的影视改编[M]. 北京：北京广播学院出版社，1999.

挥着专业的作用，共同为作品的完成贡献力量。

其次，在生产流程上，文学作品的创作过程相对独立和自由，作者可以在自己的思绪中自由驰骋，不受时间和空间的限制。而影视作品的制作则遵循一套严格的流程，从剧本创作、选角、拍摄到后期制作，每个环节都需要精心策划和安排，以确保作品的质量和效果。

最后，在生产资源上，文学作品的生产成本相对较低，主要依赖于作者的创作能力和文学修养。而影视作品的制作则需要大量的资金投入，用于拍摄设备、场景布置、演员薪酬等方面的支出，这使得影视作品的制作成本通常远高于文学作品。

二、生产方式的差异对文学名著影视改编的影响

生产方式的差异对文学名著影视改编产生了重要的影响。在改编过程中，改编者需要充分考虑文学作品和影视作品在生产方式上的差异，以便更好地将原著转化为影视作品。

首先，在创作主体方面，改编者需要尊重原著作者的创作意图和精神，同时发挥自己的创造力和想象力，将原著中的故事情节和人物形象转化为影视语言。这要求改编者具备深厚的文学素养和影视制作经验，以便在尊重原著的基础上进行创新和发展。

其次，在生产流程方面，改编者需要遵循影视制作的基本规律，合理安排剧本创作、选角、拍摄和后期制作等各个环节。他们需要与导演、编剧、演员等团队成员紧密合作，共同打造符合原著精神的影视作品。

最后，在生产资源方面，改编者需要充分考虑制作成本的问题，合理安排预算和资金使用，以确保作品的质量和效果。他们可能需要寻求投资方的支持和合作，以便为作品的制作提供充足的资金和资源。

三、生产方式的差异下文学名著进行影视改编的策略

在生产方式差异的背景下，对文学名著进行影视改编需要采取一系列策略来应对挑战并发挥优势。

第一，改编者需要深入研究原著，理解其精神内核和艺术特色，然后结合影视艺术的特点和观众的审美需求，进行有针对性的改编。在

尊重原著的基础上，可以适当调整故事情节、人物形象和叙事方式，以更好地适应影视表达的需要。

第二，改编者需要充分发挥团队协作的优势，与导演、编剧、演员等团队成员密切沟通，共同打造符合原著精神的影视作品。可以通过集思广益、互相启发的方式，共同解决改编过程中遇到的问题和挑战。

第三，改编者还需要注重制作成本的控制和优化，通过合理的预算安排和资金使用，确保作品的质量和效果。可以积极寻求投资方的支持和合作，为作品的制作提供充足的资金和资源。

第四，改编者要注意保持文学名著的核心价值和艺术特色，避免过度商业化或娱乐化的倾向。在追求观众吸引力的同时，应坚守文学名著的精神内核和艺术品质，确保改编的作品具有深度和内涵。

第五，改编者还要关注市场动态和观众反馈，及时调整改编策略和方向。通过了解观众的喜好和需求，可以更好地把握市场脉搏，创作出更符合观众口味的影视作品。

综上所述，在生产方式差异的背景下，对文学名著进行影视改编时需要综合考虑原著精神、影视艺术特点、团队协作、制作成本以及观众需求等因素。通过深入研究、团队协作、成本控制和市场洞察等手段，创作出既忠实于原著精神又具有独特魅力的影视作品[①]。

第五节　接受形态的不同

一、文学与影视接受形态的不同

文学作品与影视作品的接受形态存在着显著的不同。

文学作品通过文字表达，读者在阅读过程中需要运用自己的想象力和理解力，构建出作品所描述的世界和人物形象。这种接受方式强调个体的思考和感悟，是一种相对私密的阅读体验。

而影视作品则通过视听语言进行表达，观众在观看过程中可以直接

①赵凤翔，房莉. 名著的影视改编[M]. 北京：北京广播学院出版社，1999.

感受到画面、音效、表演等元素的冲击和刺激。这种接受方式更加直观和感性，能够迅速引发观众的情感共鸣和审美体验。同时，影视作品通常具有更强的社会性和公共性，观众可以在观影过程中与他人分享感受、交流看法，形成共同的文化记忆和情感认同。

二、接受形态的不同对文学名著影视改编的影响

接受形态的不同对文学名著影视改编产生了重要的影响。在改编过程中，改编者需要充分考虑文学作品和影视作品在接受形态上的差异，以便更好地将原著转化为影视作品。

首先，在文字表达与视听语言的转换上，改编者需要深入挖掘原著中的文字内涵，通过画面、音效、表演等影视元素将其转化为直观可感的视听语言。这要求改编者具备高超的艺术创作能力和敏锐的观众洞察力，以便在保留原著精神的基础上，创造出符合影视表达特点的视听效果。

其次，在接受方式的差异上，改编者需要充分考虑到文学作品与影视作品在个体思考与集体感受之间的差异。在改编过程中，可以通过巧妙的叙事手法和视觉呈现，引导观众在观看过程中进行深入思考和感悟，从而增强作品的内涵和深度。

最后，在文化背景和社会环境的差异上，改编者还需要关注原著所处的时代背景和文化特色，并在影视作品中予以适当地体现。这有助于观众更好地理解原著的精神内涵和文化价值，同时也能够增强影视作品的艺术感染力和社会影响力。

三、接受形态的不同对文学名著进行影视改编的策略

在接受形态差异的背景下，对文学名著进行影视改编需要采取一系列策略来应对挑战并发挥优势。

首先，改编者需要深入理解原著的文字内涵和艺术特色，同时掌握影视艺术的基本规律和表现手法。可以通过研究原著的文学风格、人物形象和叙事结构等方面，为影视作品的创作提供有力的支撑和借鉴。

其次，改编者需要注重观众的接受方式和审美需求。可以通过对观众进行市场调研和数据分析，了解观众的观影习惯和审美偏好，从而

更有针对性地进行改编和创作。同时，还需要关注观众的情感共鸣和审美体验，通过细腻的叙事和生动的画面呈现，引发观众的情感共鸣和审美享受。

再次，改编者需要关注原著所处的时代背景和文化特色，并在影视作品中予以适当的体现。这可以通过对原著中的历史背景、社会风貌和文化内涵进行深入研究，然后运用影视艺术手段进行生动呈现，使观众能够更好地理解和感受原著的精神内涵和文化价值。

最后，改编者要保持开放的态度和创新的精神，不断探索和实践新的改编方法和策略。通过借鉴其他成功的改编案例和经验，可以不断提升自己的改编水平和创作能力，为观众呈现出更加优秀的影视作品。

综上所述，在接受形态差异的背景下，对文学名著进行影视改编需要综合考虑原著的文字内涵、影视艺术特点、观众接受方式以及文化背景等因素。通过深入理解原著、关注观众需求、体现时代特色以及保持开放和创新的态度，可以创作出既忠实于原著精神又具有独特魅力的影视作品[①]。

①赵凤翔，房莉．名著的影视改编[M]．北京：北京广播学院出版社，1999.

第八章　当下文学名著改编为影视作品的经验与不足

随着影视产业的飞速发展，越来越多的文学名著被改编成影视作品，吸引了广大观众的关注。然而，在这个过程中，也发现了许多经验与不足。在未来的改编工作中，应该更加注重对原著的尊重和理解，深入挖掘原著的内涵和价值，同时结合影视艺术的特点和优势，创作出更加优秀的改编作品。同时，也需要加强对文化背景和时代背景的研究和呈现，确保改编作品能够准确、生动地呈现原著的韵味和风格。只有这样，才能真正实现文学名著与影视艺术的完美结合，为观众带来更加丰富的文化享受和审美体验。

第一节　文学名著进行影视改编的成功经验

一、古典文学名著进行影视改编的成功经验

（一）央视四大名著影视改编

央视四大名著影视改编的成功经验，不仅在于其精湛的制作技艺，更在于其深入人心的文化内涵。这些作品在将原著的经典情节和人物形象呈现给观众的同时，也通过影视语言的独特魅力，将原著的精髓和内涵得以充分展现。

在《红楼梦》的影视改编中，制作团队通过细腻的画面构图和人物塑造，将贾、史、王、薛四大家族的兴衰荣辱以及贾宝玉、林黛玉等人物的悲欢离合生动地展现在观众面前。同时，通过对原著中诗词歌赋的巧妙运用，使得观众在欣赏剧情的同时，也能领略到中国传统文化的博大精深。

而在《西游记》的影视改编中，制作团队则更加注重对原著中奇幻色彩的呈现。通过特效技术和场景设计的巧妙结合，将孙悟空、猪八戒等角色的神通广大和妖怪鬼魅的奇异形象展现得淋漓尽致。同时，通过对原著中佛教思想和哲理的深入挖掘，使得观众在欣赏奇幻故事的同时，也能领略到佛教文化的深刻内涵。

此外，《水浒传》和《三国演义》的影视改编也各有特色。《水浒传》通过描绘一百零八位好汉的英勇事迹，展现了民间英雄的豪情壮志和正义精神；而《三国演义》则通过对三国鼎立、群雄逐鹿的历史背景的再现，展现了古代战争和政治斗争的复杂性和残酷性。

总的来说，央视四大名著影视改编的成功经验在于其精湛的制作技艺、深入人心的文化内涵以及对原著精神的忠实传承。这些作品不仅让观众在视觉上得到了享受，更在精神上得到了滋养和提升。

（二）古典文学名著进行影视改编的成功准则

古典文学名著进行影视改编的成功准则，首先在于尊重原著，保持其精神内核的完整性和真实性。改编者需深入理解原著的精髓，把握其主题思想、人物形象和情节结构，确保在改编过程中不偏离原著的核心价值。同时，改编者还需关注原著的时代背景和文化内涵，将其融入影视作品中，使观众能够更好地理解和感受原著的魅力。

其次，成功的影视改编需要注重艺术性和观赏性的结合。制作团队应充分发挥影视语言的独特优势，通过画面、音效、音乐等多种手段，营造出符合原著氛围的视听效果。同时，在人物塑造和情节安排上，也要注重情感表达和戏剧冲突，使观众在观看过程中产生共鸣和情感投入。

最后，影视改编还需关注市场需求和观众喜好。在保持原著精神的基础上，可以适当加入现代元素和创意，使作品更具时代感和吸引力。同时，也要注重作品的传播渠道和推广方式，使更多的观众能够了解和欣赏到这些优秀的影视作品。

总之，古典文学名著进行影视改编的成功准则在于尊重原著、注重艺术性和观赏性、关注市场需求和观众喜好。只有在这些方面做到平衡和协调，才能创作出既忠实于原著精神又符合现代审美需求的优秀影视作品。

二、现实类文学名著进行影视改编的成功经验

（一）《围城》的影视改编

在改编过程中，小说与影视剧间如何妥善处理忠于原著与再度创作的问题成为影视工作者关注的焦点，虽说有古典名著改编的成功经验可供借鉴，但对于某些以文字见长、风格内敛凝重的现代小说来说，要以视听语言体现原著风貌是有很大难度的，如何在两种艺术形式之间找到对接点、衔接处成为创作的一大难点。电视剧《围城》的改编为改编者提供了宝贵的经验。这部作品在改编过程中面临着多方面的挑战，尤其是如何忠实原作的文学韵味和复杂的人物性格，同时还要适应电视剧的叙事节奏和视觉表现。在改编过程中，编剧和导演团队采取了一系列策略来处理原著与电视剧之间的差异。首先，他们在保持原著核心情节和主题的基础上，对某些细节进行了调整，以便更好地适应电视剧的形式。

电视剧《围城》依照小说的脉络，紧紧围绕归国留学生方鸿渐在爱情和职业上的多次失败来结构全剧，把小说的9章改成了10集，每两集为一个单元，共分5个单元：回上海—进沙龙—去内地—在三闾大学—小家庭，按这样的情节顺序铺排开来组成了电视剧脉络的流线型结构框架，从中展现以方鸿渐为主的旧中国这一“围城”中的知识分子的生活状态和精神状态。为了把原著中那些富有魅力的语言融入电视剧中，编导者选取旁白、对白、借物表意等多种形式的“视听语言”加以展现。如贯穿全书的具有丰富内涵、充满哲学意蕴的文字：“围在城里的人想逃出来，城外的人想冲进去。对婚姻也罢，职业也罢，人生的愿望大都如此。”要用影像来表达如此抽象的文字不是一件容易的事，所以此剧中设置了“门框”和“祖传老钟”两个象征物，来传达原著中的哲理意味。在第六集结尾处，方鸿渐看到“破门框”时，接了一段旁白：“方鸿渐想，就是到了学校，也不知是什么样子，反正自己不存在奢望。也许这个破门框倒好像是个象征，数个进口，背后藏着深宫大厦，引得人进去了，原来什么都没有，一无可进的进口，一

无可去的去处。”通过旁白与象征物的“视听”结合引导其中的意蕴，帮助观众加深理解，这是编导者为两种艺术形式之间的对接转换所作的尝试。虽说视听语言无法直观表现文学语言中对人生、人性的感悟，但改编者为此所作的努力得到了观众的认可，电视剧播出后好评如潮，并让沉寂了多年的小说原著火爆起来。改编的成功是因为编导者准确地把握了原著作者的创作主旨，保留了作品的主要情节、主要人物的基本性格以及作品所规定的基调和特有的风格，在此基础上运用镜头语言进行适度的再创造，展现自己的艺术气质和艺术个性。可以毫不夸张地说，从20世纪90年代开始的“《围城》热”在很大程度上得益于改编的这部电视剧，影视对小说的巨大影响是显而易见的。导演黄蜀芹认为，名著被搬上荧屏，说明名著有其独特的魅力。电视剧借助了名著的“名气”，而又比文学、电影等艺术形式更容易使名著本身得到传播并更好地传承下去。改编让电视剧与小说呈现出相得益彰、艺术创作上相互促进的有效互动①。

（二）现实类文学名著进行影视改编的成功准则

现实类文学名著进行影视改编的成功准则在于深入挖掘原著内涵，精准把握人物性格与情感，同时结合现代审美需求进行创新和提升。

首先，改编者需要深入研读原著，理解并把握其中的主题思想和情感表达。通过对原著的深入剖析，提炼出其中最具代表性和感染力的情节和人物，为影视作品的创作提供有力的素材和支撑。

其次，在人物塑造和情节安排上，改编者需要注重人物性格的刻画和情感表达的真实细腻。通过细腻的镜头语言、生动的表演和真实的场景再现，让观众能够深入理解和感受人物的内心世界，产生共鸣和情感投入。

再次，现实类文学名著往往涉及社会、历史、文化等多个层面，因此改编者还需要注重背景设定和时代氛围的营造。通过精准的还原和再现，使观众能够更好地理解和感受原著所描绘的时代背景和文化内涵。

最后，改编者需要在保持原著精神的基础上，结合现代审美需求进

①高卫红．互动与超越——中国电视剧改编理念探析[J]．电视研究，2009(3):70-72.

行适当的创新和提升。通过引入现代元素和创意，使作品更具时代感和吸引力，同时保持原著的独特魅力和价值。

总之，现实类文学名著进行影视改编的成功准则在于深入挖掘原著内涵，精准把握人物性格与情感，结合现代审美需求进行创新和提升。只有在这些方面做到平衡和协调，才能创作出既忠实于原著精神又符合现代审美需求的优秀影视作品。

三、历史类文学名著进行影视改编的成功经验

（一）《雍正王朝》的影视改编

电视剧《雍正王朝》播出已经多年了，播放时的火爆场面至今还历历在目。这部制作精良的连续剧，不仅成就了许多演员的演艺事业，而且还让剧作家、执笔改编者刘和平名动天下。其编剧艺术带来的历史剧旋风，至今还在延续。这些年来，海内外改编的历史剧不可胜数，但真正让观众留下深刻印象的却寥寥无几。《雍正王朝》的朴实、严密、厚重的史诗品格，像一座不可逾越的山峰，矗立在中国电视剧文学史上。其历史剧的改编方法，值得研究和学习。

影视改编是一项极其困难的工作。表面看来，已有一部成功的小说作为改编蓝本，编剧的工作似乎轻松不少，其实，正因为成功小说的各种束缚，才使改编工作困难重重。不同的艺术样式具有不同的审美特点，成功的小说一般具有成熟的语言风格和心理描写，却不一定具有引人入胜的、集中的故事情节。而引人入胜的、集中的故事情节，正是一部成功的影视作品的先决条件。相反，小说鲜明的语言特征和大段的心理描述，则容易成为束缚改编者想象力的羁绊。从驳杂的小说模式中撷取有用的材料，重新组合，发挥想象的空间，合理虚构，加以再创作，使之成为一件通过视觉形象与听觉形象来展示人物行为过程与心理动机的作品，揭示某种充满人生和社会哲理的思辨精神，这是改编的路径与目的。

然而，由于历史剧是一个直观的艺术载体，往往比小说更须考虑诸多因素，尤其是历史的真实性问题不容忽视。主要历史人物和主要历史事件不可虚构，而情节、细节均可虚构，但必须合乎生活的逻辑；台词必须虚拟，但一定要从人物出发，否则，观众便无法认同。这也

是许多古装剧仅为历史题材剧，而非历史故事剧的原因。在有关历史剧真实性问题这方面，许多老剧作家如郭沫若、夏衍等有许多精辟见解，容不赘言。

刘和平在改编《雍正皇帝》时，开头与结尾真是煞费苦心。作者二月河在《雍正皇帝》第一部中以“九龙夺嫡”为开头，描述的是在扬州瘦西湖畔，春日花开的一场游湖乐事，一切显得祥和、安康，然而，这种从容而略显缓慢的节奏，一旦用于一部电视剧的开头，将很难抓住受众的兴趣。这仅仅是由于体裁不同而受众的期待值也不同，故导致作品的情节取舍大相径庭。刘和平在《雍正王朝》中是这样开头的：一个驿差骑着快马，冒雨驶过黄泛区，去北京送一封六百里加急公文。画外音介绍，康熙四十六年，连日大雨，黄河暴涨，河南、山东多处河堤决口，淹没田土无数……

编剧首先把受众置身于一个十万火急的危机中，用悬念牵引着受众的兴趣。在第二场，送六百里加急文书的驿差已到北京永定门外，忽被掀下马来，而那匹快马口喷白沫，倒地死亡。这一情节将危机渲染到了极端。如果说，小说的开头文笔优美，从容不迫，娓娓道来，那么可以说，剧本的开头言简意赅，直接切入，抓人心魄。至于电视剧播出时，有些历史学者在一些报刊撰文指出，康熙四十六年河南、山东并没有水灾，我以为大可不必追究。戏虽然以历史名之，但毕竟是一个戏。黄河在清代屡发大水是不争的事实，一个戏不需要像历史一样精确，这种改编对一件艺术作品来说是完全必要的，并不影响其历史剧的品格。

二月河是一个优秀的历史小说作家，但在《雍正皇帝》结尾的处理上，太重传奇，有些拿捏失准。小说里有一个女孩叫乔引娣，本是雍正为贝子时与民间某女的私生子，但雍正并不知情，纳为侧妃。这种乱伦的行为终为双方所发觉，而最后乔引娣与雍正双双用同一把剪子自杀身亡。这种处理不可不谓惨烈万分，让人诧异，然而，作为一本历史小说读后总觉得有一些不足之感。

电视剧本的结尾处理极为平实。致力改革、殚精竭虑的雍正，因为病入膏肓而吃了两颗丹药，发作身亡，在雍正深夜批阅奏折，误吃两颗丹药之前，反复出现已经死去的政敌八王爷允禩的形象，并且有几段意味深长的对白。编剧充分发挥了视听媒介的特征与特长，写得非常空灵，颇具象征彩色。对于乔引娣这个女人，编剧作了一个重要的改动，即她并不是雍正的私生女，从表面上来说，这处改动削弱了这部剧的故事性与戏剧性，然而，正是因为这种改动，反而增强了这部戏作为历史剧的严肃性和真实感，同时也促进了文本的流畅与逻辑的合理。改编一部成功的历史剧，必须研究历史发生的社会环境，而不是自然环境，虚构与想象必须建立在此基础上展开。历史小说的结构（不包括武侠作品）注定了文本的散点式思维方式；而作为以戏剧为内核的历史剧，其结构要相对稳定与紧密。《雍正皇帝》与《雍正王朝》结构迥然不同，小说思想驳杂，情节烦琐，人物复杂，这对编剧无疑是一场严峻的考验。电视剧思想、情节线索、人物等简洁了许多。前二十集写雍正与众兄弟争夺皇位，只撷取了赈灾、追讨欠款、江夏案、废太子等事件；后二十四集写雍正秉政，励精图治，编剧也选择了几件事大书特写，如山西巡抚邀功案、西北用兵、推行新政、八旗议政等。可以说，优选、简化、集中小说的人物及其线索，提炼出相对明晰的主题，是历史剧改编成功至关重要的因素。

必须说明的是，简化小说中的人物，并不等于弱化人物鲜明的个性，相反，更要加强人物行为的个性化与独特感，将一些不起眼的细节放大，才能使受众感受深刻。所以，即使是一个历史剧编剧，也必须懂得生活，必须对现实生活具有敏感的触角，才可能创作出备受欢迎的成功剧作①。

（二）历史类文学名著进行影视改编的成功准则

历史类文学名著进行影视改编的成功准则，首先在于尊重原著的精髓，同时又要大胆创新，以适应影视艺术的特性。名著之所以为名著，往往在于其深刻的思想内涵、丰富的人物形象以及独特的叙事方式。改编者需要深刻理解这些要素，将其精髓融入到影视作品中，让观众在欣赏影像的同时，也能感受到原著的魅力。

其次，在尊重原著的基础上，改编者还需要根据影视艺术的特性进行再创作。这包括但不限于对故事情节的删减、增加和重新组合，对人物形象的重新塑造，以及对视听语言的充分运用。改编者需要充分

①贺文键．从《雍正王朝》谈历史剧的改编[J]．理论与创作，2005(3)：127-128.

发挥想象力，创造出符合影视艺术规律的情节和人物，让观众在观影过程中产生强烈的共鸣。

再次，改编历史类文学名著还需要注意历史的真实性问题。虽然影视作品可以进行适当的虚构和夸张，但不能违背历史的基本事实。改编者需要对历史进行深入的研究，确保作品中的历史事件和人物行为符合历史逻辑，避免出现误导观众的情况。

从次，成功的影视改编还需要注重受众的接受度。改编者需要了解受众的观影习惯和审美需求，创作出符合观众口味的作品。这包括选择合适的演员、运用恰当的拍摄手法和剪辑技巧，以及创作出引人入胜的音乐和画面等。

最后，成功的影视改编还需要具备深刻的思辨精神。这不仅仅是对原著思想的传承和发扬，更是对当下社会现实的深刻反思和探讨。改编者需要在作品中融入自己的思考和见解，让观众在欣赏作品的同时，也能得到一些启示和思考。

综上所述，历史类文学名著进行影视改编的成功准则包括尊重原著、大胆创新、注重历史真实性、关注受众接受度以及具备深刻的思辨精神。只有在这些方面都做得出色，才能创作出既符合原著精神又符合影视艺术特性的成功作品。

四、想象类文学名著进行影视改编的成功经验

（一）丹尼斯·维伦纽瓦版《沙丘》

《沙丘》（2021）是由丹尼斯·维伦纽瓦执导，根据弗兰克·赫伯特的同名小说《沙丘》改编而成的科幻电影。《沙丘》作为首部同时斩获了星云奖和雨果奖的最佳长篇小说，被读者称为“有史以来最富有想象力的作品”。小说《沙丘》拥有恢宏复杂的人物关系、跨越千年的时间历程，以及保罗模糊性的幻想与梦境、小说形而上的哲学思想等因素，导致小说难以被艺术化改编、难以商业化营利，也被称为小说影视化历史上最难改编的电影之一。2021年，丹尼斯·维伦纽瓦通过写意、浓缩、注释式的杂糅方式将小说赋予影视化的特征。

1. 小说与电影之“可通约性”和“不可通约性”

小说和电影是两种不同的艺术表现媒介，一种是文字符号，另一种

为视听影像。一种是读者在阅读小说文字的过程中携带着清醒的意识，通过自己的审美经验进行幻想；另一种是观众在观影过程中类似于在做“白日梦”，一种潜意识下的心理驱动。由于小说、电影两者都是时间性的艺术，叙事性成为连接小说和电影的桥梁，小说和电影共有的历时性、叙事性使改编成为可能。于是创作者们可以充分利用小说进行电影化改编创作，而通过电影化的成功作品也会直接推动原著小说销售量的提升，吸引更多的读者阅读，从而发挥出艺术作品的最大价值。

小说和电影虽同为叙事性作品，但两者叙述故事的方式有所不同。小说语言系统具有内在的抽象概括性，比较容易表达头脑所建立的逻辑思维性；但电影是通过运动画面来明确地、不可逆性地对物质现实世界的还原。小说可以自由地转换“十年后”“五年前”等具备模糊性特征的时间，读者对时间的感知具有强烈的延续感；电影通过物质空间的延续来表现时间，观影者在“白日梦”所感知的心理时间与影片主人公行动的时间是同步的。若运用字幕表现银幕时间的来回切换，则容易中断故事情节的紧密真实感，小说和电影之间的“不可通约性”的叙事差异造成小说电影化改编的不易。20世纪60年代科幻文学界属于追求风格多样化的科幻新浪潮时期，这一时期的作品更加关注“内容与思想”，而不仅是硬科幻所具备的“形式、风格或美学”。2016年，传奇影业获得了《沙丘》的改编权，交由丹尼斯·维伦纽瓦执导，影片于2021年10月22日在美国和中国同时上映。

杰·瓦格纳在《小说与电影》一书中，谈及美国流行改编的三种方式：移植式、注释式、近似式。这三种方式又可以衍生出其他的改编方式，电影的讲述是建立在一定的时间内，去把一个故事讲述为具有完整意义的样式。长篇小说《沙丘》中复杂的环境、语言、人物关系等因素，决定了小说不可能通过两个小时的电影时长完整讲述。丹尼斯·维伦纽瓦在拍摄前已确定通过上下部来拍摄《沙丘》第一本小说，根据电影版《沙丘》（156分钟）所呈现的内容可以看出导演通过写意、浓缩、注释式的方法来进行小说电影化的改编理念。

2. 写意式的改编方式：诗意的古典主义废土新美学

导演对小说电影化改编风格有两种：一种是再现式，对原著时空完全再现；另一种是导演调动自己的智慧去重新改造的写意式。作为科幻小说《沙丘》的书迷，维伦纽瓦邀请了乔·斯派茨、艾瑞克·罗斯两位电影剧作家，三人同时对《沙丘》进行小说电影化的剧本改编。导演根据原著小说的人物与情节，通过自己主观的、具有浓厚个人色彩的偏好再次阐释，即“改编式阅读”。维伦纽瓦运用缓慢的节奏使观众沉浸于巨大沉默物体的视觉空间氛围当中，形成了一种诗意的古典主义废土新美学，凸显出强烈的克制、冷静的个人风格，增添了影片独特的艺术魅力。

维伦纽瓦对视听语言拥有天然的直觉性，影片中运用冷色调来渲染高大的建筑群景观。以冰冷的海洋和巨大的礁石去表现雷托公爵星球家园的环境，以黑暗扭曲的巨大沉默物体来渲染哈克南公爵的府邸，冷冰冰的空洞城堡勾勒出冷漠的建筑文明；巨大沉默的物体凸显出令人恐惧或着迷的神秘效果。导演通过柔和的暖色调来刻画厄拉科斯星球沙漠的奇观，金黄色的光线闪烁着沙漠中的香料；在构图选取上，影片中天空的画面占比较小，而沙漠所占的画面比例极大，广袤的沙漠以波浪般的身躯曲线，彰显了厄拉科斯星球中的大自然充满旺盛生命力的“母性”审美特征。作为美琅脂的生产者——沙虫，被原住民弗雷曼人称为“沙漠之主”，维伦纽瓦运用静态美去呈现巨大圆柱形状的沙虫。影片结尾处，哈克南男爵将保罗和杰西卡流放到沙漠，沙漠中的沙虫露出充满尖齿的头部凝视着保罗和杰西卡；导演通过画面的沉默去表现“沙漠之主”的奇观和压迫感，缓缓的节奏使观众沉浸于巨大沉默物体的空间视觉氛围中，形成了一种“诗意”的古典主义的废土新美学。这种“诗意”制造了一种视觉上的间离效果，与观众保持着审美距离的、陌生化的意境。写意式的风格将厄拉科斯星球浩瀚的沙漠环境刻画得极为细腻，使得文本的精神在银幕上完美呈现，做到了“1+1>2”的效果。

维伦纽瓦运用光影去表现微型猎杀镖行刺保罗的紧张感。猎杀镖根据悬浮场进行移动，维伦纽瓦使用全息影像作为光源，昏暗房间内的几缕白色光束照耀在保罗的眼睛上，成为微型猎杀镖和保罗眼睛两者的渐进线；光线既能够表现猎杀镖即将刺入保罗眼睛的危险距离，又可以显露全息影像具有阻挡猎杀镖的作用。保罗对微型猎杀镖的直接闪躲，呈现其出类拔萃的冷静与成熟，也从侧面表明了杰西卡对保罗一如既往的秘密训练。另外，导演对人物角色情感的把握以及对每一句台词所体现的细微表情都具有高超的主观精确度。原著作者弗兰克·赫伯特根据古希腊神话故事命名厄崔迪家族，以雷托公爵为首的厄崔迪家族源自古希腊的阿特柔斯，阿特柔斯家族的后代都具有命运悲剧的结局。维伦纽瓦运用油画般的色调渲染雷托公爵赴死时最为壮丽的氛围，哈克南公爵对雷托公爵的“表兄”称呼，暗示出哈克南家族与厄崔迪家族具有血缘关系的联系，体现出骨肉相残的命运悲剧性。“我来了，必将永世留存!”体现雷托公爵作为一名殉道者对死亡的漠视以及对理想的坚定悲壮感。“梦是来自内心深处的信息”“恐惧是思维的杀手”，贯穿影片的叙事及主题，保罗通过直面梦的预言，主动地选择与詹米决斗，勇敢面对梦境镜像，彰显出人类生命的奥秘在于体验现实的哲理性思辨，流露出人类个体对自由意识的宣扬。

3. 浓缩式的改编方式:“赛博格群像”隐形叙事

小说《沙丘》的背景设定在未来，讲述了厄崔迪家族的保罗受到命运的指引，跟随父亲前往满是黄沙的厄拉科斯星球，并经历重重磨难成长为英雄的史诗故事。小说恢宏的人物关系以及小说的哲学、宗教等元素导致小说不可能完全被电影化改编。抽取原著中的几个章节必然会使小说被“阉割”，导演可以通过道具、物件来表现软科幻“赛博格”的设定，“赛博格群像”的隐形叙事功能来保留小说的完整性，呈现出浓缩式的改编方式。通过电影化的想象，突出小说中的主要事件、主要人物、主要矛盾，并恰当地取舍人物层次，打造叙事上的紧凑，给予清晰的视觉化呈现。

维伦纽瓦运用电影独特而精简的画面语言，巧妙地将烦琐的背景融入具体的情景中。小说中《沙丘》的故事背景设定是以“后芭特勒圣战”而展开的，在公会前纪元201年，人类和智能机器之间发动了“芭特勒圣战”；在“芭特勒圣战”之后，人类规定禁止使用一切具备思维能力的机器。贵族皇室通过训练模仿计算机分析能力的人获取信息，这种类型的人被称为门泰特。面对恢宏的小说背景设定，维伦纽瓦没有选择运用画外音进行冗长的讲述背景，间离观众与影片人物之间的情感，而是以门泰特翻转白色眼珠、用手指触碰耳朵等一系列动作来刻画超强的记忆力和认知力。厄崔迪家族的门泰特通过翻转白色眼珠的动作来测验厄拉科斯城堡周围的危险，通过触碰耳朵的动作来计算皇帝部队来到卡拉丹所消耗的金钱；哈克南家族的门泰特，通过翻转白色眼珠的动作来策划谋略对付厄崔迪家族。

导演运用道具、物件来表现软科幻“赛博格”的设定，“赛博格群像”的隐形叙事功能呈现浓缩式的改编。后人文主义者把自然与人工物相混合的有机体称为“赛博格”。影片以两种形态的“赛博格”来凸显人物的弧光。首先是以弗拉基米尔·哈克南男爵所使用的“便携式浮空器”以及保罗的“屏蔽场”为代表的赛博格，这种形态的赛博格机器并没有直接被植入人体。哈克南通过浮空器降临在被绑的雷托面前，彰显出哈克南魁梧的外貌特质以及一手遮天的压迫感；运用浮空器升到天花板来躲避雷托释放出的毒气，勾勒出哈克南谨小慎微的特征；“降临”与“升空”两个细小动作浓缩了对哈克南的长篇描述。“屏蔽场”具有防御快速武器攻击的功能，影片中哈克南军队偷袭厄崔迪家族，冷兵器与屏蔽场相结合的打斗场景，体现了复古感与科技感的融合；影片借助屏蔽场去表现保罗与哥尼使用冷兵器进行日常训练的场面，以此使保罗超越了梦境中被詹米所杀的镜像。第二种形态赛博格是以弗雷曼人携带的“蒸馏服”为代表，蒸馏服上带有鼻塞的一根管子与人体相连接，具备回收水分的功能。保罗通过两次穿戴蒸馏服的细节刻画出成长的弧光，保罗首次穿戴蒸馏服是面对凯恩斯博士的疑问，先天、准确地穿戴蒸馏服，暗示出自己就是“天选之人”。第二次是保罗背对母亲杰西卡，各自穿戴蒸馏服，表现出保罗已经成年进入象征界，建构主体与社会的关系，不再是依靠母亲的孩子时期。影片中两种形态的赛博格彰显人物之弧光，具备隐形叙事的功能。

故事性弱、动作性差的《沙丘》小说很难被电影化改编，即使通过浓缩的方式对鸿篇小说进行改编，也会导致小说的次要人物的立体性凸显平面化的特征。小说的开篇人物形象的塑造是围绕寻找家族叛徒的猜疑链展开叙事的，保罗在房间内被微型猎杀镖行刺，其幕后操纵者的身份引起厄崔迪家族成员之间的信任危机。电影对猜疑链的省略，直接弱化了公爵和妻子杰西卡之间复杂的情感，消解了哥尼·哈莱克与杰西卡之间的误会。此外，影片《沙丘》对岳医生的浓缩处理，弱化了岳医生内心极其挣扎的状态。由张震饰演的岳医生，前额刺着钻石状刺青，表明经过了帝国预处理，这一功能表明人忠诚的特质；岳医生为拯救妻子瓦娜，其自由意志突破了“思想钢印”的禁锢，因此才会“背叛”厄崔迪家族。影片省略了对于帝国预处理具体功能的阐释，导致岳医生背叛的突兀荒诞感。原著小说中岳医生在出卖保罗之前，通过给保罗一本《奥兰治天主圣经》，给予保罗信仰，来抚慰自我的良心，体现人性的复杂性。小说对岳医生的长篇描写，凸显人类之间“爱”的永恒与原始神秘性、人类自由意志的能动性。浓缩改编方式虽可以保留小说的完整性，但次要人物的扁平化处理是小说电影化的一个不得不注意的问题，两者构成了小说电影化艺术改编的悖论性。

4.“注释式”的改编方式

“注释式”改编是指影片对原著加了许多电影化的注释，并对之重新结构，会对作品某些方面有所变动。维伦纽瓦以意识流的闪回，借用不同风格的音乐转换梦境与现实，通过空间具象化人物内心等视听方式进行“注释式”改编，借此表现小说的写意、心理描写等富有模糊性特点的文本特征，以及酝酿哲学层面的精神世界。电影是通过片中人物的视点，形而下地展现客观的世界；而小说当中的哲学、宗教、心理等充斥着形而上特征的语言质感，难以运用电影的视听语言描述。真正的电影艺术家往往能够突破常规，自由地控制时间与空间，对电影时空实现超越性的阐释和拓展。

为了更好地塑造沙丘世界的背景以及恢宏的人物，2021年，维伦纽瓦同时拍摄了与电影版《沙丘》世界观相同设定的《沙丘：姐妹会》网剧。原著小说中的姐妹会是倾向于对人类精神开发的组织，她们能够在潜意识层面发出声令从而控制他人的动作，也可以自由选择生育的性别。姐妹会预言未来有一位叫魁萨茨·哈德拉克的男性引领姐妹会，魁萨茨·哈德拉克的心灵之眼可以进入任何地方，看到过去以及未来。影片《沙丘》中姐妹会的圣母盖乌斯·海伦·莫希阿姆对保罗进行戈姆刺测验，来考验保罗承受痛苦的意志，是否拥有成为魁萨茨·哈德拉克的潜力。圣母将保罗的右手放进一个绿色金属方块的盒子里，盒子具有诱导神经的作用，使盒子中的手感受到被烧焦的疼痛效果。保罗测试中首次出现“火”的意象画面，重现梦境中厄拉科斯的浩劫、未来的圣战，暗示保罗预知能力的觉醒，隐喻出保罗光明与毁灭的个人复杂命运，也表明厄崔迪英雄家族被悲剧性缺陷性格所困扰的状况。

当空间作为人物内化的心理而存在时，虽仍具有真实空间的主体感和连续性，却不是一种物质的现实，而是创造的美学现实。原著小说是根据伊勒琅公主的手记客观地叙述故事，大卫·林奇版《沙丘》运用画外音来阐释沙丘的世界观；维伦纽瓦以独特的视听语言来隐形地叙述故事，以梦境中的太阳光与现实中卧室的灯光重合的技巧来自由地表现时空。影片开头以保罗在梦境中的视觉空间展开叙事，梦境叙事过程中暗示出保罗具备预知的能力。梦境中以弗雷曼人契妮的口吻来讲述厄拉科斯星球的历史：哈克南长期统治与镇压沙丘原住民弗雷曼人。剧情中保罗通过两次接触美琅脂来闪现未来的梦境，巧妙地凸显小说的写意、心理描写等富有模糊性特点的文本特征。第一次保罗乘坐蜻蜓飞行器采集美琅脂，画外音呼唤命运之子——魁萨茨·哈德拉克；导演通过升格的画面、朦胧感的滤镜和带有梦幻色彩的配乐去描述保罗的脑海想象画面：保罗在决斗中的死亡，但又确定不会死亡的困惑，此时保罗的意识进入想象界层面中。第二次是保罗与杰西卡在沙漠的帐篷中，蒸馏帐篷呈现黄铜色色调，表征保罗成熟的特征，克服了对父亲死亡的恐惧；建构着保罗从男孩到男人的成长，其主体结构进入象征界，建构主体与社会的关系。导演借助照明灯这一客观物件的发光照耀，冷静地呈现出帐篷内美琅脂闪烁的特征。保罗吸入美琅脂再次闪现预知的未来：血液中的美琅脂浓度饱和度极高，拥有蓝色眼睛的保罗带领弗雷曼人进行圣战的场面。火焰的意象再次显现，象征着魁萨茨·哈德拉克预知能力的增强，导演并以紧张急促的音乐来渲染现实中保罗对命运恐惧的氛围感。注释式的改编方式再现了写意、心理等特征，同时对阐释沙丘世界观具有承上启下的结构作用。

维伦纽瓦运用缓慢的节奏使观众沉浸于巨大沉默物体的视觉空间，形成了一种诗意的古典主义废土新美学；通过软科幻“赛博格群像”的隐形叙事功能，呈现小说中的主要事件、主要人物、主要矛盾，完成叙事上的紧凑，给予清晰的视觉化呈现；以意识流的闪回、空间具象化人物内心、借用不同风格音乐转换梦境与现实的注释式改编，表现小说的写意、心理描写等富有模糊性特点的文本特征。改编作品和原文之间是一种“共时性”的互动和流变的关系，如何在保留小说完整性、文学性精神的前提下，彰显次要人物立体性精神弧光，弥补原著动作性差、反高潮的“缺陷”，是下一部《沙丘》影视化进步的关键[①]。

(二)想象类文学名著进行影视改编的成功准则

想象类文学名著进行影视改编的成功准则，首先是保持原著的奇幻魅力与独特创意。想象类文学之所以吸引人，往往在于其瑰丽奇特的想象、新颖独特的创意以及深邃丰富的精神世界。改编者需深入挖掘原著的精髓，将其奇幻元素和创意精髓融入到影视作品中，让观众在视觉上得到震撼，在心灵上得到启迪。

其次，在保持原著魅力的基础上，改编者还需注重情节的紧凑与连贯。想象类文学名著往往情节复杂、线索繁多，改编者需进行适度的删减与整合，提炼出最为核心和精彩的情节，使故事更加紧凑、连贯，易于观众理解和接受。

再次，人物形象的塑造也是改编成功的关键。想象类文学名著中的人物往往具有鲜明的个性和独特的魅力，改编者需深入挖掘人物的内心世界，通过演员的精湛表演，将人物的性格特点和情感变化展现得淋漓尽致。

从次，影视改编还需注重视听效果的呈现。想象类文学名著中的奇幻场景、神秘生物等元素，需要通过影视特效和场景设计来呈现。改编者需与制作团队紧密合作，创造出符合原著精神又充满创意的视听效果，为观众带来沉浸式的观影体验。

最后，成功的影视改编还需具备广泛的受众基础。改编者需了解受众的喜好和需求，创作出符合观众口味的作品。同时，通过宣传和推广，吸引更多的观众关注和喜爱，使作品在市场上取得成功。

综上所述，想象类文学名著进行影视改编的成功准则包括保持原著魅力、注重情节紧凑连贯、塑造鲜明人物形象、注重视听效果呈现以及具备广泛的受众基础。只有在这些方面都做得出色，才能创作出既符合原著精神又符合影视艺术特性的成功作品。

---

①葛同春．写意•浓缩•注释：《沙丘》小说电影化改编[J]．电影文学，2022(14)：150-153.

第二节 当下文学名著进行影视改编的不足之处

一、当下古典文学名著进行影视改编的不足之处

（一）李少红版《红楼梦》的影视改编

1. 人物造型不妥

“87版”电视剧《红楼梦》已经是深深地扎在大部分观众的心中了，在这些观众的心里，“87版”的改编就是“正统”，其他的改编方式如有不同的地方便很可能引起观众的不满。这也就是新版《红楼梦》备受争议的原因了。李少红导演对服饰进行大胆创新以及采用的许多匠心独运的拍摄手法让很多老一代观众很难接受。新版《红楼梦》自选择演员以来就一路风波不断，开播后更是千夫所指，被指“超现实太离奇”。最让观众受不了的就是人物造型了，少年宝钗、黛玉的定妆照出来后被挖讽为青蛇、白蛇，随后妙玉“头戴粉色大牡丹”“额顶黑色唱片”的造型，被网友讥讽为媒婆。元春、迎春、探春、惜春的定妆照也不能为观众所接受，特别是“额妆”“红眼妆”，很不被观众接受。

在诸多令人不满的缺失中，观众意见最大的当是女性角色头上的贴片，即所谓额妆，无论是在考古资料还是古代绘画，几乎都没有痕迹可循。《红楼梦》于1784年完成，里面人物的头型样式有很多的插图和舞台剧做参考，艺术创作要高于生活但至少也要源于生活。新版《红楼梦》剧组尽管坐拥上亿的投资，但如果它一开始就被拜金主义和社会的裙带关系所困扰，到头来也只能是拍了一部穿着名著外衣的肤浅作品而已。

李少红导演对这件事给观众的回答是从清代孙温的《红楼梦》画册中得到的灵感。可是翻看孙温画册及之前改琦绘制的《红楼梦人物》，根本看不到如此发型。其实这造型的出处只有一个，便是叶锦添“拉了昆曲的一层皮”。昆曲美在它是由多种元素共同构造而成，而导演却单独拿出一项元素，前后非常不搭，既不符合生活常规，也无美感可

言。再者，戏曲造型也是可以在生活中找到原型的，绝不只是天马行空般毫无根据地瞎编乱造，额妆也如此，可以说是一种失败的尝试。

2. 演员选择不当

新版《红楼梦》的演员选择也存在很大的问题。李少红本想以“87版”为戒，避免同一个角色从头到尾都是一个演员来诠释，这体现不出年龄变化和事态发展进程。所以她采用更换演员的方式：由三个不同的演员来饰演不同人生阶段的贾宝玉，另一女主角薛宝钗也是由两个演员来扮演的。这样做本是好事，能够通过时间的变迁见证人物的成长与心智变化。但是由于演员无论是形象还是气质上都有很大差异，导致他们在剧中不能很自然地衔接。更蹊跷的是，林黛玉、薛宝钗作为红楼众多女儿中的两个核心人物，代表曹雪芹对于女性审美的两个极致，林黛玉柔弱纤巧如飞燕，薛宝钗丰满美丽似杨妃，所谓“环肥燕瘦，各有千秋”。可李少红导演偏偏不按常规出牌，“胖黛玉”“瘦宝钗”实在是让人诧异。

古典名著中的人物形象早已扎根于读者和观众心目中，因此在影视改编时如何注意将主要人物的鲜明形象塑造出来，并且将这一个性基调贯穿始终，是值得改编者注意的。曹雪芹在原著第一回中交代创作要旨是为了使“闺阁昭传”，这就说明《红楼梦》是一部以描写众多年轻女子为主的小说，书中的女性形象如林黛玉、薛宝钗、王熙凤、探春、晴雯、袭人、尤三姐等个个生动形象。“87版”电视剧的人物形象塑造可谓个性鲜明，宝玉痴傻、黛玉聪慧、凤姐狡黠、宝钗谨慎、湘云豪迈，人物的神韵风采也与原著吻合，这些形象已经在观众心中沉淀下来。而新剧在人物形象塑造上无论是与原著还是与“87版”相比都存在一定差距。翻拍剧有一个好处就是站在名著的肩膀上，根本不用担心没有话题和粉丝。失败的翻拍剧从严格来讲，就是在利用炒作的话题来引起观众注意，它只是对市场的一次提前消费。时间久了，其负面作用必定会显现出来。只顾眼前利益而置长远利益于不顾，不在原著本身上下功夫，而是利用原版的名气和带有噱头剧情的“翻拍剧”成功率有多大？就算一时成功也毫无文化和时代意义可言，这样的翻拍剧还不如不拍。《新周刊》曾做过统计，2002至2009年的100部翻拍剧，被观众基本认可的不超过10部。

3. 当代意识的过度参与

改编者在改编时需要恰当地把握“当代意识”的参与程度。改编名著除了弘扬传统文化之外，还应该用现代人的眼光对名著进行二度创造。这种再创造在提高影视剧艺术品位的同时，充分发挥了影视剧作为大众传媒的职责和作用，完成其为当代社会大众服务的使命。随着改编经验的积累，改编者们已经越来越自觉地意识到“当代意识”参与改编的重要性了。例如新版《红楼梦》更多地体现了大观园儿女们对真善美的苦苦寻求。这不仅弘扬了传统文化，也表现出了轻个体重群体的价值取向。但改编者在改编文学名著时经常会犯一个毛病，就是“当代意识”的参与过度了，将自己的意识强加给古人。比如新版《红楼梦》中，改编者花大力气着重表现超出实际的情色，在黛玉之死等情节上也使用了让现代人都觉得很震撼的裸死方式，这无疑是艺术的戕害①。

（二）当下古典文学名著进行影视改编的问题

近年来，古典文学名著的影视改编呈现出一种繁荣的态势，然而，在这股热潮中，也不乏一些问题值得我们深思。

首先，过度追求商业利益而忽视文化内涵的问题日益凸显。许多制片方在改编名著时，往往将重点放在如何吸引观众眼球、如何提高票房或收视率上，而忽视了名著本身所蕴含的文化价值。这导致一些改编作品虽然场面宏大、特效华丽，但缺乏深度和内涵，难以触动观众的心灵。

其次，改编者对原著的尊重程度不够也是一个普遍存在的问题。名著之所以能够流传千古，是因为它们具有独特的艺术魅力和深刻的思想内涵。然而，在改编过程中，一些制片方往往为了追求所谓的“创新”或“现代感”，对原著进行大刀阔斧的改动，甚至改变故事情节和人物形象，导致改编作品与原著大相径庭，失去了原著的精髓和魅力。

最后，演员的选择和表演也是影响改编作品质量的重要因素。一些制片方在选角时过于注重演员的知名度和商业价值，而忽视了演员与角色的契合度。这导致一些演员虽然名气很大，但无法准确地诠释角

---

①周茜．新版《红楼梦》的影视改编研究[J]．赤峰学院学报（汉文哲学社会科学版），2015，36（4）：146-148.

色的性格和情感，使得观众在观看时难以产生共鸣。

综上所述，古典文学名著的影视改编虽然取得了一定的成绩，但也存在不少问题。在未来的改编过程中，应该更加注重文化内涵的挖掘和传承，尊重原著的精神和风格，同时注重演员的选择和表演，力求呈现出更加精彩、更加有深度的影视作品。

二、当下现实类文学名著进行影视改编的不足之处

(一)经典现实类文学名著进行影视改编的不足之处——以毕淑敏小说影视剧改编为例

现如今传媒高速发展，小说与影视之间的关系也达到了前所未有的密切度，越来越多的小说被改编成了影视剧。随着影视技术的不断更新发展，人们的观赏需求和欣赏能力在大幅度提高。毕淑敏的小说巧妙地折射了她的人生经历，以及当时的时代所经历的变革，对人生有着深刻的诠释。毕淑敏1952年出生于新疆，在北京长大，从小对文学有着极大的热情。由于中学时代是在北京外国语学院附属学校度过的，在这期间，她对外国文学作品进行了大量的阅读。后来毕淑敏应征入伍，成为一名卫生兵，1980年才返回北京在一家工厂当医生。1998年，毕淑敏进入北京师范大学心理学院，开始了为期四年的心理学硕士、博士课程的系统学习。

从1997年到2008年，毕淑敏的小说《女工》《红处方》《血玲珑》相继被改编成电视剧，其中《女工》引起了不小的反响。20世纪90年代，该长篇小说的诞生可以看作是现实主义冲击波的继续翻滚，在女作家对普通女性的生存处境感到无力时，毕淑敏却视线下移，关注基层，凝视常人的日常生活，这便显得弥足珍贵。作品通过对女性艰难生存处境的描写，揭示了女性的生命价值和精神魅力。而《红处方》《血玲珑》的改编相对而言更为成功，当然，这也与小说自身的主题有关。如今，《一厘米》和《女心理师》的影视剧改编也进入筹备阶段。毕淑敏的小说质朴真诚，改编后的电视剧故事结构完整、人物形象丰满现实。本文通过对这三部作品的分析，讨论毕淑敏小说所具备的改编潜质，分析其在电视剧改编过程中发生的主题迁移，以期对当前小说的电视剧改编起到借鉴作用。

1. 由小说通往影视

小说与电视剧是两种不同的艺术，在文艺属性方面应该是异远大于同，但二者之间确实有着诸多共通之处。在艺术特色方面，小说和影视剧有很多的相同点，否则两者也不会在文学发展史中有着如此紧密的关联。小说与电视剧最大的相同点是都极其重视叙事，即便是先锋小说，也是试图突破固有的叙事模式来讲述自己的故事。更何况毕淑敏的小说采用的是最为传统且最为通俗易懂的叙事手法，她并无在叙事方式上实现突破的野心。作为一名医生，毕淑敏更希望通过故事表达她对生命的理解，表达其在见证过诸多残酷命运后所生发出的感悟。她的小说始终透露着对于不同人生的包容，又始终传达着对于残酷命运的不屈以及对苦难的抗争。她并不试图演绎一番空洞的大道理，而是希望通过故事表达她的感悟，又因为她自身丰富的经历——在高原部队待过11年以及20多年的行医生涯，她的故事在细节与感情上都十分充实，而她探讨更深层次生命意义的尝试又使得其小说具有一定的张力。故事的充实、情感的充沛与深层意义上的张力都是毕淑敏小说成功改编成电视剧的前提。

小说通过文字来表达情感、诉说故事，而影视剧的表达方式多种多样，有声音、动作、表情、环境等，不像小说那样单一。由于主要依靠演员的动作和声音来推进故事的发展，所以影视一般是以动态的形式来表达，而相对静态的特写镜头和环境的刻画也都是在有限的范围内合理使用。一部优秀的电视剧必然要具有某方面的突出优势，或者是情节曲折引人入胜，或者是主题严肃意义深厚，毕淑敏的小说在这两方面都有突出表现。小说《红处方》讲述的是戒毒医院发生的故事，主人公是戒毒医院的院长，最后死于自杀。该小说采用了倒叙的手法，开篇便讲女主人公简方宁自杀身亡，而她的好友沈若鱼却对她的死丝毫不感到意外，并准确说出了简方宁死前的行为。随后便是以沈若鱼的视角讲述她假装吸毒者深入戒毒医院的经过。这个开头十分引人入胜，且以吸毒为主题的故事也很容易吸引读者的注意力。小说《血玲珑》的开端并不以奇取胜，但所塑造的刚强的女主人公形象却十分突出，故事实际上讲述的是一位母亲为了救自己的女儿愿意再生一个孩子以获取胎儿的脐带血，这其中又夹杂着凶杀、商战等不同的元素，情节十分曲折，具有一定的可读性，而故事中所体现出的生命意识以及对于人性的讨论，又使得其区别于那些常见的仅靠感官刺激来吸引读者关注的小说。《女工》创作于2004年，与前两部小说相比，这个故事在人物塑造上更趋向于二元对立，善与恶、好与坏、抗争与屈服，在故事中以一种尖锐对立的形式展开，毕淑敏试图讨论的似乎是底层生命对于苦难的承受，然而又因为承受得太过，让人不免觉得这部作品具有某种苦难美学的设定。但不论怎样，其仍是一部温情脉脉的表现人性善良的作品，且十分切合当代文坛某个时期对于底层叙事的偏好，被改编成电视剧也是必然的。

与影视剧相比，小说本身的优势在于它通过文字不急不缓地刻画人物的性格和内心，小说语言多层次、多角度。毕淑敏的小说语言十分具有画面感。如《红处方》中，在沈若鱼夫妇谈论简方宁死亡的时候，毕淑敏这样描写："沈若鱼一边说，一边向外拿着南方特产。比这要坏得多。先生不理会她的打趣，沉痛万分。沈若鱼不由得把手中的芒果扔到一边，说，到底出了什么事?"这样的动作加语言描写在小说中很常见，即便是文字，读者也能十分清晰地勾勒出对话的场景。此外，毕淑敏同样长于心理描写，与她的叙事风格一致，她的心理描写是为了更好地突出人物形象，是对叙事的补充，使读者在阅读时能与人物进行沟通交流，人物对于读者是完全敞开心扉的。虽然在叙事手法上并没有创新，但这种交流与内心世界的披露在塑造人物形象上所起的作用是相当突出的，且同样有利于作品的影视剧改编。小说改编成影视剧有时候需要增添一些情节，这样才能让影视剧更有趣味，更贴近观众。毕淑敏的小说正是因为鲜明的亲民性而引起了电视剧投资商和观众的关注，同时，编剧也在这方面做了很多努力，可以在电视剧中情节调整和人物安排的设置上体现出来。

2. 电视剧主题的迁移

客观地评价毕淑敏的长篇小说，其在创作手法上大都属于偏写实的小说，不管是从故事的真实性上看，还是从故事里塑造的人物典型形象上看，毕淑敏的小说都反映了当时所处时代的社会现状，有的故事还再现了20世纪90年代流行一时的"新体验小说"的特点：亲历性、使命感和富于探索精神。

毕淑敏的小说是存在一定的共性的。从小说故事情节的展开角度来看，小说共有的结构冲突对故事的发展、人性的深化、主题的升华都很重要。对于这几篇长篇小说而言，毕淑敏除了为其赋予“阻碍的作用”之外，结构冲突往往安排在文中或结尾处，这也是比较明显的共性。出于对故事讲述的需要，毕淑敏往往将最为剧烈的冲突置于特定的位置，这显然与高潮即将到来和营造跌宕起伏的氛围有关。

毕淑敏的小说有着改编成电视剧的天然优势。她的小说情节曲折，十分好看，对于人性和生命意义探讨的尝试则给作品加入了深刻的意义内涵。由毕淑敏的小说改编而成的三部电视剧，其情节大致与小说相符，但在叙述手法与主题上都有所改变。小说是文学作品，作家在进行小说创作时，会考虑到读者的阅读感受，但很多时候作家考虑的是他理想中的读者，即能全然理解他作品的并不存在的读者，尤其是毕淑敏的小说仍属于严肃文学，区别于只为迎合读者口味的畅销小说。电视剧则完全不同，其是一种大众文化形式，注重的是收视率和观众的喜好。在将小说改编成电视剧的过程中，必然会作出某些取舍以更契合观众的需求。从小说到影视剧的改编，也要遵循几个原则。首先，要让情节尽量曲折离奇一些，这样才可以提高其趣味性；其次，要添加一些离奇的元素；最后，要让故事的情节跌宕起伏，让人物尽可能地类型化。总之，在小说改编成影视剧的过程中，编剧会将观众放在剧本的中心位置，收视率是观众给的，所以影视剧在审美趣味上会主动迎合电视剧的主体观众群。

从总体上看，毕淑敏三部小说的电视剧改编都迎合了当时的社会现实需求。《红处方》改编于1997年，若对比这三部作品，会发现《红处方》对意义的表达最为重视。无论是深刻的主题，还是人物形象塑造中试图展现出的对于生命意义的探讨，都是20世纪90年代电视剧的典型风格。而剧中的人物形象同样如此，简方宁的清高纯洁、庄羽的妖娆鲜艳，毒品暴露出的赤裸裸的人性，无论是主题的深刻还是人物塑造中试图展现出的对于生命意义的探讨，都是早期电视剧的风格。《红处方》这类电视剧主题严肃、意义深刻、内涵丰富，却也由于太过重视意义的探寻而忽略其他。

而2004年改编的《血玲珑》则不同，这部小说相对而言更好看。

这种好看一方面是因为毕淑敏自身文学创作水平的提高，使小说在布局与文字表达上较《红处方》有了明显的进步，另一方面则是因为这部作品悬念叠出且更有争论性。卜绣文为了救重病的女儿，不惜再生一个孩子来获取胎儿的脐带血，这个孩子生来便是作为工具而存在，卜绣文行为的合理性很值得讨论。在电视剧中，编剧将重点放在了解谜上，以倒叙的手法进行叙述，剧情一开始便是匡宗元被杀，警方展开侦查，发现卜绣文可能与匡宗元的死有关，而卜绣文也认了罪，开始讲述事情的始末。编剧在细节上同样有所增补，如对于魏晓日与卜绣文在医院的第一次见面，无论是电视剧还是小说都突出了卜绣文作为一名成功女商人的强势，但电视剧中的卜绣文表现得更为咄咄逼人，扩大了小说中与医护人员之间的冲突。由于小说可以运用心理描写更好地刻画人物的心理活动，而电视剧更依赖于语言与动作，电视剧对于医生魏晓日的刻画远没有小说中的立体。且必须提到的一点是，毕淑敏在小说中多次提到了医生与护士面对病人的心理。一方面，在写到魏晓日将早早的病情告知卜绣文时，魏医生对她与一般病患家属不同表现的诧异，侧面突出了卜绣文这一人物的特征。另一方面，这些心理描写应当有相当部分来源于作家自身的切实体验，医生对于患者的同情，与患者家属之间亦敌亦友的复杂关系，护士对病人既同情又不耐烦的心态。尤其在小说中写到梁奶奶临去世前想要找护士换病房却遭到冷面拒绝，把护士与病人之间微妙的关系刻画得十分到位，这些细节在电视剧中鲜有提及。电视剧《血玲珑》的结局是比较圆满的：夏早早自杀未遂被抢救过来，夏晚晚顺利诞生并且骨髓与早早完全匹配，一个全新生命的诞生以及一个将要被挽救的濒临逝去的生命，作品将生死相续的主题表达得淋漓尽致。这个结局与小说截然不同。在小说中，故事结束在高潮之处，早早吞药自杀，卜绣文生下了晚晚，但早早有没有被抢救过来、卜绣文有没有难产而死，作者都没有交代，这是一个结局开放的小说。而在电视剧中，这些问题都有了完满解决，是一个常规意义上的大团圆结局。早早被抢救过来并治好了病，夏践石与卜绣文的感情危机得到了化解，卜绣文一家团聚在阳光下，杀害匡宗元的真正凶手则被捉拿归案。对于结局的两种不同处理，反映的正是电视剧与小说这两种不同艺术形式之间的差异，同样也体现出改编过程中所发生的主题偏移。小说的创作更具有私人性，作者也许会考虑到读者的感受，但不会将其奉为创作的唯一原则，小说中的人物则在创作过程中获得了自己的生命，作者也许会失去对其行为的控制，在结局之时面临着抉择的困难。而电视剧编剧则要充分考虑到观众的喜好，一个故事需要一个结局，观众希望看到团圆美满的结局，于是电视剧往往在结尾处为观众的观看活动画上一个完美的句号。不完美的小说结局实际上是作者对于生命意义探讨的尝试。毕淑敏在《血玲珑》中试图谈论生与死的问题，死亡是所有人的终点，如何面对死亡是每个人都需要回答的问题。而在毕淑敏看来，生与死是一个循环，由生而死、向死而生，晚晚出生所带来的生命力正是对其十分精彩的诠释。而电视剧将这个不完满的结局改向完满时，观众或许获得了一个完整故事的愉悦感，但整个故事所具有的对于生命意义探讨的张力则被消解。当然，或许对于一部电视剧来说，这些探讨并不十分重要，观众的喜好才是最值得在意的部分。

在《女工》的封面上，有一句话这样写道："一个仁爱劳累的灵魂疲倦了——改革开放时代中小人物的心灵史。"毕淑敏在序言《她们和我血肉相依》中强调：我曾经和"她们"在一起，因而，我无法遏制与"她们"之间的情感以及对"她们"的尊重。小说中浦小提的人生历程在这些情节中合乎逻辑地演化着，她性格的变化与社会当时的状态是相互呼应的。这种冲突对于情节的发展来说是一种动力，这种因果关系贯穿于这部小说的整个书写路线。读者能够很容易理解一个普通下岗女性对于命运的不屈不挠、不卑不亢，她善良却不懦弱，有着勤劳的双手和追求尊严的灵魂，但是这样没有任何奢望的性格并不能保证她平静的生活。

《血玲珑》讲凶杀，讲新的医疗手段；《红处方》讲吸毒，讲人的欲望与人性的本质。《女工》的故事相对前两者而言更为平淡，其开始转向底层叙事。当然，这也切合了当时整个文坛的风气。但在这部作品中，人物的内涵被大大削弱，不再具有前两部作品所具有的复杂张力，坏就是坏，好就是好。《血玲珑》中的匡宗元，年轻时强奸了卜绣文，又害得卜绣文破产，对他的妻子同样造成了巨大的伤害。但是这样一个人，在得知早早是自己的亲生女儿后却对她产生了难以割舍的感情。

《红处方》中的庄羽，吸毒堕落，甚至下毒使简方宁染上毒瘾以致自杀，但她的堕落有着复杂的原因，在清醒的时候同样怀有对世界的一丝善意。这种丰富性是毕淑敏小说最有意义的地方，体现的是作家对人生的包容，对人性的丰富认知。而在《女工》中，这种丰富性消失了，尤其是在被改编成电视剧之后，女主人公成为一个道德上的圣人，对于苦难充满热爱与自我奉献精神。这样一个形象，我们虽然可以说是对物欲横流的社会中人性堕落的抵制，但太过完美却只能让人觉得不真实而难以亲近。

在中国电视剧的发展历程中，小说的影视剧改编一直都有着重要的意义。不同时代的由小说改编成的影视剧也具有其自身的特点，主要是受小说来源扩张与改编力度变化的影响。毕淑敏的长篇小说具有一定的共性，主要是在主题、人物形象、结构、手法等方面呈现出一定的相近相通之处。毕淑敏小说改编而成的电视剧并不完美，如《红处方》过于偏重意义的探讨；《血玲珑》没有充分展开原小说对于生命意义的追寻，传统大团圆结局堕入俗套；《女工》的善恶二元对立太过明显，人物趋于片面化，失去了真实感。但总体来说，这三部剧的故事都有着较为厚重的内涵，在作品主题的探究方面也都作出了一定的努力[①]。

（二）新近现实类文学创作进行影视改编的不足之处——以《小别离》为例

1.《小别离》中中产阶层形象的理想化

如果说时尚杂志塑造的中产阶层是消费社会中的“偶像、明星”，报纸报道的中产阶层是一种正统的、更具典型意义的人物形象，那么，《小别离》中的中产阶层则是一个现实和理想的结合体。虽然影视作品可以像纪录片一样关注现实中的问题，但不会像纪录片一样如实记录现实。《小别离》中一些情节的安排，尤其是大结局的设计使得该剧对中产阶层形象的建构带有理想化，甚至浪漫的色彩。

第一，三个孩子的设计巧妙地与三个家庭的状况相吻合。富二代张小宇调皮捣蛋，但并非不可一世。第一次出国被遣送回国后，张小宇

①赵先锋. 浅析毕淑敏小说的影视剧改编[J]. 当代电视，2017(1):33-35.

经过自己的努力加上打架子鼓的特长，顺利申请到美国高中，优越的家庭条件使他完全可以接受国外从高中到大学的教育。方朵朵虽然成绩忽上忽下，却是网上人人追捧的“朵教主”，出国留学缓解了她由学习压力带来的心理问题，出国前参加中考还考上了重点高中。网络小说成功发行，加上心理压力得到缓解，学习成绩提高的方朵朵最终决定回国读书。金琴琴的家庭状况虽然不如前二者，但是学习成绩足够好，父母完全不用烦恼她的学习问题。三个孩子学习成绩、特长等情况恰好与他们的家庭状况巧妙地结合在一起，如果张小宇生在金琴琴的家庭中，故事不一定有一个圆满的结局。

第二，对方圆和董文洁夫妇事业和家庭问题的解决也带有虚幻和浪漫的色彩。一方面，在事业上，夫妇两人都遭遇了事业危机。先是方圆因医疗意外背黑锅被迫离开医院去做房地产销售，然后董文洁在单位被降职，但剧终，医疗事故最后被鉴定为患者自身的原因造成的，方圆又重新回到医院；而董文洁主动请缨到郑州分公司，和一群“90后”的年轻人共同打拼，打了一场漂亮的翻身仗后重回总公司，并最终在事业上得偿所愿。另一方面，在两人感情问题的处理上更是带有童话般的浪漫色彩。剧终三个家庭瞒着董文洁设计了一场浪漫的飞机上的求婚仪式，方圆、董文洁一家人再次团圆。

由于媒介定位和特性的不同，与纸媒相比，影视作品有更加宽裕的空间来塑造人物形象。与时尚杂志和报纸相比，电视剧《小别离》中的中产阶层的形象更加丰满，也更为接近现实。他们有一定的经济基础，不会为衣食发愁，却仍存在孩子教育、家庭成员之间的矛盾等其他问题。为了迎合观众的欣赏习惯，《小别离》在人物刻画，尤其在大结局的设计上带有浪漫和虚幻的色彩，剧中每个家庭的设计颇为理想化。此外，无论是《虎妈猫爸》还是《小别离》，关注的都是一线城市的家庭生活，动辄上百万元的私家车、几百万元的住房、每小时上千元的补习班等情节的安排远远超出二、三线城市的生活水平。因此，关注二、三线城市的家庭生活或许对丰富中产阶层的媒介形象更具有积极意义①。

①赵先锋．浅析电视剧《小别离》对中产阶层形象的建构[J]．出版广角，2016(22)：92-94.

2.《小别离》电视剧对原著改编出现的问题

《小别离》作为一部深入探讨现代家庭教育的电视剧，原著小说以其细腻的人物刻画和真实的生活场景赢得了广大读者的喜爱。然而，在电视剧的改编过程中，不可避免地出现了一些问题，这些问题在一定程度上影响了原著的精神内核和观众的观剧体验。

首先，电视剧在改编过程中过于追求情节的紧凑和冲突的激烈，导致一些原著中深入人心的细节和情感线索被删减或弱化。原著小说中的某些内心独白、家庭日常对话等，在电视剧中因为篇幅和节奏的限制而被省略，这使得一些人物形象的塑造显得相对单薄，缺乏原著中的深度和层次感。

其次，电视剧在人物性格的塑造上也存在一定的偏差。原著小说中的人物性格更为复杂和真实，他们在面对家庭、事业、孩子教育等问题时，既有理智的思考，也有情感的挣扎。而在电视剧中，为了突出情节和冲突，一些人物的性格被简化或夸张，使得他们的行为逻辑显得不够合理和真实。

再次，电视剧在改编过程中还忽略了一些原著中的社会和文化背景。原著小说通过对家庭、学校、社会等多个层面的描写，展现了一个多元而复杂的社会图景。而在电视剧中，这些背景元素往往被淡化或忽略，使得故事的发展缺乏足够的现实基础和支撑。

最后，电视剧在改编过程中还面临着如何平衡原著精神和市场需求的问题。一方面，电视剧需要尽可能地保留原著的精髓和特色，以吸引原著粉丝的关注和喜爱；另一方面，电视剧也需要考虑市场需求和观众的审美习惯，进行适当的改编和创新。然而，在这个过程中，往往容易出现过于迎合市场而忽略原著精神的情况，这也是《小别离》电视剧改编过程中需要反思和改进的地方。

综上所述，《小别离》电视剧在改编过程中虽然取得了一定的成功，但也存在一些问题。这些问题既涉及对原著精神的把握和理解，也涉及对市场需求和观众审美的判断和把握。在未来的改编过程中，应该更加注重对原著的尊重和传承，同时结合市场需求和观众审美进行适当的创新和发展。

(三)当下现实类文学名著进行影视改编的问题

当下现实类文学名著进行影视改编，虽然为观众带来了全新的视听体验，但也存在着一系列问题，这些问题既有改编技巧上的不足，也有对原著精神理解的偏差。

首先，改编者往往过于追求影视作品的商业效果，而忽略了原著所蕴含的深刻思想和情感内核。在改编过程中，一些重要的情节、人物和细节被删减或改变，导致作品的整体风格和精神内核与原著大相径庭。这不仅让原著粉丝感到失望，也让那些对原著不熟悉的观众难以真正理解和感受作品的价值。

其次，改编者对于原著的理解和把握也存在一定的偏差。由于文学名著往往具有深厚的文化底蕴和历史背景，而改编者往往缺乏对这些因素的深入研究和理解，导致在改编过程中出现了许多误解和歪曲。这不仅影响了作品的真实性和可信度，也让观众难以真正领略到原著的魅力。

再次，影视作品的制作技术和水平也是影响改编效果的重要因素。虽然现代影视技术已经发展得非常成熟，但在改编过程中，仍然存在一些技术上的难题和挑战。例如，如何还原原著中的场景、氛围和人物形象，如何处理好原著中的叙事结构和节奏等，都需要制作团队具备高超的技术水平和丰富的创作经验。

最后，观众对于文学名著的接受和期待也是影响改编效果的重要因素。由于文学名著在读者心中已经形成了深刻的印象和期待，因此改编者在改编过程中需要充分考虑到观众的心理需求和审美习惯，避免过于颠覆或扭曲原著的形象和风格。

综上所述，当下现实类文学名著进行影视改编是一项具有挑战性的任务。改编者需要深入理解原著的精神内核和文化底蕴，尊重原著的基本框架和人物形象，同时结合影视艺术的特点和市场需求进行适度的创新和发展。只有这样，才能创作出既符合原著精神又具有影视魅力的优秀作品。

三、当下历史类文学名著进行影视改编的不足之处

近几年来，随着当代历史小说改编的影视剧不断被搬上荧屏，人们

在对当代历史小说有了更为清晰了解的同时，其改编剧也逐渐受到人们的喜爱。然而，值得一提的是，在当代历史小说影视剧改编热潮的背后，其深层次的东西也值得我们关注。

（一）当代历史小说影视剧改编掀起热潮的原因

随着当代历史小说的发展，各种历史题材的小说纷纷被改编与拍摄，掀起了改编、重拍当代历史小说剧的热潮。据统计，1997年出品的《雍正王朝》名利双收，在短时间内带动了当代历史小说影视剧改编的“火山爆发”。2001年，改编后的《康熙王朝》在荧屏热播，同一时期几乎所有的地方台都相继播出了该电视剧。与此同时，电视剧版《武则天》的热播程度也不逊于其他根据当代历史小说改编的影视剧。从目前我国当代历史小说影视剧改编的发展现状来看，还有很多电视剧正在被火热地拍摄，这无疑又让当代历史小说影视剧的改编火了起来。

那么，影视剧创作中的当代历史小说为何会出现改编热潮呢？从内在层面来说，当代历史小说自身具有一种传播能量，而这种能量有着沉重的历史民族感及强有力的精神感染力。当代历史小说以文本的形式进入到了受众的视野之中，在不断传播的过程中形成了号召力，而这种历史的感染力与号召力是我国其他形式的文本所不具备的。与此同时，当代历史小说还具有很强的历史参考价值及艺术性，它不同于传统式的历史文本，而是凸显出了独特的艺术魅力。随着人们生活水平的提高，人们对于当代历史小说中的细节故事更为感兴趣，它能够激发起人们对于历史文化的怀旧情结。因此，受众的认可应该是当代历史小说得以迅速发展的一个重要原因，这也让当代历史小说影视剧获得了更多的市场卖点，由此，当代历史小说的影视剧改编也得到了发展的契机。

从外在层面上说，当代历史小说的影视剧改编能够得到迅速发展也是市场商业运作的必然结果。随着市场化进程的加快以及影视剧改编产业的不断发展，一些商业经纪人开始瞄准受众的审美需求。与此同时，商业经纪人也看到了当代历史小说改编影视剧的艺术品质，由此开启了当代历史小说的改编热潮。从目前我国的文化发展现状来看，当代历史小说的艺术创作既顺应了市场运作的规则，也赢得了社会各方面的强大支持。由于受众对于当代历史小说影视剧存有心理期待，在一定程度上也极大地节约了当代历史小说影视剧的宣传成本，所以很多热衷于该领域的制片人便开始了反复改编拍摄，在赢得商业价值的同时，也获得了更多的社会口碑。但是，在这种发展状况下，一些弊端也逐渐显现出来。

（二）当代历史小说影视剧改编热潮的表现

当代历史小说是我国较有影响力的文学题材，对人们重新认识历史以及民族问题都起到了积极作用。但不可否认的是，这些当代历史小说影视剧改编还存在着不少“硬伤”，直接影响着改编以及翻拍作品的良好形象。从近几年创作的作品来看，主要有以下几个方面的改编误区。

1. 历史故事有失真实性

当代历史小说作为一种艺术文本，应当尊重原著，并在此基础上进行适当的延伸与创作，不能够想怎么改就怎么改，以致失去了小说故事的本来面貌。目前，部分改编的影视剧有失真性，让本来较为优秀的文本失去特色，不能吸引受众的注意力。以《康熙王朝》中的孝庄太后为例，从史料来看，孝庄太后本名布木布泰，是蒙古科尔沁部贝勒寨桑的女儿，而在电视剧《康熙王朝》中，康熙的祖母经常在剧中称自己为孝庄，值得一提的是，“孝庄”是死后的谥号，本人是不能用谥号来称呼的。除此以外，孝庄在剧中的死亡时间也是错误的。按照历史记载，康熙祖母是于康熙二十六年十二月去世的，而剧中却是在康熙四十几年，这明显是一个历史性的错误。与此同时，在太皇太后去世以后，苏麻喇姑的牌位也出现了原则性的错误，剧中竟将她的牌位与孝庄太后摆在了一起，按照死亡时间计算，苏麻喇姑是于康熙四十四年，孝庄去世多年以后才去世的，剧中将两者的牌位放在一起显然是不合适的。

2. 演员表演貌合神离

从当代历史小说影视剧的改编来看，对于人物形象的刻画是一个至关重要的问题，对于一些经典人物而言，人们在思想上一般都存在着固定的刻板印象，所以当代历史小说影视剧的改编想要在此基础上有所突破并非易事。近年来，一些商业制作人为了在短时间内推出影视作品，在人物形象塑造上不够严谨。有一些影视剧虽然聘用一些大牌明星压阵，但只是吸引了受众的眼球。一方面，演员的貌合神离让改编后的当代历史小说影视剧效果大打折扣，与受众的期待相差甚远，影响影视剧的收视率与票房。另一方面，演员表演的貌合神离在一定程度上会给受众传播错误的信号，从而影响历史文化的正确传承与发展。

3. 爱情戏逐渐成为主导

从艺术的角度来看，爱情一直都是艺术发展过程中不可缺少的元素之一，能够增加当代历史小说的感染力。近几年，从当代历史小说的影视剧改编来看，爱情戏能吸引受众眼球并有助于提高收视率。然而，需要注意的是，当代历史小说具有特殊的精神内涵，担负了民族历史文化的传承，改编影视剧中过多地渲染“三角恋”“婚外情”等商业性内容是不可取的。比如在电视剧《雍正王朝》中，爱情时不时地成为故事发展的主线，爱情元素渲染力度过大，对于帝王间的爱情故事改编力度过大，从而无意中误导了受众的审美。应该说，在当代历史小说中随意改编并加入一些爱情元素都是商业利益的驱动，在一定程度上并不利于当代历史小说影视剧改编的健康发展。

（三）当代历史小说影视剧改编热潮的反思

当代历史小说的影视剧改编不同于文本似的当代历史小说，它已经升级为一种全新的文化形式走进千家万户，对人们的生活产生着重要的影响。从我国影视剧改编的发展进程来看，当代历史小说的改编要想不与受众产生隔膜，就要进行自我反思，要正确看待当代历史小说影视剧改编热潮身后的一系列问题。

第一，当代历史小说影视剧的编剧要尊重艺术的本性，要将镜头更多地聚焦到历史文化内涵上。当代历史小说是一部历史文化的记录，记录着我国走过的历史脚印，而随着影视剧改编热潮的掀起，编剧作为文本写作者，一方面要尊重艺术的最基本原则，在对待当代历史小说的影视剧改编上，要自觉地尊重历史，尊重影视剧中历史事件的真实性，通过自身敏锐的洞察力进行创作，将影视剧中的正能量创作出来。另一方面，编剧制作者在对当代历史小说影视剧进行改编时要充分考虑到改编作品的精神内涵，改编过程中在“编”出花样的同时，更要让受众看到影视剧中的内在精神，让受众观看后能够有所启发与感悟，而不只是单纯地观看影视剧中的故事。因此，在面对当代历史小说影视剧改编热潮时，首先值得反思的就是当代历史小说影视剧改编的精神内涵问题，这也直接关系着当代历史小说影视剧改编的长远发展。

第二，当代历史小说影视剧的改编不能只迎合受众的消费原则，要始终把握好当代历史小说影视剧改编的发展方向。当今时代，很多受众在观看影视剧时都带有某种情结。由于当代历史小说与受众的距离较远所以在一定程度上能够让受众产生观看兴趣。与此同时，从事影视剧投资的商业制片人也正是抓住了这个特点进行宣传并营利。应该说，这一方面从根本上并不利于当代历史小说影视剧改编的发展，另一方面也让当代历史小说影视剧的改编失去了价值取向，从而丧失了当代历史小说影视剧改编的本来意愿。因此，对于当代历史小说的影视剧改编，编剧必须把好关，不能一味地迎合受众的消费癖好，不能将历史民族文化抛向脑后。在当代历史小说影视剧改编的热潮里，每一个媒体人都应头脑清醒，唯有如此，才能将当代历史小说影视剧改编推向更为广阔的发展阶段。

第三，面对当代历史小说影视剧的改编热潮还要反思现实与历史之间的关系问题。当代历史小说是对当代历史事件的描写与理解，对于传承历史文化起着重要的作用。然而，随着当代历史小说影视剧改编热潮的掀起，很多受众未必能正确认识当代历史小说影视剧改编的作用，未必能看到其改编的实质，这势必会让“热潮”变了样。从受众层面来说，受众在观看小说改编的影视剧时，要从历史的角度进行考量，如此我国当代历史小说影视剧的改编才有发展下去的意义。在面对当代历史小说影视剧的改编热潮时，受众要从现实中看到改编历史剧的精神内涵，从中获益。唯有如此，当代历史小说影视剧的改编才能名利双收①。

四、当下想象类文学名著进行影视改编的不足之处

(一)美剧《权力的游戏》:资本的魅影与媒介的规训

由于《权力的游戏》题材宏大、人物庞杂、叙事繁复——虽相对原

①赵先锋. 当代历史小说的影视剧改编热潮探析[J]. 当代电视，2015(2):35-36.

著已进行了最大限度的删减——观众曾对电视剧的收尾产生了空前的担忧，即便HBO一向以“不烂尾”著称，但在电视剧里的故事进度已经超过原著的情况下，第七季叙事的加快还是产生了一些难耐推敲的细节漏洞。好在在一定精彩剧情的支撑和高质量人物塑造的保障下，第七季的口碑并未出现断崖式的下滑。但在2019年4月上映的第八季中，剧情加速的趋势越演越烈，人们的担忧终于变为了现实。伴随着持续的不满，观众在落下帷幕的第六集后将愤怒的指责推向了顶峰，不仅出现了百万人上书请求重拍第八季的抗议；在不同的打分平台上，观众也以不可想象的超低分发泄着情绪。然而，细究起来，这实在不是观众的挑剔与矫揉造作，而是《权力的游戏》在独创的辉煌中走向了自己的反面，这反面当然不是托尔金式的善恶对立下的“回到正义”，而是好莱坞式的“回到娱乐类型”，资本的魅影逐渐显现，它压平了《权力的游戏》丰饶的内涵与深度。如果以好莱坞文化工业的标准来看，第八季并不能算失败，甚至在特效和表演上还属上乘，但只消看看前作曾有的样子，观众便一定会慨叹第八季“太不‘权游’了！”——它无法撑起以“权游”来命名的经典式样。一正一反之间，观众之难以接受便可被理解。

在该季中，《权力的游戏》从一集又一集令人不断回味并充满期待的映射人心的史诗大戏，渐次沦为以展示奇观为目的，希冀通过瞬时感官刺激代替深邃性动人力量的标准美剧。观众的期待在人物命运的草草收场中开始坠落。它简单地重回了人物叙事的窠臼，诸多角色以溢出现实逻辑的姿态走向命定的结局：不可一世的攸伦在与詹姆·兰尼斯特莫名其妙的冲突中被杀，老谋深算的科本被魔山一掌夺命，谨慎而智慧的瓦里斯则以不堪推敲的动机被无谓烧死……瓦里斯和提利昂的精彩对话再也没有出现过，“野人”托蒙德不断地插科打诨倒是给人留下了深刻的印象。就连情节的推动也沦为了以对白托底这样毫无功力的处理，一切都是为了收尾而收尾，急促又苍白。这也是为何在第八季中，重要的角色一个又一个地死去，观众却再难产生“血色婚礼”时的震撼和“阿多之死”时的悲痛，因为这些角色的死在“意料之外”，却并不发生在“情理之中”——那种“权游”应有的“情理”。

当赶进度般地告别“游戏”成为常态，持久的情绪酝酿和对命运的反思难以展开。只有在第三集《长夜》中，乔拉·莫尔蒙、小莱安娜和席恩·格雷乔伊的战死多少还能赚取一些观众的泪水，因为他们有挣扎、有抵抗，并在坚守信仰的衬托下实现了自我，闭合了人物弧线，鲜活而感人。而瓦里斯看似伟大的牺牲却恰恰违背了作品对其性格的一贯处理，且不论其作为情报大臣在第八季于专业领域内的全无建树，凭借其对雪诺（人心）的了解，他为何会选择“孤注一掷”地对雪诺表露心声？需知他之前已安然辅佐多位性格迥异的先王而毫发无损。熟悉剧情的观众只能将其行为解释为完成宿命（瓦里斯死于烈焰曾被提及）——于是，一种“上帝视角”显现而出。小恶魔则更因为其智商与权谋的双双“掉线”而成为吐槽的众矢之的。在夜王与异鬼这条线索上，观众能接受夜王必死的宿命，因为《权力的游戏》即便如此不同，也不会安排它登上铁王座，但其于第三集后便与“游戏”彻底诀别还是显得莫名其妙。这一草率处理完全无视夜王贯穿八季的重要作用。事实上，夜王的存在不仅为《权力的游戏》增添了奇幻的色彩，更以黑暗力量（dark power）的不断显现，寓言着人心之下潜藏的危险（人人都会变为尸鬼、被权力降服，成为行尸走肉），“绝壁长城”并不能建造出安全区，“危险总是存在于人类的世界中”。这无疑为整部作品增加了丰饶的魅力和抓人的叙事张力。于是，很多观众宁愿相信黑客泄露的剧本为真也不愿接受目前的处理，因为在那个“未实现”的世界里，每个人的命运都更加饱满，夜王也得以贯穿始终。事实上，描绘人类与夜王的“冰与火之歌”和描绘人类内部纷争的“权力的游戏”是马丁创造的庞大文学世界里不可分割、相互缠绕的两条重要的线索。它们共同营造出了作品独特的魅力，直指人心。但第八季却生硬地将两者撕裂，夜王的痕迹在第三集后被抹得一干二净、叙事戛然而止，这不得不说是一种遗憾。

至此，触及了《权力的游戏》“烂尾”的实质：如今呈现出的故事结尾、角色命运观众都能接受，但这个收尾过程实在盲目、草率、不合（剧中的）常理。它太像标准化的甚至平庸的好莱坞奇幻类型的制作，而不是《权力的游戏》该有的水平。但为什么会这样？

恐怕，如今的局面恰是马丁曾竭力避免的。早在2007年，在大卫·贝尼奥夫和丹尼尔·威斯为HBO拿下《冰与火之歌》的改编权之前，已有好莱坞的多位制片人找过马丁，询问马丁改编的意向。但做过好莱坞编剧的马丁不想将自己的心血变为资本铁锤下的平庸之作，空有华丽外表。于是面对那些制片人，马丁选择拒绝。而大卫·贝尼奥夫和丹尼尔·威斯却真正热爱奇幻作品并熟读了马丁的原著，对马丁提出的“你认为谁是琼恩·雪诺母亲”的问题，他们给出了令其满意的答复。正是这份真诚打动了马丁，使其看到了资本之外的可能。于是，马丁大胆放手，将《冰与火之歌》的改编权拱手交出，并亲自参与了前四季中某些剧集的撰写。这也为《权力的游戏》走向“神剧”铺平了道路。但谁承想，马丁的创作进度太慢了。在剧作开播的2011年，马丁已经完成了构想中的七卷本的第五卷《魔龙的狂舞》，胜利的曙光似在眼前，这种进度也完全赶得上对电视剧的供应，可时至今日，第六卷仍在缓慢的创作中。没有底本做基础的大制作正如没有坚硬基石的高楼大厦，虽然蓝图尚在（马丁已将大致结尾告知了两位编剧），但那仅是粗绘轮廓的草图。所以对如今这种烂尾的局面，马丁应背负不可推卸的“责任”，他使《权力的游戏》因超或反类型的书写而大放异彩，却也因不断的“拖稿”使剧作只能重回类型的镣铐。换句话说，当“天才之手”这只看不见的手求而不得时，看得见的“类型之手”最起码能提供丰富的经验以保证基本的制作和收尾。但马丁又何错之有呢？追求作品的完美不正是每个负责任的作家所应毕生坚守的理想吗？但作家可以等，等着自己天才的文思与灵感的降临，观众却不能等，演员也不能等，因为电视不能等，资本也不能等。漫长的等待，只会耗尽观众的热情、演员的合同以及年岁和IP的巨大影响力。于是，两位编辑即便平庸，也只能硬着头皮迎难而上，尽力弥合“类型之手”与“天才之手”的鸿沟，可想要做到这点谈何容易。万般无奈之下，他们只能进一步求助资本与媒介自身的力量，尽力增加投资、创造奇观，希冀此消彼长，以形式填补内容、以娱乐代替深度。

为了实现利益最大化这一资本的基本诉求，剧作开始显露加速的姿态来尽快消费积累起来的良好口碑和观众短期内的高期待值，免得夜长梦多；媒介的规训也促使《权力的游戏》越来越追求震撼的奇观和所谓的“电影感”而非娓娓道来的叙事，以期瞒天过海、尽量将观众陷于感官享受而忽略反思；两者日渐媾和：资本因原著的消失越发地追求通过媒介规训以尽快实现利益，媒介也越发依赖资本运作彰显自我价值。这种媾和进而成为一种恶性循环，导致一代经典《权力的游戏》自我解构般地走向了“烂尾”。所以对《权力的游戏》而言，“成也萧何，败也萧何”，资本与媒介既是其成功的助力，也是导致如今局面的重要原因，这不得不令人感叹[①]。

(二)当下想象类文学名著进行影视改编的问题

当下，将想象类文学名著进行影视改编已成为文化产业的热门趋势。这种改编不仅为观众带来了全新的视觉体验，同时也为原著注入了新的生命力。然而，在这一过程中，也暴露出了一些问题和挑战。

首先，影视改编往往需要对原著进行一定程度的删减和改动，以适应影视艺术的表达方式和观众的接受习惯。然而，这种改动有时会破坏原著的完整性和精神内核，导致观众对原著产生误解或偏差。例如，一些改编作品可能过于注重商业利益，而忽视了原著的艺术价值，导致改编作品的质量不尽如人意。

其次，影视改编中的演员选择、场景布置、服装道具等方面也容易出现问题。如果演员无法准确诠释原著中的角色形象，或者场景、服装等无法还原原著中的时代背景和文化氛围，那么改编作品就可能失去原著的魅力和深度。

最后，由于不同文化背景下的观众对同一作品的理解和接受程度存在差异，因此在进行跨文化的影视改编时，也需要特别注意文化差异的处理。如果改编作品无法兼顾不同文化背景观众的接受习惯，就可能导致作品在市场上的失败。

第三节　文学名著进行影视改编的启示

一、文学名著进行影视改编的启示

文学名著进行影视改编，不仅是文化产业发展的必然趋势，也是文

①林萌.《权力的游戏》:类型突破、现实逻辑与资本下的迷失[J].贵州社会科学,2020(7):87-92.

化传承和创新的重要途径。通过对名著的改编，不仅可以重新挖掘和呈现原著的艺术魅力，还可以为观众带来全新的审美体验。在这一过程中，也获得了许多宝贵的启示。

首先，尊重原著是影视改编的基本原则。尽管影视艺术有其自身的特点和表达方式，但改编作品仍然应该尽可能保持原著的完整性和精神内核。只有尊重原著，才能让观众在欣赏改编作品的同时，更好地理解和感受原著的魅力。

其次，创新是影视改编的灵魂。在尊重原著的基础上，应该充分发挥影视艺术的创意和想象力，为观众带来全新的视觉体验。这种创新可以体现在叙事方式、人物形象、场景布置等多个方面，让改编作品在保持原著精神的同时，展现出独特的艺术风格。

再次，跨文化改编也是影视产业的重要发展方向。在进行跨文化改编时，需要充分考虑不同文化背景观众的接受习惯，尊重并呈现原著中的文化差异。通过跨文化改编，可以促进不同文化之间的交流和理解，推动文化多样性的发展。

最后，应该意识到影视改编只是名著传承和创新的一种方式，而不是唯一的方式。除了影视改编外，还可以通过其他途径来传承和创新名著，如舞台剧、音乐剧、网络文学等。这些不同形式的改编和创新，可以为名著注入新的生命力，让名著的魅力得到更广泛的传播和延续。

综上所述，文学名著进行影视改编是一项具有挑战性和创新性的工作。通过尊重原著、发挥创意、跨文化改编等多种方式，可以为观众带来全新的审美体验，同时推动文化产业的发展和文化的传承与创新。

二、文学名著进行影视改编的发展方向与趋势

随着科技的不断进步和观众审美需求的日益多样化，文学名著进行影视改编的发展方向与趋势也呈现出新的特点。

首先，虚拟现实（VR）和增强现实（AR）技术的引入为影视改编带来了无限可能。通过这些先进技术，可以创造出更加逼真的场景和更加沉浸式的观影体验，让观众仿佛置身于原著所描述的世界中。这种技术的运用不仅能让观众更深入地理解和感受原著，还能为影视改编带来全新的艺术表现形式。

其次，跨媒体叙事成为影视改编的重要趋势。这意味着在改编过程中，不仅可以将原著转化为电影或电视剧，还可以结合其他媒体形式，如游戏、动漫、网络文学等，共同构建一个多维度的叙事空间。这种跨媒体叙事方式能够吸引更多年轻观众的关注，同时也有助于扩大原著的影响力和传播范围。

再次，国际合作与交流也成为影视改编的重要方向。随着全球化的深入发展，不同国家和地区的文化产业之间的合作与交流日益频繁。通过国际合作，可以借鉴其他国家和地区的成功经验，共同推动文学名著的影视改编工作。同时，这种合作也有助于促进不同文化之间的交流与理解，推动文化多样性的发展。

最后，应该注重文学名著影视改编的可持续发展。在追求经济利益的同时，也应该关注社会效益和文化传承。通过精心策划和制作高质量的改编作品，可以为观众带来丰富的审美体验，同时也能为文化产业的发展注入新的活力。同时，还应该加强对原著的保护和传承，确保文学名著的精髓能够得以延续和发扬光大。

综上所述，文学名著进行影视改编的发展方向与趋势呈现出多元化、创新化和国际化的特点。应该紧跟时代的步伐，不断探索和实践新的改编方式和手段，为观众带来更加丰富多彩的视听盛宴①。

①张晓红，徐曼，孟冬梅. 名著赏析与影视改编[M]. 长春：吉林人民出版社，2017：2-27.

参考文献

[1]J. 希利斯·米勒，国荣. 全球化时代文学研究还会继续存在吗?[J]. 文学评论，2001（1）：131–139.

[2]陈世华，熊孟元. 影视同期书的出版模式与发展策略[J]. 中国编辑，2019（3）：54–59.

[3]单小曦. 现代传媒语境中文学的存在方式[M]. 北京：中国社会科学出版社，2008：80.

[4]付一凡. 文字与影像：论电影改编中导演的创造性书写[J]. 大众文艺，2015（23）：190.

[5]高尔基. 论文学[M]. 北京：人民文学出版社，1978：332.

[6]高卫红. 从小说文本到影像世界——论改编理念中的互动与整合[J]. 电影评介，2006（9）：51–53.

[7]高卫红. 互动与超越——中国电视剧改编理念探析[J]. 电视研究，2009（3）：70–72.

[8]葛同春. 写意·浓缩·注释：《沙丘》小说电影化改编[J]. 电影文学，2022（14）：150–153.

[9]韩滢. 影视对文学的无尽解读——以《西游记》为线索看名著的影视改编现象[J]. 时代文学（理论学术版），2007（3）：146–147.

[10]贺文键. 从《雍正王朝》谈历史剧的改编[J]. 理论与创作，2005（3）：127–128.

[11]胡友峰. 媒介生态与当代文学[M]. 武汉：武汉大学出版社，2016：405–406.

[12]黄俊杰. 影视观念对传统文学与戏剧创作的反叛和影响[J]. 贵州民族学院学报（社会科学版），1988（3）：44–48+70.

[13]季中扬．文学经典危机与文学教育[J]. 江西社会科学，2007（8）：213-217.

[14]蒋述卓，李凤亮．传媒时代的文学存在方式[M]. 桂林：广西师范大学出版社，2010：40.

[15]李丹丹．文学与影视的艺术生产——再生产方式研究[D]. 南宁：广西师范大学，2011.

[16]李尔葳．张艺谋说[M]. 沈阳：春风文艺出版社，1998：10.

[17]李建华．影视改编对文学经典的传播作用——以电影《基督山伯爵》为例[J]. 电影评介，2016（4）：60-62.

[18]李军．文化观念更新与文学电影改编的深层机制[J]. 四川戏剧，2012（5）：29-31.

[19]李良．文学名著影视改编问题研究[D]. 西宁：青海师范大学，2015.

[20]李芮．关于影视艺术创作规律的探讨[J]. 美化生活，2023（14）：57-59.

[21]李晓筝．论影视改编对文学传播的影响[J]. 电影文学，2013（3）：76-77.

[22]林萌．《权力的游戏》：类型突破、现实逻辑与资本下的迷失[J]. 贵州社会科学，2020（7）：87-92.

[23]林曦．全媒体时代“影视同期书”出版的可持续性发展[J]. 出版参考，2017（1）：46-48.

[24]刘文．中国现当代文学名著影视改编现象探析[D]. 兰州：兰州大学，2015.

[25]刘正阳．浅谈影视艺术与文学的关系[J]. 科技视界，2015（21）：121.

[26]陆扬．米勒的网络时代文学观[N]. 文艺报，2007-01-06（04）.

[27]路遥．早晨从中午开始[M]. 西安：西北大学出版社，1992：23.

[28]罗阳富．试论影视对文学的渗透和影响[J]. 电影评介，2007（16）：66-67.

[29]骆平．文学改编电影的三种核心观念[J]. 电影艺术，2023（6）：

43-50.

[30]吕行.浅论新科技对文学改编中人物形象塑造的影响[J].神州，2017（19）：15.

[31]孟丝琦.浅论影视改编对文学名著的解构与重塑[J].西部广播电视，2020（10）：110-111.

[32]孟中.网络文学IP影视剧改编发展报告（2019—2020）[M].北京：中国传媒大学出版社，2021.

[33]盘剑.影视的文学化与文学的影视化[J].新世纪智能，2024（19）：11-13.

[34]石海琳.影视化发展对我国当代文学作品的影响[D].延吉：延边大学，2016.

[35]时晨.情节处理的多样化：简论曹禺早期三部曲的电视剧改编[J].戏剧之家（上半月），2010（6）：51-53.

[36]宋佳怡.文学改编的影视审美时空建构[J].中国文艺家，2019（3）：76-77.

[37]王娟.中国文学作品的影视化生存与中国影视的文学化发展[J].电影评介，2023（8）：82-85.

[38]王田.经典小说戏剧化改编的叙事策略浅谈[J].黑龙江画报，2022（20）：13-15.

[39]夕君.文学让影视剧更具魅力[N].中国文化报，2022-03-03（07）.

[40]肖智成.中国文学与影视关系的当代嬗变[J].文教资料，2020（32）：20-22.

[41]徐晴.IP改编剧怎么就“让人掉价”了？理性看待“被降温”的IP改编剧[EB/OL].（2020-05-22）[2024-06-13].https：//www.360kuai.com/pc/9817ecf18cc36457e？ cota=4&kuai_so=1&tj_url=so_rec&sign=360_57c3bbd1&refer_scene=so_1.

[42]徐兆寿，巩周明.网络文学二十年影视改编概论[J].中国现代文学研究丛刊，2019（5）：198-211.

[43]许南明，富澜，崔君衍.电影艺术词典.修订版[M].北京：中国

电影出版社，2005：101.

[44]薛静.网络文学影视改编：拓宽文学价值，激发创造活力[N].人民日报，2022-10-04(08).

[45]袁峰.文学作品与影视作品的辩证关系研究[J].当代电视，2015(7):108-109.

[46]张宁.电视剧《人世间》热播带动原著图书销售热[EB/OL].(2022-03-01)[2024-06-13].https://m.gmw.cn/baijia/2022-03/01/1302825172.html.

[47]张晓凤.从文学到影视：谈影视改编中的视听造型[J].时代报告(下半月)，2011(12):99.

[48]张晓红，徐曼，孟冬梅.名著赏析与影视改编[M].长春：吉林人民出版社，2017:2-23.

[49]赵凤翔，房莉.名著的影视改编[M].北京：北京广播学院出版社，1999.

[50]赵宁.影视同期书在融媒体环境下的传播与发展[J].出版参考，2020(4):25-26.

[51]赵先锋.当代历史小说的影视剧改编热潮探析[J].当代电视，2015(2):35-36.

[52]赵先锋.浅析毕淑敏小说的影视剧改编[J].当代电视，2017(1):33-35.

[53]赵先锋.浅析电视剧《小别离》对中产阶层形象的建构[J].出版广角，2016(22):92-94.

[54]赵云.全版权形态下IP改编的发展前路[N].文艺报，2020-10-26(008).

[55]周茜.新版《红楼梦》的影视改编研究[J].赤峰学院学报(汉文哲学社会科学版)，2015，36(4):146-148.

[56]朱凯歌，吕璐.论网络文学IP改编的现状与发展[J].视听，2020(10):167-168.